KB059055

11
어서 오세요 실력지상주의교실에
키누가사 쇼고 지음
토모세 슌사쿠 일러스트
조민정 옮김

시노하라 사츠키
1학년 C반, 배구부.
입학 초기에는 이케와 충돌이
잦았으나, 지금은 두 사람의
관계에 진전이 있는 듯.
이케 칸지
1학년 C반. 귀가부.
여러 시험을 거치며
성장했다.

스도 켄
1학년 C반, 농구부.
입학 초기에는 감정을 제어하지
못해 문제를 많이 일으켰지만,
지금은 상당히 차분해졌다.

사카야나기 아리스

"왜 그래.
뭘 그리
당황하고
있어."

이치노세는 틀림없이
동요했으리라.
아니, 나와 사카야나기도
이건 예상하지 못했다.
"……류엔?
어떻게……
여기에……."

11
어서 오세요
실력
지상주의
교실에
어서 오세요 실력지상주의교실에

어서 오세요 실력지상주의 교실에 11

키누가사 쇼고 지음 | 토모세 슌사쿠 일러스트 | 조민정 옮김

어서 오세요 실력지상주의 교실에 ⑪

contents

○사카야나기 아리스의 독백

유리창 너머로 본 그날의 풍경을, 저는 어제 일처럼 똑똑히 기억합니다.

아버지의 손에 이끌려 찾아간 깊은 산속 시설의 외관은 온통 하얀색이었습니다.

아니, 외관만 그런 것은 아니었습니다.

복도도, 지나가며 봤던 작은 방들도 전부 하얀색이었습니다.

투명한 유리창에 두 손을 대고, 저는 방안을 집어삼킬 듯이 바라보았습니다.

유리창은 매직미러로 되어있어서, 방 안쪽에서는 제 모습이 보이지 않는 모양이었습니다.

"왜 그러냐, 아리스. 네가 그렇게 흥미를 보일 때가 다 있고."

"인공 천재를 만드는 실험이니까요. 흥미가 생기지 않을 리 없죠."

"……여전히 애답지 않은 말투구나."

저를 안고 있던 아버지가 그렇게 말하며 당혹스럽다는 듯 웃으셨습니다. 아버지 말씀으로는, 어떤 인간이든 이 시설의 커리큘럼대로 교육을 받으면 예외 없이 우수하게 자랄 수 있다고 했습니다. 저는 그 점에 의문을 느끼지 않을 수 없었습니다.
"이 실험은 여러 가지로 문제점도 많지 않나요?"
"그게 무슨 말이냐?"
"인권 문제로 말이 많을 것 같은데요."
"하하하……."
"무엇보다도 사람의 손으로 천재를 만들겠다니, 저는 도무지 가능할 거란 생각이 들지 않는군요."
사람은 태어나는 순간, 삶을 얻었을 때는 잠재력이 결정되어 있다.
우연의 산물. 그것이 다양한 분야에서 어쩌다가 발휘되는 것.
그것이 이 인간계의 구조.
각인된 DNA를 뛰어넘기란 불가능합니다.
조상 대대로 물려받은 핏줄 또는 갑작스러운 변이에 의한 각성.
요컨대 만약 천재를 만들고 싶다면 DNA 단계에서 손을 써야 하죠.
평범한 사람으로 태어났다면 아무리 애를 써도 그 평범함의 영역에 머물 수밖에 없습니다.
아무리 환경이 좋아도 대상이 우수하지 않다면 천재는 될 수 없습니다.
그것이 어린 시절부터 품고 있던 제 견해입니다.
어릴 때부터 온갖 영재 교육을 받은 동급생들을 지켜봐

내린 결론이죠.

말하자면 이 실험은 제 생각과 완전히 반대 방향이었습니다.

하지만…… DNA 문제는 그리 단순하지 않습니다.

"이 시설에서 천재가 나온다고 해도 과연 그게 실험의 산물이라 말할 수 있을까요?"

"왜 그렇게 생각하지?"

"두각을 드러낸 아이는 태어날 때부터 우수한 DNA를 가지고 있었을 뿐이라고 생각합니다만."

"그렇군. 하긴 저 아이들이 받는 커리큘럼은 무척 어려우니 그걸 해낸 아이는 원래부터 우수했을 가능성도 있지. 넌 정말이지 그녀를 닮아 총명하구나. 성격까지 말이야."

"기뻐요. 어머니에 비할 수 있다니, 최고의 칭찬입니다."

저는 다시 실험체 아이들을 바라보았습니다.

재능이 있는 아이도, 없는 아이도 이 안에서 똑같은 교육을 받습니다.

그리고 탈락한 아이부터 차례대로 사라지는 시스템.

"결국, 커리큘럼에서 살아남은 아이가 있다 해도 부모에게 물려받은 재능의 덕을 봤을 뿐이에요."

흥미롭긴 하지만 무의미한 실험이라는 생각이 들었습니다.

"글쎄, 그럴 수도 있고, 아닐 수도 있지. 나도 정답은 모르겠구나. 하지만 여기 있는 아이들이 미래를 짊어질 운명을 가졌을지도 모르는 일이잖니?"

어린 저는 아버지의 지인이 하려는 일을 완벽하게 이해할 수는 없었습니다. 저는 시선을 창문 너머로 되돌렸습니다.

"——저 아이, 아까부터 모든 과제를 냉정한 표정으로 별 어려움 없이 풀어내고 있군요."

과제를 풀고 있는 건 이곳에 있는 아이 모두가 마찬가지였습니다.

하지만 다들 필사적인 표정을 하고 있었죠.

당연한 이야기입니다.

공부든 운동이든, 여기서 벌어지고 있는 경쟁은 전부 아이의 수준을 넘어선 것들뿐이었으니까요.

그런 가운데, 유일하게 다른 빛을 내뿜는 존재.

지금 한창인 체스판에서, 대전 상대를 점점 압도하는 소년이 있었습니다.

유리창 너머로 본 아이 중 유일하게, 시선과 마음을 빼앗은 존재.

그 아이를 보고 아버지는 왠지 기쁜 듯이, 한편으로는 왠지 쓸쓸한 듯이 고개를 끄덕이셨습니다.

"아아, 저 아이는 선생님의 아들이야. ……아야노코지 키요타카라고 했던가."

선생님이란 이 시설을 운영하는 아버지의 지인을 말합니다.

아버지는 그에게 늘 고개를 들지 못하고 저자세로 나가곤 하셨죠.

"선생님의 아이라면 그도 DNA가 우수하겠군요."

"글쎄, 그건 어떨까. 선생님은 유명 대학을 나온 것도, 운동 신경이 월등하게 뛰어난 것도 아니란다. 부인도 정말 평범한 사람이셨고. 조부모 중에 뛰어난 재능을 가진 분이 계셨던 것도 아니지. 다만 선생님은 누구보다도 야심이 강하고, 포기하지 않는 불굴의 투지를 가지고 계신단다. 그래서 아주 대단한 사람이 된 거야. 한때는 국가를 움직일 수 있을 만큼 말이야."

"그럼—— 이 실험의 피험자로서는 최적의 조건이겠군요?"

제 질문에 아버지는 복잡한 표정으로 고개를 끄덕이셨습니다.

"그래…… 선생님에게는 이상적인 아이일 거다. 하지만…… 나는 저 아이가 가여워서 견딜 수가 없구나."

"어째서죠?"

"저 아이는 태어났을 때부터 줄곧 이 시설에서 지내왔단다. 저 애가 처음 본 것은 엄마도 아빠도 아니라, 이 시설의 하얀 천장이었던 거지. 차라리 일찍 탈락했더라면 선생님과 함께 살 수 있었을 텐데. 아니, 오히려 이렇게 계속 남아 있기에 쭉 선생님의 총애를 받을 수 있는 건지도……. 만약 그렇다면 그건 정말……."

요컨대 그는 부모의 사랑을 조금도 받지 못했다는 이야기입니다.

이 얼마나 고독하고 쓸쓸한 인생입니까.

사람의 온기를 느낄 때야 비로소 얻을 수 있는 것도 많은데.

저는 사랑하는 아버지를 힘껏 껴안았습니다.

그러자 아버지도 저를 꼭 안아주셨습니다.

"시설의 최종 목적은 이 커리큘럼을 받은 모든 아이를 천재로 만드는 거란다. 하지만 지금은 아직 실험 단계야. 50년 뒤, 100년 뒤를 바라보는 싸움이지. 여기 있는 아이들은 자기가 어른이 됐을 때 재능을 발휘하기 위해서가 아니라, 미래의 아이들을 위해 살아가는 존재야. 살아남은 아이도 탈락자도 전부 그 데이터가 될 뿐이지."

이 시설에 갇혀서 끊임없이 데이터만 추출하는 생애가 될 거라고 아버지는 말씀하셨습니다.

"아버지는 이 시설을 싫어하시나요?"

"응? ……글쎄…… 솔직히 말하면 응원은 못 할지도 모르겠구나. 만약 정말로 이곳에서 자란 아이들이 누구보다 우수한 어른이 된다면, 이 시설이 당연한 게 된다면, 난 그것이 불행의 시작일 뿐이라고 생각한단다."

"안심하세요. 제가 보란 듯이 망가뜨리겠습니다. 천재란 교육으로 만드는 게 아니라 태어난 순간 정해져 있다는 걸 보여드리죠."

이 시설에서 자란 아이들 몇 명이 와도 져서는 안 됩니다.

뛰어난 DNA를 물려받은 제가 막아야만 하는 것입니다.

"그래. 기대하고 있으마, 아리스."

"그런데 아버지, 저, 체스를 배워보고 싶어요──."

잠에서 깬 저는 아직 몽롱한 눈으로 상반신을 일으켰습니다.

"그리운 꿈을 꿨네……."

대결이 다가오고 있어서일까요.

그날을 떠올리다니.

그를 만난 이후로 오늘까지 단 하루도 잊은 날이 없었습니다.

언젠가 다시 만나, 마주 보는 날이 올 것이다.

그렇게 확신하고 있었으니까요.

○교사들의 전쟁

2월의 어느 날. 반 내부 투표 시험이 정식으로 결정되기 조금 전.

이 시기에 고도 육성 고등학교의 교직원들은 업무로 바쁜 나날을 보내고 있었다.

진급과 퇴학 그리고 졸업 준비.

거기다가 전 학년이 치르는 마지막 특별시험도 있었다.

여러 요인이 복잡하게 얽힌 타이밍.

모든 교사가 여유 없이 업무에 쫓기는 하루하루를 보냈다. 그러는 가운데, 올해 1학년을 맡은 교사들의 가슴은 다른 학년 교사들보다도 훨씬 복잡했다.

"이상이 1학년의 최종 특별시험 및 최신 시스템 도입에 관한 내용입니다."

한 남자가 전 교직원들을 앞에 두고 올해 마지막 특별시험에 관한 설명을 마쳤다.

2, 3학년은 예년과 같은 내용이었지만, 1학년만은 그렇지 않았다.

"질문이 있는 선생님이 계시면 말씀하시죠."

긴장된 분위기 속에서 경청하는 교사들을 둘러보는 남자.

몇 초간 정적이 흐르고.

"잠깐 괜찮으신가요, 츠키시로 이사장 대행."

교무실을 감싼 침묵을 깨듯, 1학년 A반의 담임인 마시마가 손을 들었다.

동기인 차바시라와 호시노미야가 마시마를 쳐다보았다.

츠키시로 이사장 대행이라고 불린 남자는 1학년 담임교사들이 이 계획에 여러 의문을 품고 있다는 것을 이미 눈치채고 있었다. 아니, 그렇다기보다도 의문을 품지 않는 것은 말이 되지 않는다고 생각했다.

인간으로서의 평가.

단순한 사회인 그리고 성인으로서, 급여만을 위해 일하는 교사인가 아닌가.

"뭐죠? 1학년 A반 담임, 마시마 선생님."

질문이 올 거라고 예상한 츠키시로가 친절하게 미소 지었다.

"2학년과 3학년의 특별시험은 예년과 같은 수준인데, 1학년이 치르는 시험만 예년의 평균을 크게 웃돌고 있습니다. 반 내부 투표…… 이 시험은 퇴학 리스크가 너무 크게 잡혀 있어요."

1학년을 맡은 교사로서 그리고 아이들의 미래를 위하여, 마시마는 이사장 대행이라는 직책에도 주눅 들지 않고 츠키시로에게 의견을 던졌다. 그는 이어서 날카롭게 말했다.

"실례를 무릅쓰고 말씀드립니다만, 츠키시로 이사장 대행께서는 이 학교에 부임하신 지 얼마 되지 않으셨습니다. 물론 지금까지의 경위를 보고 판단하셨겠지만, 1학년 중에 아직 퇴학생이 나오지 않았다고 해서 강제로 퇴학생을 만드는 건 좀 아닌 것 같습니다."

마시마의 질문…… 항의를 받은 츠키시로는 기쁘다는 듯 하얀 이를 드러냈다.

"퇴학 리스크가 너무 크다니, 새삼스러운 말씀을 하시는군요. 학생들이 퇴학당할 위험이 있는 건 다른 특별시험도 마찬가지 아니었습니까? 이 학교는 낙제점을 한 번만 받아도 퇴학이라는 규칙이 있죠? 일반 고등학교에서 이만큼 엄격하게 하는 곳은 그리 많지 않을걸요?"

"저는 이번 시험의 구조가 부조리하다는 걸 지적하고 있는 겁니다. 말씀하신 대로, 이 학교의 학생은 요구수준 이상의 성적을 받지 못하면 퇴학을 당합니다. 이 규칙에서 살아남기는 쉽지 않죠. 실제로도 매년 퇴학생이 여러 명 나왔고요."

이 학교는 매년 일정 범위 내에서 다양한 특별시험을 진행하고 있다.

그리고 올해 1학년은 퇴학생 없이 일 년이 지나가려던 참이었다. 그게 단순히 이전에 있던 학생들과 실력 차이가 나서 그런 건지 어떤지는 명확하지 않지만, 적어도 퇴학생을 내지 않고 여기까지 올 수 있었던 데에는 다 이유가 있을 터. 마시마는 그 이유를 잘 살려서 다음 해 이후로도 쭉 이어가는 것이 중요하다고 생각했다.

하지만 츠키시로의 생각은 달랐다.

"이전 시험에서도 퇴학생이 여러 명 나왔다면 결국 같은 거 아닙니까?"

"아니죠. 누가 봐도 지금까지 해온 방침과 다릅니다. 저는 강제로 퇴학생이 나오게 하는 구조는 찬성할 수 없습니다."

다른 교사들이 입을 꾹 다문 침묵의 분위기 속에서, 마시마만이 홀로 집요하게 굴었다.

"그리고 이번 학년 말에 있는 마지막 특별시험에도 갑작스럽게 새로운 시스템이 도입되었는데, 이것도 유례없는 일입니다. 저는 그 이유에 대해 전혀 설명을 듣지 못했습니다."

마시마의 저항이 부질없다는 것을 교사들은 처음부터 알고 있었다.

이 결정을 번복하기란 불가능하며 바꿀 수 없다는 사실을.

"아무래도 마시마 선생님은 융통성이 좀 없으신 것 같군요. 지금까지 해온 방식이 옳은 게 아니라 잘못되었을 가능성도 있지 않습니까?"

교무실에서 츠키시로와 마시마의 설전이 이어졌다. 하지만 마시마의 열세는 불 보듯 뻔했다. 일개 교사가 어떻게 할 수 있는 상대가 아니었다.

"청소년은 어른들이 생각하는 것보다 흡수력이 높아요. 저는 그 점을 고려해 2, 3학년에 적용하는 것은 보류하고 1학년에게만 새로운 시험을 적용한 겁니다. 1학년인 그들이라면 아직 이 학교의 색깔에 완전히 물들지 않았을 테니까요. 새로운 방식이 성공한다면 내년 1학년에게도 시험해 볼 수 있겠지요.”

“이번 1학년은 퇴학생을 내지 않고 여기까지 왔습니다. 그런데 기어이 이런 형태로 끝나게 만드실 작정입니까?”

“당장 눈앞의 기록 따위는 아무런 의미도 없습니다. 미래 지향이라고요, 미래 지향.”

츠키시로의 반격, 연설은 계속해서 이어졌다.

“이 학교는 정부의 기대를 한 몸에 받으며 실험적인 시도를 하는 신설 학교. 아직 역사가 얼마 되지 않았습니다. 지금이야말로 이것저것 많이 시도하는 것이 바람직하다고 생각합니다.”

“미래 지향, 좋죠. 하지만 그건 지금 1학년을 실험대에 올렸다는 말이기도 합니다. 한 반의 담임으로서 용인할 수 없습니다.”

츠키시로에게 정면으로 반기를 드는 마시마. 그는 어떻게든 해서 특별시험의 궤도를 수정하려 했다.

하지만 사실상 이제 ‘반 내부 투표’라는 시험을 돌이키기란 불가능했다.

“……마시마 선생님, 거기까지 하시죠.”

이야기가 어느 정도 정리되자 차바시라가 끼어들었다.

마시마는 다 하지 못한 말을 못내 삼켰다.

하지만 뒷말을 재촉한 것은 다름 아닌 츠키시로였다.

“괜찮습니다. 하고 싶은 말씀이 있으면 얼마든지 하세요. 사실, 선생님이 우려하시는 것도 충분히 이해하니까요. 안 그렇습니까? 마시마 선생님.”

“그럼 재고해주실 수 있습니까?”

마시마는 츠키시로에게 특별시험의 재검토가 가능한지 물었다.

하지만 구원의 밧줄은 내려오지 않았다.

사카야나기 이사장과는 달리 츠키시로 이사장 대행은 현장의 목소리를 반영할 생각이 전혀 없었다.

“재고요? 그건 좀 어렵겠군요. 저는 대행이라고는 하나 이 학교의 이사 자리에 앉아 있습니다. 이사라는 것은 다시 말해 지도 방침을 정하고 학교를 이끄는 역할이지요. 하지만 그 이사도 결국은 꼭두각시입니다. 이사는 더 위에 있는, 정부가 내세운 법인에 고용된 사람에 불과하니까요.”

결국 마시마의 저항은 무의미했던 셈이었다.

현장의 목소리는 둘째 문제. 중요한 건 고도 육성 고등학교의 미래뿐.

“그 결과, 엄격한 규칙 때문에 퇴학생이 속출해도 어쩔 수 없다는 거군요.”

“부적격자는 배제한다. 그것은 이 사회의 구조── 아니, 자연의 섭리죠. 더구나 『프로텍트 포인트』 제도를 도입해서 한 발짝 양보해드리지 않았습니까. 그걸로 납득해주셨으면 좋겠군요.”

팽팽한 긴장감이 흐르던 분위기가 서서히 누그러지기 시작했다.

길게 끈 아침 교직원 회의도 끝이 다가오고 있었다.

"무엇보다 이전의 교육 방침을 세운 사카야나기 이사장님은 부정 의혹으로 근신 중이지 않습니까? 만약 그 의혹이 사실로 밝혀진다면, 저희가 그분의 방침을 계속 이어나갈 수는 없는 노릇이지요. 물론 하루빨리 의혹이 풀려서 이곳으로 돌아오시기를 진심으로 바라고 있습니다만."

짝, 하고 손뼉을 친 후 츠키시로가 모든 교사를 한 번 둘러보았다.

"슬슬 시간도 다 되었으니 이야기는 이 정도로 할까요. 아차, 그렇군요. 내년에는 이 학교도 문화제를 열 수 있을지 모색 중입니다. 조만간 선생님들의 의견도 물을 테니, 그때도 부디 잘 부탁드립니다."

"문화제라고요? 이 학교는 외부와 접촉을 가능한 피하는 게 기본 방침이지 않았습니까?"

처음으로 2학년과 3학년 담임들로부터도 의문의 목소리가 나왔다.

"그런 케케묵은 점도 문제라는 겁니다. 저는 이 학교가 지금보다 더 국가에 인정받으려면 몇 번이라도 변해야 한다 생각합니다. 물론 누굴 초대할지는 엄선해야겠지만, 딱히 걱정하실 필요는 없습니다. 일반인에게 개방하는 것이 아니라 정계 등 이 학교를 주지한 사람들을 상대로 하는 거니까요. 다들 적극적으로 검토해주시기 바랍니다."

이상, 하고 츠키시로 이사 대행이 말을 마무리하면서, 교사들의 전쟁은 끝났다.
아무것도 하지 못하고 말이다.

1

츠키시로가 나간 후의 교무실. 수업이 시작되기 전.
"마시마 선생님, 그리고 호시노미야 선생님. 잠시 시간 괜찮으십니까?"
차바시라가 두 사람에게 말을 걸었다. 예전에 이 학교에서 절차탁마한 라이벌이자, 친구.
오래된 사이인 만큼 두 사람은 딱히 이유도 묻지 않고, 필요한 파일만 챙겨서 차바시라를 따라 교실로 이어진 복도로 나갔다.
"우울해. 반드시 퇴학생이 나오는 시험을 발표해야 한다니."
제일 먼저 말을 꺼낸 사람은 호시노미야였다.
무거운 한숨을 토하며 출석부로 시선을 떨궜다.
"누가 사라지려나……."
호시노미야는 현실과 마주하려 하고 있었다.
"아직 누군가가 사라진다고 결정된 건 아니잖아. 아직 방법은 남아 있어."
"하지만 퇴학을 취소할 수 있는 수단은 2,000만 포인트뿐인데?"

말은 그렇게 했지만, 호시노미야도 살아남을 방법이 하나뿐이라는 걸 알고 있었다.

지금은 어느 반도 그렇게 큰 포인트를 갖고 있지 않았다.

"그나마 다행인 게 있다면 이번에는 반 포인트 300을 내지 않아도 된다는 점이겠지. 강제 퇴학은 전례가 없는 이야기니까. 당연하다면 당연하지만."

퇴학을 취소하려면 프라이빗 포인트 2,000만과 반 포인트 300이 필요하다. 이번에는 그중 반 포인트가 면제된다는 이야기였다.

그렇다고 해서 교사나 학생이 강제 퇴학을 받아들일 수 있을 리는 없겠지만.

"나는 아무래도 츠키시로 이사장 대행의 방식이 마음에 안 들어."

"뭐, 사에짱이 그렇게 생각하는 거야 무리도 아니지. 갑자기 와서 자기 멋대로 학교를 뒤집어엎고 있으니."

부둥켜안으려는 듯 다가오는 호시노미야를 차바시라는 귀찮다는 듯 떨쳐냈다.

"불평한다고 해서 뭐가 달라지지는 않을걸. 괜한 소릴 했다가 틀어지면 잘리는 수가 있어."

"네가 그런 소릴 하니? 정작 마시마 군은 정색하고 덤벼들었잖아. 얼마나 조마조마했는데. 저런 상황에는 괜한 소릴 하면 안 된다고."

"치에 말이 맞아. 그 사람은 교사가 해고당하든 말든 눈

하나 깜짝하지 않을 거다. 대신할 사람은 얼마든지 있다는 걸 아니까. 아니, 오히려 더 좋은 기회라고 보겠지."

"반항하는 마시마 군 같은 교사를 빼고 자기가 다루기 편한 교사를 앉히려는 게 목적일지도."

두 사람은 츠키시로가 교무실에서 늘어놓은 연설이 반항적인 교사를 색출하기 위한 덫이었다고 생각하고 있었다.

마시마도 알고 있었는지 딱히 부정하지는 않았다.

"사에짱도 모처럼 염원하던 C반으로 올라갔으니까, 무모한 짓 하지 마~?"

"우리 반이 올라갔는데 꽤 여유롭군."

"어머, 설마 사에짱, A반으로 올라갈 수 있을지도 모른다는 환상을 품고 있는 거야?"

관찰하듯 들여다보는 호시노미야의 커다란 눈동자에 차바시라가 시선을 피했다.

겉보기에는 호시노미야가 자주 얼빠진 소리를 하는 것 같지만, 사실 그 대부분이 이미 득실을 계산하고 나온 행동이다.

오랜 지인인 차바시라는 그 사실을 훤히 잘 알고 있었다.

"……아니. 나도 그렇게까지 바보는 아니야."

"그렇지? 혹시라도 A반을 노리고 있다고 말했으면 나는 깜짝 놀라 쓰러졌을 거야."

호시노미야는 양팔까지 들어가며 일부러 놀라는 척했다.

여자들끼리 나누는 시시콜콜한 대화였지만, 마시마는 도

저히 평온한 마음으로 지켜볼 수 없었다.
사바나에서 마주친 육식동물들. 먹고 먹히는 전쟁.
"너희, 아직도 그 일로 싸우는 거야? 몇 년이나 지났는데?"
"마시마 군. 시간 따위는 상관없거든."
"그래. 아무 상관도 없어."
마시마가 중재에 나서려다가, 두 사람의 매서운 눈총에 어쩔 수 없이 뒤로 물러났다.
츠키시로를 상대로 과감하게 맞섰던 마시마라도 차마 나서지 못하는 상대가 있었다.
"……그래? 내가 끼어들 일은 아니지만, 일에 사심은 넣지 마라."
"그런 짓은 안 해. 그렇지? 치에."
"당연하지~. 그렇지? 사에짱?"
서로 속으로는 탐색하고 있으면서도 겉으로는 아무렇지 않은 듯이 구는 두 사람.
"여하튼, 다들 경솔한 행동 하지 마."
차바시라는 이야기를 얼른 마무리 짓고 C반으로 향했다.
그 모습을 눈으로 배웅하는 두 사람.
"진짜, 사심이 안 들어간 거 맞지?"
누가 봐도 기분이 상한 차바시라의 뒷모습을 바라보며 마시마가 물었다.
"같은 사람 취급하지 마, 마시마 군. 나는 아무런 미련도 남아 있지 않으니까. 하지만 저 애는 그때부터 지금까지 쭉 변하지 않았어. 아무리 시간이 흘러도 학생인 채로 멈추어 서 있지. 그래서 그런 시시한 첫사랑을 가슴 속 깊은 곳에 소중히 간직하고 있는 거야."

"……무서운 표정 짓지 마라."

"뭐? 거짓말, 어머나, 내가 그런 표정이었어?"

손거울을 꺼내 뚜껑을 열고는 생긋, 웃는 얼굴을 만드는 호시노미야.

"좋아, 오늘도 난 완벽하게 귀여워. 그렇게 생각하지?"

"모르겠는데."

"너무햇! 뭐, 상관없지만."

거울을 넣는 호시노미야를 보며 마시마가 충고했다.

"약점 잡히지 않도록 해. 올해 D반, 아니 C반은 예년과는 달라."

아직 반 포인트에 격차는 있지만, 앞으로 남은 특별시험이 어떻게 될지는 교사들도 짐작할 수 없었다.

"그럴지도 모르지. 하지만 괜찮아, 우리한테는 이치노세가 있거든. 게다가——."

"게다가?"

"만약 올라오면 내가 곧바로 밟아줄 거니까."

"교사가 학생들의 경쟁에 간섭하지 마라."

"그런 짓은 안 한대도 그러네. 그냥, 사에짱한테는 가차 없을 거란 얘기일 뿐."

호시노미야는 교사들끼리 싸우는 데 참견하지 말라고 말

했다.

"진심인 모양이군."

"사에짱한테만은 질 수 없으니까!"

그것이 학생 시절 때부터 이어진 두 사람의 관계.

친한 벗이자, 라이벌.

○1학년 마지막 대결

3월 8일.

지금 C반에서는 담임인 차바시라가 1학년 마지막 특별시험을 개시하려 하고 있었다.

C반에 놓인 책상과 의자는 각각 39개.

불과 며칠 전까지만 해도 당연히 40개가 있었으나, 지금은 하나가 빠져 있었다.

야마우치 하루키의 퇴학.

C반뿐만이 아니다. D반에서는 마나베, A반에서는 야히코가 퇴학당했다.

이 사건은 1학년 전체에 큰 충격을 주었다.

마음속 어딘가에 '구제 조치가 있지 않을까?' 하고 남아 있던 믿음이 완전히 박살 났으니까.

그리고 그 경악과 상처가 아직 아물지도 않았건만 야속하게도 시간은 계속 흘러가고 있었다.

홈룸 시작을 알리는 종소리와 함께 담임 차바시라가 모습을 드러냈다.

쓸데없는 잡담 따위는 들리지 않았다.

"——그럼 지금부터 1학년 최종시험을 발표하마."

차바시라는 1학년 마지막 특별시험의 설명을 시작했다.

예상은 했지만, 야마우치가 어떻게 됐는지 하는 이야기는 한마디도 없었다.

야마우치와 가장 친한 친구였던 이케와 스도는 힘겹게 그 현실을 받아들이려 노력하고 있으리라.

"지난 1년을 정리하는 마지막 특별시험은 지금까지 배운 것의 집대성 같은 느낌이 될 거다. 지적 능력, 체력, 연대 혹은 운. 너희가 가진 모든 잠재력을 발휘해야 할 거야."

평소 같으면 이쯤에서 이케 같은 학생들이 차바시라에게 즉시 질문이나 의문을 던졌을 테지만 오늘은 조용히 경청하고 있었다.

저번 시험에서 다음은 자기일지도 모른다는 위기감을 느낀 탓이겠지.

"특별시험은 각 반의 종합적인 능력으로 겨루는『선발 종목 시험』. 규칙에 따라 대결할 반을 정해서 치르게 된다. 페이퍼 셔플 때와 비슷하다고 보면 돼."

선발 종목 시험. 차바시라가 발표한 연말 특별시험은 어떤 내용일까.

"우선 너희의 이해를 돕기 위해서, 흰색 카드 열 장, 그리고 학생 수대로 가져온 노란색 카드를 준비한 후에 다시 설명을 이어가마."

차바시라는 카드를 칠판에 붙이기 시작했다.

카드는 전부 트럼프와 비슷한 크기였다. 흰색 카드에는 아무것도 적혀 있지 않았고, 노란색 카드에는 각각 학생의 이름이 적혀 있었다.

두 종류의 카드를 합쳐 총 48장의 카드가 칠판에 붙었다.

즉, 학생 숫자보다 노란색 카드가 한 장 모자랐다. 뭔가 의미가 있는 것일까.

"먼저 열 장짜리 흰색 카드를 설명하지. 여기에는 너희가 자유롭게 의논해서 정한『종목』을 총 열 개를 적으면 된다."

이케가 곧바로 어렵다는 표정을 지었지만, 이번에도 경솔하게 끼어들지는 않았다.

이를 본 차바시라가 왠지 이상하다는 듯이 말했다.

"궁금한 점이 있으면 얼마든지 질문해도 상관없다만."

"아, 아니, 하지만…… 중간에 끼어들면 선생님이 화내잖아요?"

속을 들켜 당황한 이케.

"이제는 네가 중간에 끼어들지 않으면 오히려 불안하구나."

차바시라는 항상 설명을 끝낸 뒤에 질문을 받았는데, 이번에는 중간에 끼어들어도 괜찮은 모양이었다.

반 아이들의 시선이 온통 이케에게 쏠렸다.

결국, 이케는 머뭇거리며 질문을 꺼냈다.

"그럼, 저기…… 으음, 종목? 그게 뭐예요?"

"필기시험, 장기, 트럼프, 야구 등. 너희가 이길 수 있을 것 같은 종목을 자유롭게 쓰면 된다. 그리고 어떤 방식으로 승부를 낼 것인지도 너희가 생각해서 규칙을 정하는 거야."

"네? 하나부터 열까지 전부 자유라고요?"

자유라는 말을 들었는데도 이케와 다른 학생들은 아직 감이 잘 오지 않는 눈치였다.

"다만, 자유라고 해도 규칙이 몇 가지 있다. 극단적으로 말해서, 사람들이 잘 모르는 마이너 스포츠 혹은 게임을 종목으로 정하면 제안한 사람 말고는 승산이 없으니까. 그리고 종목의 규칙도 공정하면서 이해하기 쉬워야 한다. 그런 이유로, 너희들이 종목을 적어서 제출하면 그게 적절한지 학교 측이 판단해 최종적으로 채택 여부를 결정할 거다."

하긴 아무도 모르는 스포츠나 혼자 푹 빠진 게임 등 흔치 않은 종목이나 특이한 규칙이 나오면 다른 사람들은 가망이 없다.

그나저나 규칙까지 전부 우리가 정하는 건가.

"그리고 규칙은 무승부가 나오지 않도록 정해야 한다. 바둑으로 예를 들면, 집의 수가 같을 때 무승부가 되는데 그것을 방지하기 위해 흰색, 즉 후공에 핸디캡으로 반집을 더 줘서 백돌의 승리로 간주하는 거지. 장기도 언뜻 보면 무승부가 불가능할 것 같지만, 서로의 왕이 적진으로 도망치는 이른바 '상입옥(相入玉)' 같은 경우가 아주 가끔 있다. 그럴 때는 지장기(持将棋)로 이어져서 장기판에 남은 말의 개수로 승패를 판가름하지. 이렇게 세세한 승패 규칙을 만들어야 한다. 이 조건을 만족하지 못하면 종목 채택에서 제외된다."

반드시 승패가 판가름 나면서, 어느 정도 대중적인 종목이라.

그 정도 조건이라면 무수히 많겠지만, 학생이 선택할 수 있는 종목은 어느 정도 한계가 있을 듯하다.

"그럼 너희가 더 이해하기 쉽게 연습을 한번 해보도록 하지. 이케, 네가 잘하는 게 뭐지? 뭐든 좋으니 말해봐라."

"으음…… 뭐가 있을까……."

갑자기 자신 있는 종목이 떠올리기 힘든지 생각에 잠긴 이케.

"가, 가위바위보 같은 건 좀 자신 있는데요?"

고민 끝에 그런 장난 같은 대답을 내놓자 반 아이들이 실소를 터트렸다.

하지만 차바시라는 망설임 없이 받아들이고, 흰색 카드에 '가위바위보'라고 써넣었다.

"그럼 가령 가위바위보를 종목으로 정한다고 하자."

진심으로 받아들일 줄 몰랐던 이케와 반 아이들이 아연실색했다.

"규칙은 어떻게 정할래?"

"으음…… 그럼, 세 번 먼저 이기면 승리한다거나?"

차바시라는 이케의 말에 따라 가위바위보 카드 밑에 규칙도 적었다.

"많은 사람이 아는 종목이면서 단순 명쾌한 규칙. 학교 측이 채택하지 않을 이유가 하나도 없군."

"채, 채택되어버렸네."

아무렇게나 던진 발언으로 탄생한 종목이지만, 학교 측에서 보면 아무런 문제가 없었다.

"이런 과정을 아홉 번 더 거치면 종목 열 개가 완성되는 거다."

차바시라가 분필을 쥐고 칠판에 글을 써 내려갔다.

"그리고 시험 일정인데, 이것도 중요해. 시험은 크게 세 단계로 나눠진다."

특별시험

3월 8일: 특별시험 발표 및 대결 반 결정

3월 15일: 종목 10개 확정. 대결 반의 종목 10개 및 그 규칙 발표

3월 22일: 선발 종목 시험 당일

"하, 하지만 선생님. 스무 종목이나 하면 너무 오래 걸리지 않을까요?"

"각 반은 선발 종목 시험 당일, 열 종목 중에 다섯 종목까지 추려서 『진짜 종목』을 제출한다. 그러니까 최종적으로는 스무 종목이 아니라 열 종목이 된다는 이야기지."

거기까지 듣고 호리키타가 입을 열었다.

"그러니까 열 종목 중에 다섯 종목은 눈속임…… 거짓 정보가 상대 반에 흘러간다는 건가요?"

"그런 역할도 하게 되겠지. 이렇게 해서 열 종목으로 좁히고 나면 학교 측이 준비한 시스템에 따라 일곱 종목을 자동으로 랜덤 추첨한다. 이런 흐름이야."

차바시라는 호리키타의 말을 부정하지 않았다.

지금까지 치른 특별시험 중에서도 특히 장기전이 될 듯하다.

종목이 일곱 가지인 이유는 승패가 반드시 나도록 의도한 결과라 볼 수 있다.

무승부가 없는 이상, 7종목 가운데 4종목을 이긴 시점에서 승패가 결정 나겠군.

"만약 대결 도중에 승패가 결정 나더라도 시험은 마지막까지 진행한다. 반 포인트 변동이 걸려 있거든. 즉 패배했든 승리했든, 마지막까지 경기를 치러야 한다는 거다. 종목 열 개는 14일 일요일 자정까지 모두 접수해야 한다. 너희가 제출한 종목이 인정될지 어떨지 학교에서 확인을 받아야 하니, 한 종목씩이라도 빨리 확정받는 게 안전하겠지."

"만약에 14일까지 열 종목을 정하지 못하면 어떻게 되나요?"

"그럴 때는 학교 측이 대안으로 준비해 놓은 종목을 할당한다. 하지만 학교가 주는 종목은 기대하지 않는 게 좋을 거다. 불리하면 불리하지, 유리하진 않을 테니까."

뭐가 되었든 열 종목을 확정시키는 작업을 해두는 게 좋겠군.

"그리고 중요한 건 같은 반에서 같은 종목을 두 개 등록할 수 없다는 점이다. 가령 2점을 먼저 따면 승리하는 축구를 종목으로 정해놓고, 또 PK로 승부를 정하는 축구를 다른 종목으로 등록하려고 해 봐야 무효라는 소리다. 주의하도록."

"한 번 정한 종목을 취소할 수도 있나요?"

"그건 불가능하다."

"그럼…… 시험 당일, 일곱 종목에 출전하는 학생은 아무나 중복 참가가 가능한가요?"

"말로만 설명을 들어서는 이해하기 어려운 부분도 있겠지. 그래서 학교 측이 상세한 설명을 담은 걸 하나 준비했다. 나중에 복사하든지 알아서 해라. 호리키타, 네가 원하는 대답도 거기에 잘 나와 있다."

학교 측이 학생 수만큼 준비해도 됐겠지만, 오히려 이게 배려한 것인지도 모른다.

한 부밖에 없으면 반 아이들 전체가 모여서 확인할 수밖에 없으니까.

그러면 다 같이 의논하는 흐름으로 유도하기 쉽겠지.

"칠판에도 썼지만, 각 반이 결정한 열 종목은 15일에 대결할 반에도 통보된다. 상대가 어떤 종목과 규칙을 정했는지 모르면 승부가 성립하기 어려울 테니."

즉 일주일 가까이 공부하고 연습하는 등 대책을 세울 수 있다는 이야기.

서로가 당일에 어떤 종목을 고를지 미리 수를 읽는 싸움도 일어나겠군.

"그리고 22일 시험이 끝나면 23일은 쉰다. 24일에는 졸업식, 25일에는 종업식이 있고. 너희는 새로운 마음으로 봄방학에 들어가게 되는 거다."

이기고 끝날지 지고 끝날지에 따라 동기부여도 상당히 달라지겠군.

여하튼 이렇게 해서 선발 종목 시험의 흐름은 대충 파악했다.

그런데――.

차바시라는 아직 뭔가 큰 설명이 남아 있음을 표정으로 은근히 드러내고 있었다.

"종목을 정하는 것 이외에 또 하나 중요한 게 있다. 반을 결속시키기 위해『사령탑』한 명을 내세워야 해. 그 사령탑은 종목에 직접 참가할 수 없다는 점을 잘 기억해두도록."

"사령탑이라고요……?"

학생 카드가 38장밖에 없었던 이유는 이 때문인가.

"임기응변 같은 대처 능력이 필요한 아주 중요한 역할이다. 모든 종목에 '관여'해서 보조하는 일종의 구제책이라 보면 돼. 선수 교체, 풀기 힘든 문제를 대신 해결하는 등 스포츠뿐 아니라 바둑, 장기 같은 종목에서도 사령탑은 개입할 권리를 갖고 있다."

단순히 학생들 간의 기초 능력 대결이 아니라, 사령탑의 개입인가.

"사령탑이 『관여』하는 방법도 너희끼리 정해야 한다. 그렇지. 가위바위보로 예를 들면…… 『임의의 타이밍에 사령탑이 참가해서 딱 한 번만 가위바위보를 할 수 있다』라든가 『가위바위보를 하는 선수를 교체할 수 있다』 같이 관여 방법을 설정할 수 있어."

평등한 관여라면 대부분 인정된다는 뜻이리라.

야구나 축구 같은 종목의 경우 선수 교체를 할 수 있게 설정한다면 실질적으로 감독 같은 역할이다.

일곱 종목이라고는 하나 이 '관여'라는 요소가 아주 큰 포인트겠지.

"사령탑은 승리했을 때 프라이빗 포인트를 받는 대신, 패배하면 책임을 지게 된다. 즉, 퇴학이지."

또 강제로 퇴학생을 만들겠다는 이야기인가.

"이 특별시험은 반드시 사령탑이 있어야 한다. 사령탑 없이는 진행 자체가 인정되지 않아. 만약 의논했는데 도저히 못 정하겠다면 말해라. 내가 대충 정해줄 테니."

이번에도 누구 한 사람을 지명하는 방식.

이렇게 되면 지난 시험에서 프로텍트 포인트를 얻은 내게 관심이 쏠리겠군.

아니나 다를까, 많은 시선 혹은 감정이 나를 향하고 있었다.

유일하게 퇴학을 무효로 만들 수 있는 프로텍트 포인트.

그걸 가지고 있는 나라면 사령탑이 되어 패배해도 퇴학을 면할 수 있다.

다만——.

아무도 퇴학당하지 않기 위해 내가 사령탑이 되는 게 좋을 것인가, 아니면 호리키타 등 우수한 학생에게 사령탑을 부탁해서, 1%라도 이길 가능성을 더 높이는 게 좋을 것인가.

반 아이들이야 어느 쪽이어도 상관없다고 생각할 것 같지만.

나 말고 사령탑을 자원하는 학생이 나온다면 아마 반 애들은 반대하지 않을 것이다.

반대로 아무도 자원하지 않는다면 다들 내게 기대를 걸겠지만.

"대결할 반은 어떻게 정하나요?"

"사령탑이 된 학생은 오늘 방과 후 다목적실에 모인다. 아마 제비뽑기를 해서 누군가에게 선택권을 주고 반을 고르라 하겠지. 제비뽑기에서 이겼을 때 어느 반을 고를지, 미리 논의하는 게 좋을 거다."

이긴 반이 원하는 반을 지명하고, 남은 반끼리 자동으로 대결하는 식인가.

"그거야 당연히 D반 아니겠어요? 가장 승산이 있잖아요."

"물론 종합적인 능력이 떨어지는 점만 봐선 D반과 붙는 편이 승률을 높이는 길이겠지. 하지만 아랫반과 대결하는 것이 꼭 장점만 있는 건 아니야."

필연적으로 세 반 모두 D반을 지명할 가능성이 크다고 차바시라가 말했다. 류엔이 실각한 지금, 과연 D반은 가장 수월한 대전 상대였다.

"이번 시험에서 중요한 건 상성이다. 각 반이 가진 개성을 살리는 게 가장 중요해."

대결할 반이 A반이나 B반이라고 해서 절망할 필요는 없다.

반에 유리한 종목을 고르면 이쪽도 충분히 승산 있으니까.

물론 상대가 윗반일수록 힘겨운 대결이 기다리고 있겠지만.

차바시라의 말을 들어도 아무도 웃지 못했다.

호리키타 역시 머릿속으로 상상하고 있을 것이다.

지금의 C반이 도전한다고 과연 A반이나 B반을 이길 수 있을까.

"아무래도 위로가 되지 않는 말이었나 보군. 그럼 현실을 알려주지. 너희가 지고, D반이 이긴다면…… 너희는 다시 꼴찌로 전락하는 거다."

분필을 다시 잡은 차바시라가 현재 반 포인트를 써 내려갔다.

3월 1일 시점의 반 포인트

A반: 1,001 포인트

B반: 640 포인트

C반: 377 포인트

D반: 318 포인트

C반과 D반의 반 포인트가 팽팽했다. 1년 걸려 C반으로 올라왔지만, 끝에 가서 진다면 결국 D반으로 다시 돌아간다는 것.

요컨대 학생들은 무슨 수를 써서라도 승리를 거머쥐고 싶을 것이었다.

"그리고 반 포인트의 변동은…… 한 종목당 30포인트가 증감된다. 7연승 했을 땐 210포인트, 5승 2패 했을 때는 90포인트가『상대 반』에서 넘어오게 되지. 그리고 승리하면 학교 측에서 보상으로 100포인트를 더 준다."

최대 310포인트를 얻을 수 있다는 건가.

종목의 승패에 따라 대전 상대의 반 포인트를 뺏을 수 있다는 점도 크다. 지금까지 줄이고 싶어도 줄일 수 없었던 상위 반의 포인트가 단번에 내려갈 가능성이 있다. 편성과 결과에 따라서는 충분히 B반으로 올라갈 수도, D반으로 떨어질 수도 있다.

"만약에 대전 상대의 반 포인트가 부족할 때는 그 부족한 부분을 학교 측이 일시적으로 메워준다. 즉, 반 포인트가 마이너스가 되어버린 반은 0포인트라고 쓰여 있어도, 나중에 학교에 갚아야 한다는 거지."

즉 보이진 않아도 반 포인트가 0 아래로도 떨어질 수 있다는 이야기군.

다만 이번에는 모든 반이 210포인트 이상 가지고 있으니, 그럴 일은 없을 것 같다.

1

차바시라가 교실을 떠난 후 수업이 시작되기 전까지 남은 조금의 여유.

학생들은 교단에 놓여 있는, 종목 규칙이 적힌 종이에 몰려들었다.

"잠깐만 비켜줘."

호리키타는 그곳을 헤집고 들어가 규칙을 전부 스마트폰 카메라로 찍어왔다.

자기 자리에 앉아 차분하게 볼 수 있도록 먼저 움직인 거겠지.

나는 자리에 앉아서 그저 그 모습을 보고만 있었다.

"너한테도 보여줄게. 흥미 없을지도 모르겠지만."

"고마운 배려군."

채팅창에 곧바로 사진 두 장이 전송되었다.

선발 종목 시험, 종목을 정할 때의 규칙

*지나친 마이너 종목, 지나치게 복잡한 종목 및 규칙 제한

너무 세세한 장르는 허가가 떨어지지 않을 수 있다.

필기 문제 등을 종목으로 정할 경우, 학교 측이 문제를 작성해 공평성을 유지한다.

종목의 기본 규칙에서 벗어나 바꾸려 하는 행위를 금한다.

*쓸 수 있는 시설에 대하여

특별시험 당일에 사령탑은 다목적실에서 종목을 진행한다. 또 체육관, 운동장, 음악실, 과학실 등 학교 내 시설을 사용할 수 있으나, 일부 예외도 있다.

*종목 제한, 시간제한에 대하여

다른 종목과 같은 내용이라고 판단한 종목은 채택하지 않는다. 또 종목을 소화하는 데 걸리는 시간이 지나치게 길어질 수 있거나, 시간제한이 없는 종목 등은 채택이 보류될 수 있다.

*출전 인원수에 대하여

종목에 필요한 인원수는 교체 요원을 제외하고 신청하는 종목 10개가 전부 달라야 한다.

최소 인원은 한 명이며, 최대 인원은 20명까지(교체까지 포함해 20명을 넘어서는 안 된다).

한 반에서 출전하는 인원이 교체까지 포함해 10명을 넘기는 종목은 최대 2개밖에 등록할 수 없다.

*출전 조건에 대하여

각 학생이 출전할 수 있는 종목은 하나로, 두 개 이상의 종목에 나갈 수 없다.

단, 반 학생이 전부 출전해 남은 사람이 없을 때는 두 개 이상의 출전을 허용한다.

*사령탑의 역할에 대하여

사령탑은 종목 7개 전부 관여할 수 있는 권리를 가진다. 어떻게 관여할지는 종목을 정한 반이 정할 것. 학교 측이 승인했을 때 비로소 채택된다.

규칙은 크게 다섯 개의 카테고리로 나누어져 있었다.

출전 인원수는 종목당 1명에서 20명까지. 20명이나 필요한 종목이 그렇게 많진 않겠지만, 그래도 어떤 방식을 취하느냐에 따라서 다 채우는 것도 가능하다. 두 종목에 40명 가까이 넣게 된다면 두 번, 상황에 따라서는 세 번까지 출전하는 학생도 나올 수 있다는 얘기다. 소수 정예로 나가려 해도 종목마다 필요 인원수를 다 다르게 해야 하니 그것도 쉽지 않으리라.

"진짜, 참 어려운 특별시험을 내놨네, 학교도."

"그러게. 하지만 1년을 집대성하기에는 알맞은 종목일지도 몰라."

많은 학생이 참여해 힘을 합하지 않으면 이길 수 없는 구조다.

체육대회 때도 그랬지만, 이번에는 체력만 좋다고 우위를 점할 수 있는 게 아니다. 생각하기에 따라서는 학력 중심의 대결 방식이나 대처 능력, 정신력 등이 빛을 발할 수도 있다.

자신들의 장단점뿐 아니라 다른 반이 무엇을 잘하고 못하는지 간파하는 것도 중요하다. 이러한 종목 선정 방식을 생각하면 학교가 정한 특별시험 기간도 수긍이 간다. 의견을 최대한 많이 듣고 엄선하지 않으면 최대한의 힘을 발휘할 수 없겠지.

그리고 우리 반에는 종목 출전 자체가 불투명한 학생도 있다. 전원이 출전하지 않으면 두 종목 이상에 나갈 수 없다고 하니, 그것도 고려해서 조정해야 할 거다.

호리키타는 대충 설명을 이해한 후에도 다소 불만스러운 표정이었다.

"이 특별시험에 불만이 있나 보군."

"있어. 그것도 한가득. 무엇보다 당일에 어느 반의 종목이 많이 선정되느냐가 승패의 열쇠를 쥐고 있다는 점이 마음에 안 들어. 대전 상대가 준비한 종목으로 치우치면 굉장히 불리해지잖아."

각 종목은 이길 수 있다는 절대적 자신감으로 세워놓은 것들뿐일 터.

당연히 상대 반의 종목보다 자기 반이 내세운 종목으로 대결하고 싶을 것이다.

"학교 측이 열 종목을 만들어 각 반에 전달하고 당일에 일곱 종목으로 좁히는 방식이 공평하지 않아?"

뭐, 공평성을 따진다면 호리키타의 말이 맞겠지.

"공평해지는 대신 하위 반이 이길 확률은 더 내려가겠지만. 이번 시험은 운이 좋으면 아랫반이 윗반을 이기는 것도 가능한 좋은 기회라고 볼 수도 있잖아?"

윗반일수록 많은 면에서 뛰어날 테니까.

"그건…… 물론 그렇게 볼 수도 있겠지만…… 아무리 그래도 마음에 안 드는 시험이야."

그나저나――.

학생들이 서로 의논하면서 시험 규칙을 파악하는 동안.

히라타는 미동도 하지 않은 채 고개를 푹 숙이고 시간이 흘러가기만을 기다리고 있었다.

"불과 며칠 전까지만 해도 우리 반의 중심이었는데 말이야."

"나 때문일까."

"글쎄, 어떨까."

사실은 히라타 자신의 문제지만, 그걸 본인을 포함해 누가 어디까지 이해하고 있는지는 알 수 없다.

"야. 의논하기 전에 한 가지 따지고 싶은 게 있는데."

히라타가 여전히 움직이지 않는 와중, 반 회의가 시작되려는 시점에 스도가 입을 열었다.

그는 나를 가볍게 스윽 쳐다본 후 반 전체로 눈길을 돌렸다.

"지난 주말에 있었던 결과가 이상하다고 생각한 녀석들이 많을 거야. 안 그래? 칸지."
"……뭐, 이상하다고 해야 하나, 영문을 모르겠어. 왜 찬성표 1위가 아야노코지였는지 다들 궁금해하고 있었다고. 대체 어떻게 42표나 받았는지가 말이야."
많은 시선이 내게 향했다. 그건 아야노코지 그룹이라고 해서 예외가 아니었다.
"표가 그만큼이나 나왔다는 건…… 다른 반에서 찬성표가 엄청 많이 들어왔다는 얘기잖아?"
해명, 변명할 시간조차 없었던 주말.
오늘 이 질문이 날아오는 건 당연한 일이었다.
하지만 여기서 변명을 줄줄 늘어놓을 수는 없다.
이 반에서 내 지위는 아래쪽에 있다. 당당하게 뭔가 말할 수 있는 처지가 아니다.
"그건 내가 설명할게."
호리키타가 나섰다.
"아니, 우린 아야노코지한테 직접 설명을 들어야겠어. 친구가…… 사라졌다고."
"그건 불가능할걸?"
호리키타가 자리에서 일어나 나를 감싸듯이 이야기를 시작했다.
"불가능하다니, 무슨 뜻이야?"
"아마 아야노코지도 영문을 알 수 없는 일이었을 테니까."
"……아야노코지도 모른다고?"

"그래. 간단히 설명하자면 전부 사카야나기가 짠 작전이었다는 거지. 왜 사카야나기가 그런 짓을 했는지, 내 나름대로 추리해봤어. 그것도 설명할게."

순서를 따라 말하듯, 호리키타가 이해하기 쉽게 답변해나갔다.

"사카야나기는 먼저 야마우치를 타깃으로 삼고 칭찬표를 줄 테니 안심하라고 말했어. 야마우치가 실제로 마지막에 그런 말을 했으니까 틀림없겠지. 하지만 그녀는 뒤에서 다른 학생에게 칭찬표를 줬어."

"그건, 그렇겠지. 문제는 왜 하필 그게 아야노코지였느냐는 말이야."

"그렇지. 넌 어떻게 생각해? 스도."

"그게—— 실은 아야노코지가 엄청난 녀석이라던가? 그래서 칭찬할 만한 가치가 있다고 판단한 거지."

"너, 아야노코지의 엄청난 능력 같은 걸 본 적 있어? 난 그냥 달리기 잘하는 학생이라는 느낌뿐인데."

"그건…… 뭐, 나도 그렇긴 하지만."

"필기시험에서 썩 좋은 성적을 낸 적도 없고, 달리기 잘하는 거 말고는 운동 면에서 아야노코지가 눈에 띄었던 장면도 하나 없었어. 달리기는 그렇게 잘하면서 다른 부분은 따라주지 않는 걸 보면 오히려 운동 바보일 가능성마저 있지. 그렇다고 해서 화술이 뛰어나 보이는 것도 아니고."

반 애들이 알고 있는 내 이미지 그대로다. 부정할 근거가 어디에도 없었다.

"즉, 말이 안 돼."

호리키타는 망설임 없이, 딱 잘라 단언했다.

"어쩌다 우연히 선택받았을 뿐이라는 건가? 왠지 석연치 않은데."

"간단한 이야기야. 네 말대로 가령 아야노코지가 사실은 엄청난 사람이라면, 굳이 뛰어난 사람한테 프로텍트 포인트를 주는 꼴 아니야? 얕보면 안 된다고 생각하는 사람한테 칭찬표를 주는 바보짓을 누가 하겠어? 예외가 있다면 이러나저러나 칭찬표를 쓸어 담을 게 뻔한 이치노세에게 주는 정도겠지."

실제로 이치노세는 총 98표의 칭찬표를 받았다. 다른 의외의 학생에게 칭찬표를 줄 바에야 그냥 한 명에게 몰아주자는 생각에서 비롯한 결과다.

"하긴 만만치 않은 상대한테 굳이 프로텍트 포인트를 줄 리가 없지."

"나라도 안 줄 거야."

호리키타의 설명에 케이와 사쿠라 그리고 많은 남학생이 고개를 끄덕였다.

"왜 야마우치가 사카야나기의 타깃이 되었는지는 잘 모르겠지만, 그녀가 야마우치의 퇴학을 노렸다고 생각하면 앞뒤가 맞아. 그녀의 의도대로 우리 반은 야마우치와 아야노코지의 양자 대결 분위기에 빠져 있었으니까. 아야노코지에게 칭찬표를 몰아주면 야마우치가 퇴학당할 수밖에 없었지.”

“그 이야기는…… 하루키가 퇴학당한 게 사카야나기의 전략이었다는 거냐?”

“그래. 그리고 아야노코지가 선택── 이용당한 건 단순한 우연. 눈에 띄지 않고 A반에 별로 위협이 되지 않는 인물을 찾던 결과가 아닐까?”

앞뒤가 딱 들어맞는 설명이다.

이로써 이제 나를 깎아내릴 방법은 사라졌다.

“야마우치를 노린 이유, 아야노코지를 지킨 이유, 생각할 수 있는 건 그 정도야.”

이렇게 설명까지 들어버린 이상 두 사람도 받아들이지 않을 수는 없으리라.

스도는 그저 야마우치의 퇴학을 물고 늘어지지 않을 수가 없었을 뿐이다.

“내가 아야노코지를 옹호하는 게 마음에 안 들어?”

호리키타가 스도를 쳐다보며 물었다.

그는 대답하지 않고 시선을 회피했다.

“아야노코지를 옹호하는 건 야마우치가 퇴학당한 제일 큰 원인이 그가 아니라 나에게 있다는 걸 알고 있기 때문이야.”

반에 야마우치의 전략을 폭로하고 궁지로 내몬 것은 다름 아닌 호리키타였다.

“만약 누군가를 탓해야 한다면 그건 내가 감당해야 옳아.”

"그건……."

스도가 호리키타를 비난할 수 있을 리가 없었다.

사실은 스도도 알고 있으리라. 필요 없는 학생이 버림받는 것은 어쩔 수 없는 일이라고.

하지만 아무리 이치에 맞는다고 해도 모든 학생이 전부 받아들일 수 있는 건 아니다.

과정이 어땠든 결국 프로텍트 포인트를 가지고 있는 건 나니까.

단 한 사람만 안전한 곳에서 이 시험을 방관하고 있으니까.

"이번 특별시험…… 내가 사령탑에 입후보해도 될까?"

나는 타이밍을 봐서 그런 말을 꺼냈다.

아직 사카야나기에게 연락이 오지는 않았지만, 이런 경우라면 그녀는 100% 사령탑으로 나설 터.

그렇다면 나 역시 사령탑이 되지 않으면 승부 자체가 성립할 수 없겠지.

"지난 반 내부 투표에서 내가 반에 불신감을 준 건 사실이니까. 그러니 이번 시험의 제물이 되어 그 의심을 불식시키고 싶어."

"아야노코지……."

다소 놀란 표정으로 스도가 나를 쳐다보았다.

"그거 괜찮네! 그렇게 하면 아무도 퇴학당하지 않을 테고, 아야노코지도 의심받지 않게 되고!"

퇴학생 없이 끝낼 수 있다면, 하고 이케가 찬성했다.

"어, 잠깐만. 아니, 아야노코지가 선뜻 나서준 것 자체는 기쁜데, 난 아야노코지가 사령탑이 되는 건 좀 문제가 있다고 생각해."

이 이야기에 끼어든 사람은 예상치 못한 인물, 시노하라였다.

"물론 아야노코지가 사령탑이 되면 설령 우리가 지더라도 아무도 퇴학당하지 않겠지. 그렇지만 그건 처음부터 승부를 내팽개치는 짓 아냐? 지기 위한 준비라고 할까, 호리키타의 말처럼 아야노코지는 평범하다고."

내가 사령탑에 앉아서 다른 반을 이기는 그림이 그려지지 않는다는 의미였다.

"A반이나 B반과 대결하게 되면 사카야나기, 이치노세가 나올 거 아냐? 사령탑이 그만큼 중요한 걸 텐데, 아야노코지로는 승산이 없다고. 이번에 지면 다시 D반으로 되돌아가는 건 다들 알지?"

그런 시노하라의 의견에 일부 학생도 일리 있는 이야기라며 고개를 끄덕였다.

"나는 일단 사령탑 입후보부터 받는 게 좋지 않을까 싶어."

하지만 퇴학이라는 리스크를 짊어져야 하는 포지션. 가볍게 손을 들 학생은 없을 것이다.

평소 같으면 히라타를 의지했을지도 모르지만, 이번에는 그럴 수도 없었다.

지금도 회의에 끼지 않고 혼자 고개를 푹 숙이고 있었다.

이런 상황 속에서 유일하게 퇴학을 겁내지 않고 입후보할 학생이 있다고 한다면…….

모두가 동시에 호리키타를 쳐다보았다.

하지만 퇴학이 걸린 판이라면 아마도——.

"미안하지만, 퇴학이라는 리스크를 짊어지는 건 나도 피하고 싶어. 아야노코지가 입후보해준다면 고마운 일이지. 시노하라가 말한 것처럼 A반이나 B반과 대결하게 된다면 솔직히 이긴다는 보장도 없으니까."

"어라? 호리키타는 조금 전까지만 해도 아야노코지를 감싸더니, 지금은 사령탑으로 세우고 싶은 모양이네?"

이야기를 듣고 있던 케이가 그렇게 지적했다.

"아야노코지가 야마우치의 퇴학과 무관하다는 증명을 도와준 건 그가 사령탑이 되어 줄지도 모른다고 생각했기 때문이니까."

어떤 의미로는, 아주 멋지게 내가 회피할 길을 막아버린 호리키타.

내가 생각한 대로 호리키타는 나에게 사령탑을 맡기는 데 목적이 있는 듯하다.

이 녀석은 내 실력을 다른 학생들보다 높게 평가하고 있다.

여기서 어중간한 학생을 사령탑으로 세우는 것보다 나한테 맡기는 게 위험이 덜하다고 판단했으리라. 더구나 설령 지더라도 프로텍트 포인트로 어떻게든 수습할 수 있으니까.

"사령탑 입후보할 사람, 또 있어?"

이제 반론하고 나설 수 있는 건 새로운 사령탑 입후보자뿐.

하지만 퇴학 위험을 기꺼이 짊어지려 하는 학생은 나타나지 않았다.

"사령탑의 방침을 우리가 미리 세밀하게 논의해두면 되는 이야기야. 당일에는 그 지시, 패턴에 따라 행동하기만 하면 누가 사령탑이 되었든 큰 차이는 없겠지."

그것도 그런가, 하면서 깊이 생각하지 않는 학생들로부터 납득하는 목소리가 들렸다.

"어쨌든 이제 곧 수업이 시작돼. 학교 측이 따로 시간을 마련해줄 리 없으니까, 어디서 따로 모이는 편이 좋겠어."

히라타가 솔선해서 움직이지 않는 지금, 호리키타가 반을 이끄는 역할을 맡게 될 것 같다.

○대전 상대

그날 점심시간에는 C반 학생 '거의' 모두가 교실에 모이게 되어있었다.

도시락을 가져오지 않은 학생들은 일단 먹을 것을 사러 나갔다가 다시 합류할 예정이었다.

나도 사러 나가는 팀 중 한 사람이어서 일단 교실을 빠져나왔다.

그리고 인기척이 별로 없는 장소로 이동해 두 군데에 연락을 넣었다.

하나는 미리 문자를 넣어뒀기 때문에 곧 연락이 닿았다.

그리고 다른 한 군데.

그 용건이 끝나고 먹을 것을 산 나는 교실로 돌아왔다.

아직 돌아오지 않은 사람은 둘.

한 명은 아무도 속박할 수 없는 남자, 코엔지 로쿠스케.

그리고 또 한 사람은, 히라타 요스케.

이 두 사람을 제외한 37명이 교실에 모였다.

"역시 히라타는 참여 안 할 건가 봐."

"그런 것 같군."

그를 걱정하는 목소리가 들려왔지만, 시간은 지금도 계속해서 흘러가고 있다.

종목을 정하기 위한 회의 횟수는 한 번이라도 더 많은 편이 좋다.

“마음을 고쳐먹긴 개뿔! 코엔지 이 자식, 결국 불성실하게 나오잖아!”

스도가 화내는 것도 이해할 만했다.

어쩌면 코엔지가 이제라도 겉으로나마 성실하게 굴지도 모른다고 기대한 학생이 있었을 테니까.

그러나 현실은 그리 만만하지 않았다.

아니, 인간은 그리 쉽게 변하지 않는다고 말해야 할까.

별생각 없이 듣기 좋은 말을 늘어놓은 만큼, 코엔지는 뺀들뺀들 계속 내빼리라.

하지만 언제까지고 그 방법이 통하지는 않을 거다.

언젠가는 또 반 내부 투표 같은 시험이 있을 테니까.

그때가 되었을 때 대가를 톡톡히 치를 사람은 다름 아닌 코엔지 본인이다.

“무시하고 시작하자, 젠장.”

“네가 화내는 만큼 손해야. 자, 그럼 선생님께 받은 종목에 관한 매뉴얼을 복사해왔으니까 모두에게 나눠줄게. 밥 먹으면서 꼼꼼히 읽어봐. 구체적인 회의는 방과 후에 할 예정이야.”

늘 중심에 서던 히라타가 없는 지금은 호리키타가 주도해서 이끌어갈 수밖에 없었다.

“잘 모르는 점이 있으면 밥 먹으면서라도 좋으니까 수시로 나한테 질문해 줘.”

이미 매뉴얼을 독파한 호리키타는 규칙에 딱히 의문을 품지 않는 것 같았다.

1

수업이 무사히 끝나고 그날 방과 후.

차바시라는 사령탑으로 결정된 사람은 지금 바로 복도로 나오라고 말한 뒤 먼저 교실을 빠져나갔다.

그 후 제일 먼저 자리에서 일어선 사람은 히라타였다.

"저기…… 종목에 관해서, 회의를──."

이를 본 니시무라가 당황하며 말을 걸려고 했다.

하지만 그 목소리가 귀에 닿지 않았는지, 그는 조용히 교실을 나갔다.

"히라타……."

니시무라를 비롯한 다른 학생은 히라타의 강한 거부 의사를 생생히 목격했다.

유일하게 예외가 있다면 코엔지였다. 히라타가 나간 것도 모르겠다는 듯이 쿨한 표정으로 스마트폰을 보고 있었다.

"저기…… 화장실에 잠깐 다녀올게. 금방 올 테니까."

그렇게 말하며 자리에서 일어선 사람은 왕 메이유── 다들 미짱이라고 부르는 학생이었다.

화장실이라고 말했지만 아마도 히라타를 뒤쫓으려는 거

겠지.

“히라타는 글렀으니, 역시 내가 나서는 수밖에 없네.”

교단으로 나가려고 준비하는 호리키타.

“미안하지만 뒤를 부탁한다. 나는 사령탑 일이 있어서.”

“그래, 다목적실에서 대결할 반을 정해야 하지? 선택권을 얻게 되면 D반으로 골라.”

“알겠지만, 너무 기대하지는 마라.”

나는 자리에서 일어나 복도로 나갔다.

“이번에는 너냐, 아야노코지? 우리 반은 도대체 누가 사령탑인 거야?”

어이없다는 듯 한숨을 내쉬며 차바시라가 앞서 두 사람이 사라졌을 방향을 쳐다보았다.

“전데요, 사령탑.”

“……호오?”

그렇게 차바시라와 함께 특별동으로 향했다.

“고작 대결할 반을 정하는 건데 특별동까지 가는 건가요?”

“당일의 시스템을 어떻게 사용해야 하는지도 설명할 거다.”

특별동은 인기척이 적은 만큼 발소리가 괜히 더 크게 들렸다.

“모처럼 프로텍트 포인트를 받았는데 귀찮게 됐구나. 사령탑을 떠맡다니.”

“떠맡은 게 아니에요, 제가 자진해서 입후보한 겁니다.”

차바시라가 순간 걸음을 멈췄다.

"……네가?"

"이상합니까?"

"튀는 걸 싫어하지 않았나?"

그런 차바시라의 의문이 날아들었다.

"제 의지냐 아니냐 차이일 뿐입니다."

"그렇군. 어느 쪽이든 거절할 분위기가 아니었다는 건가."

프로텍트 포인트를 가진 학생은 단연 사령탑의 유력 후보가 된다.

거절하면 혼자만 안전권에 머물겠다는 의미가 된다.

절벽에서 등 떠밀려 떨어지느냐, 스스로 떨어지느냐의 차이.

"하지만 원해서 됐든 아니든 사령탑이 된 이상 큰 책임이 따라오지. 네가 아무렇게나 대충하면 C반은 패배할 거다."

주위에 사람이 없어지자 차바시라가 강하게 말했다.

"협박하는 건가?"

내가 쳐다보자 차바시라는 작게 웃었다.

"어떻게 생각하든 좋아. 하지만 나는 즐거워졌어, 아야노코지. 이제 겨우 네 실력을 볼 수 있게 되었으니까."

A반을 목표로 하는 차바시라는 그 부분에 큰 기대를 걸고 있는 모양이었다.

"이긴다는 보장은 어디에도 없어."

"그럴까? 난 공교롭게도 네가 패배하는 모습은 상상을 못 하겠는데 말이야."

그 후, 나와 차바시라의 사이에서 특별한 대화가 오가는 일은 없었다.

2

특별동에 있는 다목적실. 그곳이 이번 특별시험의 메인 교실인 모양이었다.

"아무래도 너 말고 다른 세 사람은 이미 도착한 것 같네."

교실 문이 열렸다. 눈에 들어온 사람은 각 반 담임교사 그리고 학생들. A반은 사카야나기, B반은 이치노세, D반은 카네다.

대부분이 예상했듯 모두 프로텍트 포인트를 가진 학생들이었다.

그리고 맞은편에 늘어서 있는 컴퓨터 두 대와 커다란 공동 모니터.

"각 반의 사령탑이 다 모였으니, 대결할 반을 정하겠다. 이 제비를 하나씩 뽑아. 붉은 동그라미가 그려진 종이를 뽑은 학생에게 선택권이 주어진다."

마시마 선생님이 제비가 든 상자를 내밀며 A반부터 뽑으라고 하자, 사카야나기가 거부했다.

"남은 것에 복이 있다는 말도 있으니 저는 제일 마지막에 뽑아도 상관없습니다. 자, 이치노세."

"그럼 사양하지 않고——."

이치노세부터 제비뽑기. B, C, D 순서대로 뽑아나갔다. 종이가 접혀 있는 게 아니어서, 뽑으면 바로 결과를 알 수 있었다. 붉은 동그라미는 D반 카네다가 뽑은 종이에 그려져 있었다.

즉, 대결할 상대를 고를 권리는 D반이 가져갔다.

"마지막 한 장은 확인할 필요도 없겠군요, 마시마 선생님."

마시마 선생님이 마지막 제비를 꺼냈다. 당연히 종이에는 아무런 표시도 없었다.

"아무래도 남은 것에 복은 들어있지 않았던 것 같네."

"과연 그럴까요? 제가 그걸 뽑았다고 꼭 행운이라고 말할 수도 없죠."

"역시 A반은 어느 반이랑 대결해도 여유로운가 보네."

"그렇지는 않아. 가능하면 B반은 피하고 싶어, 이치노세."

말치레인지 진심인지 알 수 없는 대답을 돌려주는 사카야나기.

"어느 반을 지명할 거지?"

마시마 선생님의 재촉에 카네다가 고개를 살짝 끄덕였다.

아침부터 방과 후가 될 때까지, D반도 계속 의논했으리라.

어느 반과 대결해야 제일 승률이 높을까.

"그럼 바로. D반은—— B반과의 대결을 희망합니다."

카네다의 입에서 나온 의외의 선전포고 상대.

"B반이 틀림없나?"

"네."

다시 한번 확인한 마시마 선생님이 대결 반을 결정지었다.

D반 대 B반이 확정되었으므로 A반과 C반이 저절로 대결 상대가 되었다.

"틀림없이 C반을 노릴 줄 알았는데 B반이라니, 이유를 물어도 될까?"

사카야나기가 카네다에게 물었다.

"지금부터 역전을 노리려면 하나라도 더 높은 반의 포인트를 빼앗아야 하니까. 하지만 당장 A반이랑 대결하는 건 피하고 싶더라고."

A반은 너무 어려울 것 같으니 B반을 노렸다는 말이었다.

"그래? 나로서도 B반이라는 강적을 피할 수 있으면 좋으니, D반의 건투를 빌게."

사카야나기가 카네다에게 감사를 전했다. 하지만 사실 이건 정해진 결과였다. 물론 카네다가 지명권을 쥔 것은 우연이지만, 누가 가졌더라도 결과는 이렇게 될 예정이었다.

방과 후가 되기 전에 미리 이치노세와 이시자키에게 연락해두었으니까.

이 두 사람에게는 미리 A반과의 대결을 양보해줬으면 좋겠다고 부탁했다.

이치노세는 위로 올라가기 위해 당연히 A반을 지명하려 했던 모양이지만, 나에게 진 빚을 갚는 셈 치고 기꺼이 양보해주었다. 그리고 이시자키를 비롯한 D반은 아무래도 처음부터 B반을 노리고 있었는지, 딱히 충돌도 없이 수월하게 해결되었다.

이 모든 게 A반의 사카야나기와 대결하기 위한 것.

굳이 문제가 있었다면 내가 선택권을 쥐었을 때는 성가셔진다는 점뿐이려나.

호리키타가 D반을 고르라고 말했으니 A반을 고르고 돌아오면 변명을 해야 한다.

물론 그래 봐야 당첨 확률은 4분의 1이니 별로 걱정하진 않았지만. 그러니까 결국 이건 처음부터 결과가 정해진 뽑기였던 셈이다. 내가 어느 정도 물밑 작업을 했다는 건 사카야나기도 알고 있겠지.

이렇게 해서 각 반의 대결 상대가 결정되었다.

“그럼 특별시험 당일의 시스템을 설명하마. 사령탑은 이 다목적실에서 저 컴퓨터 두 대를 이용해서 어느 종목에 누구를 넣을지 전부 실시간으로 선택하면 된다.”

커다란 모니터에 왼쪽 컴퓨터 화면이 대형 모니터에 똑같이 나오기 시작했다.

차바시라가 그 컴퓨터를 조작했고, 마시마 선생님이 설명을 이어나갔다.

“이건 A반 학생 목록이다. 여기서 고를 학생의 얼굴 사진을 마우스로 드래그해서 종목 칸으로 옮기면 되지. 실수했거나 도중에 바꾸고 싶을 때는 마우스를 써서 칸 밖으로 다시 옮기면 재선택이 가능해. 혹은 손가락으로 화면을 직접

터치할 수도 있다.”

“왠지 텔레비전 게임 같네요.”

“그러게.”

이치노세와 호시노미야 선생님의 다소 즐거운 듯한 대화.

“종목별 학생을 선택할 때는 시간제한이 있어. 저기 카운트 중인 숫자가 보이지? 종목에 필요한 인원수가 많으면 많을수록 시간도 늘어난다. 한 사람당 30초라고 생각하면 돼.”

즉 10명이 들어가는 종목이라면 300초.

“만약 시간 내에 다 선택하지 못했을 때는 부족한 숫자만큼 무작위로 들어가니까 주의하도록. 반대로 학생이 더 들어갔을 때는 무작위로 누군가가 빠질 거다.”

즉 제한 시간을 넘기지 말라는 이야기였다.

“시합이 시작되면 대형 모니터에 그 진행 상황이 실시간으로 중계될 거다.”

마치 텔레비전 방송처럼 장기 대국 영상이 모니터에 떴다. 샘플 영상이었다.

“그리고 사령탑의 관여는 시합이 시작되면 계속 자기 모니터로 확인할 수 있게 글자로 표시된다.”

장면이 전환되어 컴퓨터 화면이 되었다.

거기에는 ‘경기를 중단시키고, 사령탑이 한 수를 다시 둘 수 있다’라고 표시되어 있었다.

이것이 바로 사전에 설명 들었던 ‘사령탑의 관여’이리라.

“이 문구를 클릭하면 곧바로 관여할 수 있다. 잘 기억해두도록.”

다시 모니터가 대국 화면으로 전환되었다.

“사령탑의 지시 방법은 통화 형식이 아니라 채팅 문장을 기계가 자동으로 읽어주는 구조다. 문장을 치고 엔터를 누르면 출전자의 헤드셋으로 송신된다.”

문장을 기계가 읽는 건가. 아마 통화 형식으로 하지 않은 이유는 부정행위를 막기 위해서겠지. 이번 예제 같은 경우는 ‘사령탑이 한 수를 다시 두기’라는 관여인데, 잘만 하면 두 수 세 수를 전달하는 것도 가능해지니까.

“사령탑이 관여 이외의 행동을 하면 그 시점에서 반칙패를 선고할 수도 있어.”

역시 그런 건가. 문장 하나하나를 제삼자가 체크한다고 보는 편이 좋겠군.

“헤드셋은 한 종목당 한 사람만 낄 수 있다. 단체전이어도 지시를 받아들이는 건 한 사람만이야. 누가 헤드셋을 쓰게 할지도 사령탑이 지정한다.”

할 일이 상상 이상으로 많을 것 같군.

물론 후보야 미리 정해두겠지만, 예상치 못한 사태는 늘 상정해야 한다.

“사령탑의 지시는 규칙의 범위 내에서 아무 때나 넣을 수 있다.”

자기 컴퓨터로 표시, 화면 전환은 수시로 자유롭게, 확대와 축소 등도 가능.

결국 사령탑은 종목에 참가한 학생들을 관찰하거나 다음 종목을 대비하는 등, 할 수 있는 게 많았다.

"이상이 사령탑의 역할과 조작 방법이다. 질문 있나?"

모두를 둘러보는 마시마 선생님. 다들 딱히 의문은 없는 것 같았다.

"그럼 오늘은 이것으로 마치겠다. 조작 방법을 다시 확인하고 싶다거나 한다면 시험 일주일 전까지는 다목적실에서 교사 입회하에 할 수 있다. 이상."

이리하여 사령탑에 대한 설명이 모두 끝나고 해산했다.

3

기숙사로 돌아온 나는 호리키타에게 상대가 A반이라는 걸 채팅으로 알려준 후 곧바로 사령탑의 역할에 관해 생각에 잠겼다. 돌이켜 보면 이렇게 학교 시험에 정면으로 도전하는 건 이번이 처음이었다.

대놓고 말해서, 이게 개인전이었다면 내가 질 일은 거의 없겠지.

하지만 이번 시험은 반 전체를 지휘하는 방식.

반이 가진 능력의 범위 안에서만 싸울 수 있다.

손무(孫武)처럼 뛰어난 책사라도 어린애들로 이루어진 군대로는 어른들을 상대로 일말의 승산도 없다.

결국, 열쇠가 되는 것은 사령탑만 쓸 수 있는 '관여'인데, 애초에 이 싸움에 나서려면 필요한 대전제가 있다.

바로 C반의 잠재능력을 파악하는 것.

누가 누구를 좋아하고 싫어하는지, 무엇을 잘하고 못하는지.

그런 요소들을 이해하지 않고서는 승리를 향한 길이 열리지 않는다.

문제는 그런 정보들을 수집하거나 그들을 통솔하는 능력을 순위로 매긴다면 나는 반에서도 밑에서 세는 게 빠르다는 점이다. 시노하라나 오노데라가 좋아하는 음식이 무엇인지조차 모른다.

그럼 우선 무엇부터 해야 좋을까.

그야 뻔하다. 반에 대해 잘 아는 인물에게 물어보는 것.

간단하지만 피할 수 없는 일이다.

그게 가능한 사람은 '케이', '히라타' 그리고 '쿠시다'정도이겠지.

누구 하나가 아니라 셋 다 물어봐야 한다.

다만 지금 날 도와줄 사람은 케이뿐이다.

히라타는 재기 불능 상태이고, 쿠시다는 반 내부 투표 때 난 상처가 깊다. 겉으로는 티 하나 내지 않고 있지만, 호리키타에게 꽤 많이 화가 났을 거다. 날 향한 경계심도 예전보다 더 강해졌다고 보는 편이 좋겠지.

해가 거의 다 저물어가는 6시 무렵.

초인종 소리와 함께 누군가가 찾아왔다.
나는 망설임 없이 문을 열고 손님을 방으로 들였다.
"……얏호."
방문자…… 카루이자와 케이는 교복 차림이었다.
"학교에 계속 남아 있었어?"
"너랑 달리 나는 친구가 많으니까. 오늘은 내가 주인공이고."
왠지 의미심장하게 말하며 나를 빤히 쳐다보았다.
"네가 주인공? 왜?"
내가 이해하지 못하자, 그녀는 살짝 화난다는 듯 시선을 피했다.
"……무슨 상관이야. 그것보다도 이런 시간에 나를 불러내다니, 별일이네. 게다가 경계할 필요도 없다니. 누가 보면 곤란한 거 아니야?"
어딘지 들뜬 모습으로 내 방을 둘러보았다.
"괜찮아. 이래저래 돌고 돌다 보니 그럴 필요도 딱히 없어졌어."
"A반에 하시모토인가 하는 애랑 상급생한테 들켜서?"
"그래."
"나랑 키요타카의 관계가 점점 드러나고 있는 것 같은데…… 괜찮은 거야?"
"괜찮아."
곧바로 대답이 돌아오자 마음이 놓였는지, 케이가 안도의 한숨을 내쉬었다.

"그럼 뭐, 상관없고."

물론 나와 케이의 관계가 드러나지 않아야 할 수 있는 활동도 있다.

하지만 상황은 조금씩 변하기 시작했다.

그리고 지금부터는 스파이 활동보다 겉으로 드러내놓고 움직이는 게 더 편할 테니까.

"그런데…… 혹시라도 내가 여기 들어가는 걸 누가 보기라도 하면, 단둘이 있었다고 이상한 소문이 날 텐데."

그런 걸 신경 쓰는 타입이었나?

"이번에 내가 사령탑 역할을 맡았으니 반의 중심인물인 너를 불러내더라도 그다지 이상하지 않아."

나는 케이가 이상한 불안을 품기 전에 의례적인 말까지 덧붙여두었다.

"으음. 그렇긴 하지만."

하지만 케이는 여전히 마음에 걸리는 게 있는 듯했다.

"그런데 왜 갑자기 사령탑 같은 걸 맡은 거야? 프로텍트 포인트를 가지고 있다고 해서 부담감 같은 걸 느끼는 타입도 아니잖아."

과연, 나에 대해 어느 정도 파악하고 있군.

"속마음은 그렇다 치고, 반 애들은 나에 대한 심증을 갖고 있었을 테니까. 야마우치가 퇴학당한 지 얼마 안 된 차라 의심이 가득한 상황이야. 그렇게 해두는 편이 오히려 좋아."

"그런 거야?"

"그런 거야."

"나라면 누가 뭐라고 하든 절대 사령탑은 안 맡을 텐데."

케이야 그럴 수 있는 위치를 구축해뒀으니까 말이지. 프로텍트 포인트는 내 것이라고 강하게 밀고 나가도 아무도 반발하지 않을 것이다. 실로 훌륭하다.

"그것보다, 우리 반의 속사정에 대해 좀 알려줘."

"속사정이라. 어디서부터 말해야 좋을까. 나도 다 아는 건 아닌데? 특히 남자애들 쪽은 잘 몰라."

"그건 상관없어. 가능하면 나중에 쿠시다나 히라타한테도 물어볼 생각이니."

할 수 있다면, 이지만.

진짜 물어볼 수 있는 상황이 올지는 아직 미지수다.

"그야 그 두 사람한테도 이야기를 들을 수 있다면 반 애들 대부분을 알 수 있겠지만……."

어렵다는 듯 팔짱을 끼면서 케이가 말했다.

"쿠시다는 어쨌든, 요스케 군은 어렵지 않을까? 완전히 내려놓은 것 같던데."

"너도 신경 쓰여?"

"그야, 뭐. 반에 누구라도 지금의 요스케를 환영할 사람은 없을걸?"

히라타가 부재인 C반이라. 과연 백해무익했다. 완화제 역할을 해줄 존재가 빠지면서 반이 불안정해졌으니까.

"여하튼 일단 너부터 말해봐."

"내가 먼저 말하기 왠지 껄끄러우니까 질문 형식으로 해줘."

그게 희망 사항이라면 여자애 한 명 한 명 짚어서 사정을 물어봐야겠군.

나는 출석부 순서대로 C반 여학생들의 프로필을 머릿속에 꽂아 넣었다.

4

"——같은 느낌이랄까."

10분 남짓한 시간 동안 케이에게서 필요한 정보는 대충 뽑아냈다.

"저기, 어디 메모라도 하는 게 낫지 않아? 다시 말해달라고 해도 말 안 해준다?"

"걱정하지 마."

"머리에 전부 넣었다고?"

"대충은."

그러자 아, 그러세요, 굉장하네, 굉장해, 하고 도저히 칭찬으로 보이지 않는 칭찬을 받았다.

"그나저나 대전 상대는 A반이잖아? 아무리 그래도 이번에는 좀 힘들지 않겠어?"

"대결할 사람은 내가 아니라 너희잖아. 아무리 사령탑이 개입할 수 있다고 해도 전국을 확 뒤집을 수 있는 건 아니니까.

오히려 너야말로 괜찮겠어?"

"나, 나? 나는~……."

뭐라고 말하려 했지만 아무 말도 나오지 않는 듯했다.

"……내가 나갈 일이 없도록 해주면 안 돼?"

"그건 나 혼자 정할 수 있는 문제가 아니야. 상대의 전략에 따라서는 두 번 나갈 가능성도 있고."

"아니아니, 그건 안 돼! 나는 공부도 운동도 잘 못 한단 말이야."

고개를 마구 가로저으며 나가기 싫다고 어필했다.

"키요타카라면 사카야나기도 이길 수 있을 거야!"

케이가 엄지를 척 들어 올렸다. 그냥 자기가 나가기 싫은 것과 책임지고 싶지 않을 뿐이겠지만.

다만 사실은 케이도 내가 어느 정도나 되는지 헤아리지 못하고 있다.

"아무도 기대하지 않는 만큼 편하잖아?"

"그건 그렇지."

지는 게 당연한 상황이 편하기야 더 편하겠지.

"그런데 날 부른 이유가 그것뿐이야? 직접 만나서 말해야 하는 거였어?"

케이는 이런 건 전화로 해도 됐잖아, 하고 입을 삐죽거렸다.

"직접 얼굴 보고 얘기해야 아는 것도 있잖아."

하지만 기대한 대답이 아니었는지 케이의 표정은 여전히 굳어 있었다.

"흐음……. 어쨌든 할 말 다 끝났지? 그럼 나…… 돌아간다?"

더 이상 기대해봐야 소용없다고 생각했는지, 이야기가 끝나자 케이가 그렇게 말했다.

"또 필요한 일이 있으면 연락할게."

"……네~ 그러세요~."

뭔가를 기대했다가 포기한 듯한 표정.

하지만 끝까지 의지를 관철할 셈이었는지 자기 입으로는 먼저 꺼내지 않았다.

먼저 이야기를 꺼내면 나도 쉬웠을 것을…….

"잠깐만 기다려봐. 아직 할 얘기가 있어."

방에 들어올 때 보지 못하도록 서랍에 넣어두었던 것.

나는 그것을 꺼내려고 자리에서 일어났다.

"뭐야…… 할 말 있으면 빨리해."

"오늘은 네 생일이잖아."

"어――? 알고 있었어……?"

서랍을 열고 준비한 것을 꺼냈다. 학교에 있는 가게에 부탁해 미리 주문해둔 것이었다. 선물용으로 포장도 되어있었다.

"살짝 장난친 것뿐이야."

"이, 이상한 장난치지 말고 선물이 있으면 바로 달란 말이야! 다른 애들한테 좋은 거 잔뜩 받아서, 눈은 좀 높아졌지만."

그렇게 말하며 고개를 돌리고 팔만 내 쪽으로 뻗었다.

나는 그 모습에 바로 건네주기를 멈췄다.

"받고 싶었어?"

"벼, 벼벼별로?"

"별로 안 받고 싶었으면 억지로 줄 필요도 없겠군."

"뭐, 뭐라고?! 한 번 주기로 정했으면 끝까지 주란 말이야!"

무슨 소리인지 모를 말을 했다.

"화이트데이 선물도 겸해서."

"뭐야…… 귀찮다고 한 번에 끝내는 패턴?"

어이없다는 듯 한숨을 푹 내쉬며 내게서 선물을 받아들었다.

작은 상자인 데다가 가벼웠기 때문에 케이는 조금 수상쩍다는 표정을 지었다.

"안에 뭐가 들어있긴 해?"

"빈 상자를 줄 정도로 대담하진 않은데."

그런 짓을 했다간 케이가 화낼 게 불 보듯 뻔하니까.

"그럼 지금 열어봐도 되겠네?"

마치 경찰관이 불심검문 하듯이 상자 내용을 확인하려고 하는 케이. 포장지를 정성스레 벗기고 상자 뚜껑을 열었다.

거기서 나온 것은 금빛으로 빛나는 금속 조각.

"……이게, 뭐야?!"

케이는 그렇게 말하며 놀랐지만, 누가 봐도 그게 뭔지 다 알 수 있는 것이었다.

"목걸이지."

“그, 그건 나도 알아! 그게 아니고, 엄청나게 부담스러운 선물이잖아!”

“부담스럽다고?”

“그, 그도 그럴 게, 목걸이 같은 건 보통 친구한테 주는 선물이 아니잖아?!”

그런 말을 해도…….

나는 케이가 무슨 소리를 하는지 알 수 없어 고개를 갸우뚱거렸다.

“심지어, 심지어 말이야? 나한테 어울리는 느낌도 아니란 말이야! 이를테면 하트 모양 같은 거, 응?!”

목걸이 중앙 부분에 달린 하트를 가리키는 말이리라.

아무래도 내가 준 생일 선물이 마음에 들지 않는 모양이다.

“하트 모양 같은, 응?!”

그 부분이 상당히 마음에 안 들었는지 재차 강조했다.

“후우, 후우.”

얼굴까지 붉혀가며 항의하면 천하의 나라도 좀 상처받는데.

누가 상대든 간에, 생일 선물은 기뻐하길 바라면서 주는 법이다.

“이거, 비싸지 않았어?”

“싸진 않았지. 2만 좀 넘나.”

“2만……?! 왜 굳이 이렇게 비싼 목걸이를 고른 건데……?”

“왜냐니…….”

케이가, 얼굴을 더욱 붉히며 나를 쳐다보았다.

지금은 솔직하게 대답하는 편이 나을 것 같군.

"솔직히 말하자면, 여자한테 생일 선물 같은 걸 줘본 적이 없었어. 그래서 일단 정보 수집을 하려고 인터넷에 검색을 좀 했지. 그랬더니 인터넷 쇼핑몰 『라쿠칸』에 올라온 여자 생일 선물 1위가 그 목걸이더군. 여고생한테 엄청 인기라고도 적혀 있었고."

연인이고 아니고를 떠나서 선물하기 가장 좋다고 추천하고 있었다.

생일이랑 화이트데이 선물까지 합하면 그만한 값은 있어야 할 것 같다고 판단했는데.

"우와……."

무슨 영문인지, 좀 깬다는 눈빛으로 나를 쳐다보았다.

아무래도 나는 뭔가를 실수한 모양이다.

"넌 머리는 참 좋은데, 그런 부분은 좀 바보 같아. 아니, 물정을 몰라. 애당초 여고생한테 엄청 인기 있다는 부분 말인데, 이런 건 여자가 직접 고르고 싶어 하는 법이야. 자기한테 어울리는 거나 취향 같은 게 있으니까. 뭐, 손가락 사이즈 확인이 필요한 반지가 아니었던 것만으로도 다행이지만……. 분명히 말하는데 100점 만점에 10점이거든? 평가하자면?"

비싼 선물을 준비했는데 참담한 결과군.

여고생이란 무엇인가에 대해 설교를 듣고 말았지만, 역시 반성해야 할 점이 적지 않았다.

좋아할 줄 알고 고른 건데, 정말 상대방의 마음을 고려했느냐고 묻는다면 의문이 남으니까.

"만약에 내가 적당히 과자를 골랐다면?"

"15점은 줬을지도 모르지."

2만 엔 가까이 하는 목걸이보다 과자가 더 높다니.

"개봉했으니 반품은 어렵겠지만, 필요 없으면 두고 돌아가. 과자라도 좋다면 다음에 다시 준비할 테니까."

공부 부족을 한탄하면서 나는 그렇게 말했다.

10점보다는 15점 쪽이 케이로서도 기쁠 테니까.

그렇게 생각했는데…….

"…………."

케이는 목걸이를 보고 다시 나를 쳐다보았다.

그러더니 내려놓을 줄 알았던 목걸이를 목에 걸었다.

그런 다음, 잠시 거울 좀 빌리겠다면서 내 방 거울을 보며 자기 목을 확인했다.

"으음. 역시 하트 모양은 좀 유치하지만. 그래도 워낙 모델이 좋아서 뭐든 잘 어울리긴 하네."

고등학교 1학년이 무슨 소리를 하는 건가 싶었지만, 케이는 진지했다.

잠시 각도를 바꿔 가며 목걸이 한 모습을 확인한 후 만족스럽다는 듯 고개를 끄덕였다.

그런데 걸어보기만 하고 돌려줄 줄 알았더니만, 목걸이를 상자에 소중히 담더니 자기 가방에 넣었다.

"뭐, 여자애한테 처음 하는 선물이라니까. 일단 받아는 줄게."

"……그럼 그래도 되고."

돌려받는다고 해서 다른 사람에게 줄 수 있는 것도 아니니까.

○반에 모자란 것

대결할 반이 정해진 다음 날.

회의는 어제와 마찬가지로 방과 후에 하는 것인지, 이날 점심시간은 특별한 제한이 없었다.

그래서 여느 때와 다름없이 아야노코지 그룹이 모여 점심을 먹기로 했다.

우리는 바로 교실 구석에서 합류해 이동했다.

"어제 회의는 어디까지 진행됐어?"

나는 친구들에게 스스럼없이 어제 일을 물어보았다.

사령탑 모임에서의 대결 반 결정은 설명까지 포함해서 한 시간 정도 걸렸고, 반에 돌아왔을 때는 이미 다들 돌아간 후였다.

"호리키타한테 연락 못 받았어? ……하긴, 그럴 수도 있겠다."

어딘지 모호한 아이리의 말. 잠시 뜸을 들인 후 이야기를 꺼냈다.

"종목 매뉴얼이 있었잖아? 다들 규칙을 파악하는 것 때문에 애를 많이 먹어서……."

"정작 회의는 하나도 못 했어. 완전히 시간 낭비였다고."

어이없다는 듯 케세이가 한숨을 푹 내쉬었다.

점심시간에 보충한 것만으로는 다 이해하지 못해서 규칙

파악만 하다가 회의 시간이 끝나버린 건가. C반답다면 C반답다.

"그리고 문제는 우리 반 안에만 있는 게 아니야."

"그게 무슨 말이야, 유키무?"

"반 하나가 한 번에 모일 수 있는 장소는 학교 안이라도 별로 없잖아?"

"그야 뭐, 노래방이라든지 쇼핑몰 안에 있는 벤치 같은 데서 40명이 모이는 건 어렵겠지."

"어제 회의가 끝나고 내가 제일 먼저 교실을 나섰는데…… 그때 A반 애가 몇 명인가랑 마주쳤거든. C반 바로 옆 복도에서."

그게 왜? 하고 하루카와 아이리가 이상하다는 듯 서로의 얼굴을 마주 보았다.

아키토도 고개를 갸웃했지만, 머지않아 대답을 내놓았다.

"……스파이?"

"바로 그거야. 이번 시험은 반에서 결정하는 정보가 관건이잖아? C반이 무슨 회의를 하는지 엿듣기만 해도 어느 정도 정보를 캐낼 수 있어."

어떤 종목을 고를 것 같은지, 혹은 누가 무엇을 잘하는지.

하나라도 더 많은 정보를 확보해야 유리하다.

싸움은 이미 시작된 것이다.

"그런 관점에서 보면 C반은 벌써 뒤처지고 있어."

"으아, 무서워. 사카야나기가 벌써 움직였나 봐."

하루카가 몸을 파르르 떨며 양팔을 문질렀다.

"그럼 우리도 A반의 정보를 모아야 하는 거 아니야? 눈에는 눈 이에는 이라고 하잖아."

그대로 돌려주면 그만이라고 하루카가 말했다.

하지만 케세이는 고개를 끄덕이지 않았다.

"그게 쉬우면 고생할 것도 없겠지."

"왜?"

"아마 나뿐 아니라 호리키타 같은 애들도 이미 알고 있을걸? 해봐야 소용없다고 말이지. 그 A반이 새삼스럽게 교실에 마흔 명 가까이 모여 회의를 하겠어?"

단합력이 떨어지는 C반은 뭘 하든 일단은 하나로 뭉치는 것부터 해야 한다.

A반의 사카야나기처럼 상위 일부 학생이 모든 방침을 결정할 처지가 못 된다.

누가 사령탑을 할지, 누가 종목을 생각할지, 누가 정보를 모을지.

상대편은 시험이 시작된 순간 이미 역할이 정해져 있었다.

설령 C반처럼 교실에서 회의한다고 해도 정찰을 막기 위해 두세 명 정도는 망을 보게 하겠지.

"하지만 말이야, 일단 조사 정도는 해도 되지 않을까? 방심할 수도 있는 거고. 의외로 교실에 당당히 모여서 의논하고 있을지도 모르잖아?"

"만약 그렇다면 나는 오히려 그게 더 무서워. 거기서 나오는 정보의 신빙성이 의심스럽다고."

엿들은 정보가 가짜라면 시간 낭비로만 이어질 뿐이다. 케세이의 생각은 적확했다. 정보는 감추는 법이고, 감추지 않는 정보는 의심해봐야 한다.

"그래도 이번 시험에서 정보전은 필수야. 중요한 건 어떻게 하느냐겠지……."

"우리…… 이길 수 있을까?"

이미 포위된 느낌이 들었는지, 아이리가 불안해하며 말했다.

"시작은 A반이 한두 걸음은 리드하고 있다고 보는 게 좋겠지."

아무것도 정하지 못한 C반이 우위인 부분은 하나도 없다.

"그런데 설마 A반과 싸우게 될 줄이야."

"미안하다. 내가 제비뽑기를 못 해서."

내가 이겼어도 A반을 골랐을 테지만, 겉으로는 사과해두었다.

"아, 아니, 그런 뜻이 아니야! 미안, 미안! 절대 키요뽕을 원망하는 거 아니니까!"

상상 이상으로 내 사과를 무겁게 받아들였는지 하루카는 크게 당황했다.

"4분의 1 확률인 제비를 뽑아오라는 건 역시 좀 너무하지, 하루카."

아키토로부터도 그런 말이 날아들자 하루카가 몸을 움츠렸다.

"그, 그러니까 그런 뜻이 아니었대도……."

상황을 바꾸고 싶었는지 잠시 생각에 잠긴 후.

"조금만이라도 대충해주면 좋을 텐데 말이야. C반을 상대로 하는 거기도 하고, 미얏치도 그렇게 생각하지?"

"쟤들이 우릴 봐준다고? 그런 타입으로 보이냐? 저 사카야나기가?"

"……아니 전혀. 야마우치를 짓밟은 것뿐 아니라 C반을 철저하게 괴롭힐 것 같아."

맥이 빠졌는지 하루카가 천장을 올려다보았다.

"그나저나 재난의 연속이네, 키요타카는. 이 상황에 사령탑이라니."

케세이가 위로하듯 내 어깨를 두드렸다.

"뭐, 프로텍트 포인트가 있는 건 사실이니까. 내가 사령탑을 맡는 것 말고 선택의 여지가 없었지. 지고 싶은 건 아니지만 아무도 퇴학당할 걱정이 없는 것만으로도 다행이잖아."

지금 내가 할 수 있는, 친구들에게 보낼 수 있는 말은 이런 것이다.

어떤 이유가 있든 간에, 내 멋대로 A반과의 대결로 이끈 거기도 하니까.

"대전 상대가 A반이니까 설령 지더라도 키요타카의 책임이 아니야."

"사령탑으로 사카야나기가 나오기도 했고."

100명 중 99명이 사카야나기의 승리를 점치고 있으니 만약 지더라도 반에서의 내 지위가 변하진 않을 거다. 반대로 이겼을 때는 호리키타의 리더십, 치밀한 전략이 공을 세웠다는 평가가 나오는 선에서 그치게 하면 그만이다.

"뭐…… 이기긴 어렵겠지만."

케세이도 팔짱을 끼고 포기했다는 듯 한숨을 토했다.

그때 아키토가 예상치 못한 발언을 했다.

"A반이 상대라고 해서 꼭 이기지 못한다고 할 순 없지."

"그럴……까? 아니, 나도 물론 지긴 싫지만……."

"비책까지는 아니어도 A반한테서 승리를 낚아챌 방법이 있지 않을까?"

그리고 아키토는 설명에 들어갔다.

"이 시험이 발표되었을 때, 나도 우리보다 높은 반과 싸우는 건 무모한 짓이라고 생각했어. 하지만 이케가 무심코 내뱉은 말을 듣고 승기를 잡을 방법이 떠올랐지."

"이케라니? 혹시, 가위바위보?"

하루카가 기억났다는 듯 말하자 아키토가 고개를 끄덕였다.

"나도 처음에는 바보 같은 소리라고 생각했어. 그런데 운이라는 요소가 좌우하는 종목이라면 누가 상대든 반드시 5할 전후의 승률이 있다는 거잖아? 카드놀이 중에 도둑 잡기도 좋고 대부호도 좋고, 어쨌든 운이 크게 좌우하는 종목을 다섯 개, 당일에 넣는 것도 나쁘지 않을 거 같은데."

그런 아키토의 설명을 듣고 하루카가 눈을 반짝였다.

"그 전략으로 싸우면 A반이든 B반이든 해볼 만하겠는데!"

"그러게! 나도 그거, 나쁘지 않은 아이디어라고 생각해!"

"아니…… 그것도 그리 만만치 않아."

기뻐하는 세 사람과는 대조적으로 케세이는 그 전략을 냉정하게 받아들였다.

"잘 계산해보지 않으면 모르겠지만, 그 전략으로 이길 가능성은 5%에서 10%가 고작일 거다."

"뭐? 고작 그것뿐이라고? 그야 물론 50%는 아닐지 모르지만 그래도, 20~30% 정도는 되지 않겠어? 다섯 종목을 골라서 4승만 하면 되는 거잖아?"

"하루카의 말처럼 되려면 상당한 운이 필요해."

대결을 펼칠 일곱 종목 가운데 다섯 개가 C반의 종목이 되고, 또 운 좋게 자기들이 낸 종목으로 4승 이상을 차지할 가능성. 각 종목의 승률을 5할로 계산, 그것을 확률로 산출하면…….

머릿속으로 그 확률을 계산했다.

일곱 종목 중 자신들의 다섯 종목이 전부 뽑힐 확률이 8.33%.

다섯 종목으로 대결을 펼쳐서 50%의 승률로 4승 이상 거둘 확률이 18.75%.

그 두 가지를 통과해 낼 수 있는 결론. 1.56%.

5%도 많이 쳐준 것이다. 운만 가지고 승리를 노리는 것은 좋은 방법이라고 말하기 어렵다.

그나마도 이건 단순하게 운으로 4승 이상을 차지하는 계산식.

실제로는 다양한 요인이 서로 얽혀 확률이 달라지겠지만, 어찌 됐든 전략이라고 부르기에 빈약한 건 변하지 않는다.

그럴 바에야 리스크가 좀 있더라도 자기들이 잘하는 분야를 종목으로 내세우는 게 낫다.

5할이라는 운에 기대는 종목은 적은 편이 좋다.

"영 아닌가. 아니, 난 혹시 모른다고 생각해서."

너무 안이한 예측이었다며 아키토가 볼을 긁적였다.

문득 아이리가 나를 걱정스럽게 쳐다보고 있다는 걸 깨달았다. 시선이 마주치자 한층 걱정스러운 표정을 지었다.

"키요타카 군은…… 저기, 괜찮겠어? 사령탑――."

A반을 이기기 어렵다는 사실이 점점 피부에 와 닿자 그런 걱정을 한 모양이었다.

"그래, 키요뽕. 프로텍트 포인트를 갖고 있다고 해서 꼭 무리할 필요는 없었는데."

하루카가 아이리의 말을 반쯤 자르고 말했다.

"하루카의 말이 맞아. 적어도 우리는 네가 사카야나기와 이어져 있다고 생각하지 않아. 그렇지?"

모두 고개를 끄덕였다. 나를 신뢰해주는 건 기분이 썩 나쁘지 않군.

"그야, 물론 이래저래 의심한 애들도 있던 모양이지만, 호리키타의 설명으로 거의 다 이해한 것 같던데? 게다가 처음에는 프로텍트 포인트가 굉장히 좋은 건 줄 알았는데, 지금

보니까 갖고 있으면 성가신 거였네."

"프로텍트 포인트를 받는 사람이 부러웠는데, 키요타카 군을 보니까 나라도 같은 입장이었으면 결국 곧장 써버렸을 것 같은 기분이 들어."

모두가 바람 앞의 등불 같은 상황인데 혼자만 안전권에 들어가 있다는 사실. 어중간한 감정으로는 그 입장을 계속 유지하는 것이 그리 간단하지 않다. 아이리의 약한 소리에 케세이가 팔짱을 끼며 부정했다.

"난 주변 사람들이 뭐라고 하든 프로텍트 포인트를 토해내지 않을 거지만."

"하지만 그렇게 했다가 반 애들의 반감이라거나, 질투라든가, 원망을 사면?"

"애초에 대전제부터 틀렸어. 실력으로 이겨서 얻어낸 건데 가타부타 말하면 안 되지. 오히려 키요타카는 자기 자신을 지키기 위해 오기로라도 쭉 가지고 있어야 했다고 봐."

케세이는 마치 자기가 희생양이 되기라도 한 듯 분개했다.

지금까지 쭉 침묵하고 있던 아키토가 나를 보며 말했다.

"실제로 A반이랑 대결하는 건 힘든 일이니까 키요타카가 사령탑을 받아준 건 고마운 일이야. 다른 학생이었으면 퇴학생 2호가 되었을지도 모르잖아? 케세이 너였으면 사령탑에 입후보할 수 있었겠어?"

"그건…… 뭐, 그렇긴 하지만."

다만 케세이의 석연치 않아 하는 기분을 모르는 바도 아니다. 더 유능한 학생을 사령탑으로 세워서 확고한 승리를 거두는 것. 그러한 자세를 보이고 싶었겠지.

“만약 퇴학 같은 꺼림칙한 옵션이 없었으면 누가 사령탑에 제일 어울렸을까? 역시 호리키타?”

고개를 갸우뚱거리며 몇몇 인물을 떠올리는 아이리.

“뭐, 자연히 그렇게 되겠지. 아니면 히라타나 쿠시다라든지? 유키무도 괜찮을지도.”

사령탑이 되어 안정된 결과를 남길 수 있을 만한 학생들의 이름이 열거되었다.

“히라타는…… 어떠려나.”

A반을 상대하는 것에 관한 이야기는 우울해지기만 할 뿐이라고 생각했는지 아키토가 화제를 돌렸다.

“야, 케세이. D반이랑 B반은 어떻게 예상해?”

같은 시험을 봐야 하는 다른 반들의 이야기였다.

“십중팔구 이기는 건 B반이겠지. 단합력도 차원이 다르고, 종합 능력도 압도적으로 높잖아.”

“그렇지. 사령탑도 류엔이 아니라 카네다라고 했고.”

류엔이 없는 D반은 두려워할 필요가 없다는 생각. 실제로도 크게 다르진 않을 거다.

하지만 이시자키를 비롯한 D반은 일찌감치 B반을 노리고 있었다. 그 판단도 마냥 틀렸다고 볼 순 없다. 나라도 D반을 이끄는 처지였다면 B반을 지목했을 테니까. A반은 사카야나기를 필두로 카츠라기, 하시모토 등 방심할 수 없는 상대가 많은 데다가 학생 대부분이 높은 학력을 자랑한다. 또 C반 같은 경우는 나와 대결하는 것이 내키지 않았을 터. 물론 겉으로 일절 티 내지 않고 있으니 실제로는 어떨지 모르겠지만, 어쨌든 D반의 무기라 하면 학력이 아니라 신체 능력이므로 그걸 최대한으로 살리기 위해선 우리보단 B반을 고르는 게 나을 거다. 다만 그건 이긴다거나 우위에 선다거나 하는 차원의 이야기가 아니다. 어디까지나 지지 않을 가능성을 높이기 위함이다.

실제로 D반이 이길지는 앞으로의 선택과 운에 달렸다.

아직 작은 싹이 나온 것에 지나지 않는다.

"아, 잠깐 저것 좀 봐."

하루카가 중얼거리며 어딘가로 시선을 보냈다. 그곳에는 식당으로 가는 히라타의 모습이 있었다.

발걸음이 무겁고 휘청거리는 게, 마치 좀비나 유령 같았다.

눈에 생기가 없어서 그런지, 언제나 밝았던 히라타의 모습과 너무나도 비교되었다.

"중증……이네."

그것 말고 달리 표현할 말이 없어, 하고 하루카가 작게 중얼거렸다. 누구보다도 반을 생각하고 행동했던 남자. 입학하고 일 년 동안 어느 한 사람도 이탈 없이 반이 잘 기능해 온 것은 반박할 여지 없이 히라타의 공이 컸다.

"이번 특별시험에 일단 히라타는 도움이 안 될 거야. 원래라도 A반이랑 싸우는 게 힘겨운 판에, 초반부터 큰 핸디캡을 짊어져야 한다니."

살짝 싸늘하게 느껴지기도 하는 케세이의 발언.

"우리끼리 어떻게든── 할 수 있는 것도 아니겠지."

히라타에게 접근을 시도하는 건 다른 학생들이 빈번히 하고 있다.

지금은 누구의 말도 귀에 들어오지 않는지, 아무 변화도 보이지 않지만.

오히려 종기를 건드렸다가 괜히 피해가 더 커지는 것 같기도 했다.

아야노코지 그룹에는 히라타와 특별히 친한 사람이 없기에 우리의 목소리가 닿을 리가 없다는 결론이 나왔다.

그렇기에 케세이의 마치 남일 다루듯 하는 무심한 말에도 예민하게 반응하지 않았다.

1

드디어 본격적인 회의가 시작되는 방과 후. 유일하게 곧바로 자리에서 일어난 사람은 히라타였다.

"히라타!"

"히, 히라타 군!"

몇몇 여학생이 일제히 히라타를 불렀다. 그중에는 미짱도 있었다.

하지만 그는 걸음을 멈추지 않았다. 이제 반이 어찌 되든 알 바 아니라는 태도였다.

그저 반에 방해가 되지는 않도록, 등교하고 수업을 듣고 다시 돌아가는 것.

그런 사이클을 반복하고 있을 뿐이었다.

"기다려, 히라타!!"

"기다려야 할 사람은 너희야."

히라타를 쫓아가려는 미짱 일행을 말린 건 호리키타였다.

"지금부터 의논해야 해. 여기서 더 인원이 빠지게 할 셈이야?"

"하, 하지만……."

"지금 저 애는 아무도 어떻게 하지 못해. 자, 자리로 돌아가."

뛰어나가고 싶은 감정을 억누르고, 모두를 자리에 앉게 하는 호리키타.

지금은 반의 방침을 정해두는 게 최우선이다.

"그나저나 코엔지가 남아 있다니."

의외의 남자가 남아 있자 스도가 놀라서 말했다.

"훗훗후. 나도 이 반의 일원이잖아? 당연히 남아 있어야지."

코엔지는 뻔한 거짓말을 당연하다는 듯이 했다.

"하지만 회의는 이번 한 번으로 끝냈으면 좋겠군. 이 몸도 바빠서."

"어려운 부탁이네. 이번 특별시험 내용은 하루아침에 결정할 수 있는 게 아니니까. 설령 종목을 결정한다고 해도 그 종목에서 이기기 위한 준비를 시간을 들여 철저히 해야 해."
교단에 선 호리키타가 코엔지의 희망을 바로 일축했다.
하지만 코엔지는 더 이상 반론하지 않고 히죽 웃을 뿐이었다.
일단은 이번 회의에 귀를 기울여주려고 하는군.
"그렇다면 나는 이번 회의에만 참여하게 될 것 같군."
코엔지는 확고했다. 반의 방침이 어떻든지 간에 하나로 뭉쳐서 협력할 생각은 없어 보였다. 스도가 아무 말 없이 자리에서 일어났다가 호리키타의 시선을 받고 다시 앉았다. 여기서 또 싸웠다가는 회의가 영영 나아가질 않을 거다.
"나는 다음에도 참여하도록 너를 계속 압박할 거야."
그렇게 설득하듯 말하는 호리키타에게 코엔지는 미소를 보이며 팔과 다리를 동시에 꼬았다.
어서 회의나 진행하라는 신호였다.
"저기, 호리키타. 참가 종목에 관해서 소박한 의문이 하나 있는데."
"뭔데, 이케."
이케가 손을 들고 자리에서 일어났다.
"총 일곱 종목이라고 했는데, 그럼 우리가 나설 기회는 없는 거 아니야?"
"우리, 라는 건 누구를 가리키고, 그 말의 의미는 뭐지?"
"어, 뭐, 간단히 말하면 그러니까, 별로 실력이 뛰어나지 않은 학생들? 운동을 특별히 잘하는 것도 아니고, 공부를 잘하는 것도 아닌 애들은 출전할 기회가 없는 거 아닌가 싶어서. 일곱 종목 전부 다수가 들어가는 종목이 선택될 리도 없잖아. 만약 소수 정예로 싸워서 이겨야 하는 종목만 고른다면 대부분이 아무것도 안 하게 되는 것 아니야?"

각 반에는 마흔 명 가까이 되는 학생이 있다.

한두 개 정도 사람이 여럿 필요한 종목이 나온다고 하더라도 일곱 종목을 대결한다고 하면 대략 20~30명.

즉 조합을 어떻게 짜느냐에 따라 절반 가까이가 종목에 출전하지 않게 된다고 말하고 싶은 것이다.

"그걸 어떻게 알아? 20명이 필요한 종목이면?"

이케의 의견에 케이가 끼어들었다.

"바보냐, 카루이자와? 축구만 해도 한 팀에 11명이 정원이잖아? 그 이상으로 필요한 종목이 뭐가 있냐? 나는 떠오르는 게 하나도 없다."

"그건…… 야구라든가?"

"야구는 10명이거든, 축구보다 더 적다고."

"야구는 9명이야."

호리키타의 예리한 지적이 즉시 날아들었다.

"……아무튼, 많이 필요하지 않다는 게 요점이잖아."

"아니, 없진 않을걸? 미식축구는 축구랑 같은 11명이고, 럭비는 내 기억으로 15명은 있어야 해."

10명 이상 필요한 종목을 스도가 열거했다.

"아니, 그렇다고 럭비 같은 걸 하겠냐, 보통? 나는 룰도 모르는데?"

럭비가 마이너 스포츠는 아니지만, 아무 인연도 없는 사람에게는 완전히 미지의 영역이다. 체육 수업 때 할 만한 운동도 아니고. 그건 A반 애들도 예외는 아니리라.

지금부터 럭비 연습을 시작하는 전개는 그다지 상상이 되질 않았다.

애초에 종목으로 신청하더라도 통과할지 의심스러운 데다가 메리트도 적어 보였다.

"그러니까, 우리가 출전할 기회는 없을 것 같다는 거야."

"그래서 하고 싶은 말이 뭔데?"

"그게…… 이렇게 모인다던가, 앞으로 연습을 한다거나, 할 필요가 없지 않나 싶어서."

"편하게 넘어가고 싶은 마음은 알아. 하기 싫은 걸 억지로 하면 그야 부담스럽겠지. 그리고 귀중한 휴식 시간도 빼앗기고 있고."

"그, 그런 말까지는 아니고……."

"하지만 나는 모두가 서로 협력해야 한다고 생각해."

"이유를 들려주라. 내가 납득할 수 있는 이야기라면 있는 힘껏 지원할게."

스도가 말했다.

"인원이 얼마나 필요할지, 그건 상대가 정하는 규칙에 따라 달라지기 때문이야. 이를테면 상대가 배구를 제안했다고 치자. 보통 배구는 여섯 명씩 대결하는 스포츠인데, 규칙도 우리가 어느 정도 정할 권리가 있어. 만약 시간제한이 30분인 시합에서 10분마다 멤버를 전원 교체한다는 규칙이 나온다면? 결과가 어떻게 될까?"

"으음…… 6명이 10분마다 교체되니까……."

그것만 해도 18명. 거의 절반이 참가하게 되는 셈이다.

게다가 한 번에 필요한 인원은 6명이므로 어느 학년 어느 반이라도 문제없이 참가 가능한 규칙이라고 할 수 있다. 학교 측도 신청을 받아들이기 쉬우리라.

"만약 그런 종목이 하나가 아니라면? 뚜껑을 열었더니 두세 개 종목에 전원 강제 참가해야 하는 상황도 있겠지. 그 정도로 미리 마음을 먹어둘 필요가 있어."

물론 A반이 제출할 종목과 규칙 여부에 달렸지만.

C반을 방해하려고 한다면 페이크로 그런 종목을 섞을 수도 있다.

"지금은 아직 잘 와 닿지 않는 사람도 있겠지만, 이건 상상 이상으로 복잡한 특별시험이야."

종목을 하나하나 치르다 보면 어처구니없는 게 튀어나올 수도 있다.

이케가 말한 가위바위보나 카드놀이 같은 것도 예외가 아니다.

어떻게든 4승 하려면 종목을 가리고 있을 때가 아니니까.

어떤 내용이든지 간에 확실하게 이기기 위한 종목 그리고 선수 선택이 필요하다.

"오늘은 길게 붙잡고 있을 생각도 없어."

길게 잡고 있어 봐야 바로 좋은 아이디어가 나온다는 보장도 없다.

"그래서 오늘은 일단 모두에게 과제를 내려고 해. 내일 방과 후까지 『자신이 잘하는 종목』, 그리고 『절대 지지 않는 종목』이 있으면 그걸 생각해 와줬으면 좋겠어. 개인전 팀전 상관없이."

다섯 종목 중 반드시 넣고 싶은 것은 '1대1 종목'이다. 아마 어느 반이든 절대 지지 않는다는 자신감을 가지고 도전할 수 있는 종목을 들고나올 터. 하지만 만에 하나라도 그 종목에서 졌을 때는 상당히 불리해진다. 즉 남에게 절대 지지 않는 특기와 재능이 있어야 한다.

"하지만 학교 측이 인정할만한 게 아니면 안 되잖아? 기준을 잘 모르겠는데."

잘 알려지지 않은 종목이나 규칙은 학교가 받아들이지 않는다.

그리고 그 기준이 명확하지 않은 게 지금 학생들의 고민이리라.

"지금은 그건 신경 쓰지 마. 학교에서 허가가 나올지는 의견을 낸 후에 생각해도 늦지 않으니까. 지금은 어떤 게 됐든 상관없어."

"그럼 격투 게임이나 노래방 같은 것도 괜찮아?"

"그래."

호리키타가 다시금 그 점을 짚어서 걱정하지 말라고 전했다.

올바른 방식이다.

일단은 다들 무엇을 잘하는지 파악하는 것부터 시작하는 게 중요하다.

"잘하는 게 하나도 없으면 어떻게 해?"

하루카가 호리키타에게 질문했다.

"자신 없는 사람은 백지를 내도 상관없어. 어중간한 자신감으로 나갔다 지면 곤란해지니까."

하나라도 더 많은 종목을 올리고 싶지만, 엄선할 시간은 없다는 건가. 지금은 호리키타의 판단이 틀리지 않은 것 같으니 그냥 지켜보기만 해도 괜찮을 것 같다.

"괜찮아? 이렇게 빨리 회의를 끝내도."

"이렇게 짧게 하면 다음에도 참여하기 쉽겠지? 코엔지."

"한 번은 한 번이야. 내가 참여하는 건 말이지."

"……하지만 오늘 낸『과제』를 해결해주지 않으면 곤란해. 이조차 안 하겠다면 참여했다고 말하기 어렵지."

"잘하는 종목이라고 했나."

턱에 손을 대며, 미소를 유지했다.

"그래. 네가 한 번은 참여했다고 말하고 싶다면 그 결과를 내야지."

그게 안 된다면 두 번째 회의도 참여하라는 호리키타의 노림수.

코엔지는 우아한 태도로 자리에서 일어나 호리키타에게 한마디를 던졌다.

"나에게 불가능이란 없지. 퍼펙트 휴먼이니까."

"어떤 대전 상대라도, 어떤 종목이라도, 반드시 이겨주겠다, 뭐 그렇게 받아들여도 된다는 거지?"

반쯤은 도발이었고, 한편으로는 기대를 기울일 수밖에 없는 부분이기도 하리라.

그 질문에 코엔지는 뭐라고 대답할까.

"내가 출전한 종목에서 승리? 그렇군, 그걸 약속하면 되는 거지?"

"그래. 그게 가능하다면 이번 특별시험은 네 마음대로 해도 상관없어. 앞으로 회의에 나올 필요도 없고, 내가 너한테 의견을 구하는 일은 없을 거야."

"야, 야아, 스즈네."

엄청난 발언에 스도가 당황했지만, 호리키타는 계속 말을 이었다.

"하지만 똑똑히 기억해둬. 네가 참여하지 않았을 경우 혹은 종목에서 졌을 경우…… 그때는 네 모든 발언이 의심을 살 거고, 반 애들도 네게 불신감을 품을 거야."

나쁘지 않은 아이디어군. 이렇게 해서 코엔지를 당일에 100% 활용하려는 심산인가. 코엔지는 학력, 신체 능력 전부 뛰어난 녀석이지만, 유일한 불안 요소는 성격. 당일에 빠진다거나 불성실하게 굴 바에야, 지금 풀어주겠다는 의미다. 과연 코엔지는 어떻게 대답할까. 코엔지는 교실을 나서려다가 발걸음을 멈췄다.

"하나만 말해두지. 그런 말로 나를 속박할 수 있을 거란 생각은 버리는 게 좋아. 내가 아무한테도 지지 않는 천재인 건 사실이지만, 그 재능을 너를 위해 쓸지 말지 정하는 사람은 바로 나니까."

요컨대 코엔지의 대답은 사실상 'NO'에 가까웠다. 앞으로의 발언을 의심하든, 불신감이 커지든 상관없다는 의미다. 자기가 하고 싶은 대로 할 뿐.

그런 말을 남기고 코엔지는 교실을 떠났다.

"……보통 방법으로는 안 되네, 저 애는."

"저놈, 진짜 사람 얕보고 있어……. 뭐가 아무한테도 지지 않는 천재라는 거야. 내가 대전 상대면 농구로 완전히 짓밟아버릴 텐데."

스도가 짜증을 내는 것도 이해가 갔다.

아무리 재능 넘치는 인간이 있다고 해도 만능일 수는 없다.

실제로 스도와 농구 대결을 했을 때 코엔지가 이길 수 있을지도 의문이고.

"그가 당일에 움직여준다면 어느 정도 결과를 남길 수 있을지도 몰라. 얼마나 마음을 움직였을지는 잘 모르겠지만, 지금은 상황을 살펴보는 수밖에 없어. 그렇지?"

"그렇긴 하지만……."

하긴 코엔지가 지는 모습이 잘 떠오르질 않는 것도 사실이다. 오히려 코엔지가 호언장담하는 모습을 보고 어쩌면 이길지도 모른다는 생각마저 들고 있으니, 정말 얕볼 수 없는 녀석이다. 스도도 그 점은 잘 알고 있으리라.

"그런데 정말 저 녀석이 시험에서 진심을 낼까?"

"그건 모르지."

진지하게 하면 이기겠지만, 대충하면 이기지 못할 거다.

2

다음 날. 아침에 등교한 호리키타가 이런 이야기를 했다.

"이번 시험에서 히라타는 전력으로 계산하지 않기로 했어."

어제 코엔지도 참여했던 방과 후 모임을 아무 말도 없이 거부한 히라타.

호리키타가 그런 결단을 내놓아도 이상할 게 없었다.

"타당한 판단이군. 지금 히라타를 믿기엔 불안 요소가 너무 많아."

억지로 참여하게 만든다고 하더라도 역효과만 날 뿐이리라.

"이번 시험만 이러면 그나마 다행이지. 어쩌면 앞으로도 계속 저 꼴일지 모르니까."

호리키타가 걱정이 많은 게 아니라, 그만큼 히라타의 상태가 좋지 않았다.

다들 이전대로 돌아오기를 바라고 있겠지만, 그럴 방법이 있을지는 아직 알 수 없었다.

"만약에 히라타의 이탈을 막을 방법이 없다면 퇴학당하게 하는 방법도 있지 않나?"

내가 그렇게 이야기를 끌고 가자 호리키타는 살짝 놀라면서도 냉정하게 받아들였다.

"그건…… 그래, 이대로 안 된다면 그런 방법도 생각해봐야 할지도. 이번에 그 애가 될 대로 되라는 심정으로 사령탑을 하고 싶다고 나오지 않은 게 그나마 다행이야."

이번 특별시험에서 히라타가 사령탑에 자원하는 것도 충분히 있을법한 일이었다.

그렇게 해서 일부러 지고 퇴학당하면 되니까. 아주 간단한 일이다.

다만 히라타는 이 학교에 미련이 없다고 해도, 남을 곤란하게 만들고 싶은 것은 아니리라.

그렇기에 일부러 지려고 나서지 않은 거겠지.

그가 지금도 얌전히 생활하고 있는 것도, 자기가 퇴학당하면 반에 페널티가 들어오기 때문일 거다. 그만둘 때는 남에게 피해를 주지 않고 끝내려 하겠지.

하지만 그건 어디까지나 '지금까지'의 이야기이다.

"하지만── 앞으로도 계속 착한 사람으로 있을 거라고 장담할 순 없잖아. 언제 자포자기할지……."

"그렇지."

호리키타가 말하는 자포자기 상태가 되어버리면 히라타도 어떻게 나올지 모를 일이다.

퇴학당하는 김에 반을 반 붕괴 상태로 내몰 위험이 없다는 보장이 어디 있겠는가.

"그러니까 폭탄을 껴안고 있는 그 애한테는 출전 기회를 주고 싶지 않아. 그리고 그런 일을 일어나지 않도록 반을 하나로 잘 통합하고 싶어."

C반 안에서 일어나는 충돌이야말로 히라타가 제일 몸서리치게 하는 일.

그걸 피하고자 호리키타는 이번에 처음부터 적극적으로 나서고 있었다.

"힘들겠네."

"사령탑이 된 너도 앞으로 힘들어질걸."

"전부 너한테 맡길게. 사령탑의 '관여'도 너라면 적절하게 아이디어를 잘 낼 수 있을 테니."

호리키타가 가늘게 뜬 눈으로 나를 노려보았다.

"너, 그래서 사카야나기를 이길 수 있겠어?"

"글쎄."

"글쎄라니…… 난 이길 생각으로 하는 거야. 좀 더 적극적으로 참여해줄 순 없어?"

굳이 그런 말을 하지 않아도 알고 있다.

"내가 반에 적극적으로 참여해서 종목 멤버를 어떻게 할지 정하고, 사령탑 관여 규칙을 정하라고? 그게 어떤 그림일지 한번 상상해봐라."

그렇게 말하자 호리키타의 표정이 점점 굳어졌다.

"……소름 끼치도록 상상이 안 되네."

"그렇지?"

반에서 나는 어디까지나 음지에 있는 존재. 사령탑이 되었다고 해도 그건 변하지 않는다.

갑자기 이것저것 지시를 내리는 게 더 이상하다.

호리키타가 정리한 전략을 기준으로 해서 그걸 이용하는 형태로 가야 한다.

그런 대화를 하고 있는데 갑자기 교실 공기가 확 바뀌었다.

히라타가 등교한 것이다. 다들 히라타랑 눈이 마주치지 않으려고 피하면서도 힐끔힐끔 신경 쓰고 있었다.

"조, 좋은 아침이야, 히라타."

아슬아슬하게 지각을 면한 히라타에게 미짱이 말을 걸었다. 이런 분위기에도 기죽지 않은 용기는 대단했지만, 이것도 그대로 무시당하고 말았다.

히라타는 아무에게도 반응하지 않고 조용히 자리에 앉았다.

그래도 미짱은 미소를 잃지 않았다.

"누가 상상이나 했겠어, 이런 상황을."

"그러게."

미짱의 고군분투도 허무하게 히라타의 고독한 시간은 계속 이어졌다.

"그나저나 저 애는 질리지도 않고 히라타에게 계속 말을 거네. 히라타랑 그 정도로 깊은 접점이 있었던 것 같지는 않은데……."

미짱이 히라타에 대해 특별히 마음 쓰고 있다는 걸 호리키타도 눈치챈 모양이었다. 다만 이유는 모르는지, 미짱의 행동을 이해하지 못하고 있었다.

"착해서 그런 게 아닐까?"

"그런 거면 다른 애들한테도 똑같이 행동해야 앞뒤가 맞지."

"하긴."

만약 그렇다면 야마우치가 퇴학 위기에 있었을 때 미짱이 더 마음을 썼어도 이상하지 않다.

사실 미짱이 히라타에게 계속해서 말을 거는 이유는 한 가지밖에 없다.

"좋아하는 건지도."

"가능성이 그것밖에 없네⋯⋯ 진짜, 시답잖은 감정이야."

호리키타는 어이없다는 듯 팔짱을 끼고 고개를 가로저었다.

"반 애들이 히라타에게 다가가는 걸 억지로라도 막아야 할지도⋯⋯."

한동안 다들 히라타를 그냥 내버려 두게 만들자는 건가.

"그건 좀 어렵지 않을까?"

"그렇지도 않아. 이미 그녀를 제외하고는 적극적으로 대하는 애도 없는걸."

한없이 헌신적인 미짱조차 무시로 일관하는 히라타.

여기서 더 파고들 수 있는 학생은 그리 많지 않으리라.

"동기가 뭐든 간에, 어떻게든 잊었으면 좋겠어."

어떻게 하면 포기할 수 있을지, 호리키타가 고민했다.

"어느 정도는 나도 못 본 척하려고 했지만, 이제는 명백하게 반에 안 좋은 영향을 주기 시작했잖아."

"뭐, 열심히 안 하는 건 사실이지만."

그리고 반 분위기는 히라타가 얽힐 때마다 험악해졌다.

"저기, 히라타, 오늘 점심──."

미짱이 같이 점심이라도 먹자고 할 생각인지, 또다시 그렇게 말을 걸었지만…….

"그만 좀 내버려 두지 않을래?"

"앗."

히라타의 싸늘한 목소리가 교실에 울려 퍼졌다.

말을 건네던 미짱을 히라타가 노골적으로 거절했다.

"기분이 별로여서."

말 자체는 친절했지만, 목소리에는 차가운 감정밖에 담겨 있지 않았다.

"그, 그게, 나는…… 그냥, 같이, 점심, 먹고 싶어서……."

열심히 미소를 유지하려고 노력하는 미짱이었지만, 감정에 짓눌려 점점 표정이 무너져갔다.

"안 먹어. 너하고는 절대로."

히라타는 이래도 되나 싶을 만큼 단칼에 거절해 버렸다.

그런 히라타의 모습을 보고 싶지 않았던 여학생들이 노골적으로 시선을 회피했다.

"잠깐, 요스케 군. 아무리 그래도 말이 너무 심한 거 아니야?"

결국 케이가 움직였다. 아니, 어쩌면 움직일 수밖에 없었던 상황이었을지도.

주변 아이들이 케이에게 어떻게 좀 해줄 수 없냐고 부탁하는 모습을 쉽게 상상할 수 있었다. 여기서 히라타가 부활한다면 케이의 체면도 서고, 반의 분위기도 되돌릴 수 있다.

하지만——.

"친한 척 이름 부르지 마라. 이제 나랑은 아무 사이도 아니잖아?"

"그, 그거야 그렇지만. 그럼 히라타, 미짱한테 말이 너무 심하잖아."

케이는 이름을 고쳐 부르며 다시 과감하게 히라타를 대했다.

여학생들을 하나로 뭉치게 하는 리더 역할을 제대로 하고 있었다.

"평소의 네 태도랑 별반 차이도 없는데."

그러나 반격을 멈추지 않는 히라타.

"뭐……?! 나, 나는 반을 위해——!"

"그만 조용히 해주지 않을래? 안 그러면…… 알지?"

이윽고 케이의 말을 히라타가 억지로 막았다.

여기서 더 괜한 행동을 하면 전부 폭로하겠다, 그런 협박 같은 말.

설령 협박이 아니었다 해도 히라타에게 약점이 있는 케이는 그렇게 받아들일 수밖에 없는 말이었다.

"뭐야, 아, 짜증 나! 이제 내 알 바 아니니까!"

일이 이렇게 되자 케이도 더는 방법이 없었는지 어쩔 수 없다는 투로 물러났다.

싱겁게 케이를 격침한 히라타는 움직이지 못하고 금방이라도 울음을 터트릴 듯한 미짱을 계속해서 공격했다. 히라타에게 완전히 거부당한 미짱은 고개를 푹 숙인 채 자기 자리로 돌아갔다.

히라타도 이제 두 번 다시 미짱이 말을 걸지 않으리라 생각하고 있을 거다.

"반 전체의 사기를 깎는 건 심각한데……."

"코엔지는 조금도 신경 쓰지 않는 눈치지만."

무거운 분위기가 감도는 교실 안이었지만 유일하게 한 남자만은 평소와 다르지 않았다.

히라타와 미짱 그리고 케이의 설전 속에서도 자기 몸단장에 여념이 없는 모습.

"왜 우리 반은 이렇게 문제아들만 모였을까?"

너도 그중 한 사람 같은데, 하는 말이 나오려고 했지만 도로 삼켰다.

3

아무리 분위기가 나빠도 시간은 똑같이 흘러간다.

수업이 끝나면 당연히 방과 후가 찾아온다.

두 번째 반 회의. 정확하게는 내가 반 추첨으로 빠진 것까지 포함해서 세 번째인가.

시험이 시작된 지 벌써 사흘째. 슬슬 진전이 있어야 했다.

히라타는 오늘도 곧바로 교실을 떠났다.

그리고 그 모습을 본 미짱은 안절부절못하더니 끝내 자리에서 일어섰다.

하지만 차마 발을 떼지는 못했다.

아침에 히라타에게 거절당했던 일이 떠올랐겠지.

결국 미짱은 다시 자리에 앉았다.

"그걸로 됐어――."

호리키타의 잔혹하면서도 다정한 말이 내 귀에 작게 날아들었다. 지금은 히라타를 놔두는 편이 낫다. 그게 무난하게 지나가는 방법이라는 걸 호리키타와 반 아이들은 알고 있었다.

이전까지는 히라타에게 질투를 느낀 남자들이 불평을 토하기도 했었지만, 지금은 그런 소리조차 나오지 않았다. 이미 떨어져 나간 남자를 비난할 정도는 아닌 건가. 아니면 히라타이기 때문에 차마 나쁘게 말하지 못하는 것일까.

"미짱, 오늘 회의가 끝나면 같이 돌아갈래?"

쿠시다가 그런 미짱의 정신 상태를 읽고 말을 걸었다.

"이럴 때는 저 애가 믿음직스럽네."

"그렇군."

쿠시다는 곤경에 빠진 친구를 내버려 두지 않았다.
히라타를 구할 수 없다면 적어도 미짱이라도 구할 생각인 거겠지.
미짱에게 심리적인 점수를 따려고 노린 거겠지만, 그래서 미짱에게 도움이 된다면 그것대로 나쁘지 않다.
미짱은 작게 고개를 끄덕이며 동의했다.
"그럼 나도 여기서 실례하지."
역시 코엔지는 참여할 의사가 없는지 히라타에 이어 교실을 나갔다.
이미 호리키타와 이야기가 끝났다고 말하는 것 같은 당당한 태도였다.
결국 회의는 37명이 하게 될 것 같군.
코엔지를 보낸 후 호리키타는 자리에서 일어나 교단 앞에 섰다.
그 모습을 곁눈질하며 차바시라도 교실을 빠져나갔다.
"자. 그럼 다들 자기가 잘하는 게 뭔지 알려줄래?"
"잠깐만. 회의하기 전에 얘기해야 할 게 있어."
제일 먼저 손을 든 사람은 케세이였다.
"뭐지, 유키무라?"
"우리 회의를 누가 엿들을 가능성이 있지 않아?"
교실 문을 잘 닫았더라도 바로 옆 복도에 진을 치고 있으면 목소리가 들릴 것이다.
"그래. 이 학교는 제대로 회의 한 번 하기도 쉽지 않네."

"대책을 세워야 하는 거 아니야? 몇 명이 망을 본다든가. 아무 대책도 세우지 않고 대놓고 회의하는 건 솔직히 문제라고 생각해."

"그래, 네 말이 맞아."

이미 알고 있다며 호리키타가 고개를 끄덕였다.

"하지만 나는 망을 보는 게 대책이 될 것 같진 않은데."

"……어째서?"

"보초를 세워서 학생들더러 교실 근처로 오지 말라고 경고라도 하려고? 복도는 C반의 점유 공간이 아니야. 아니, 더 엄밀하게 말하면 여기 C반 교실도 마찬가지지. 다른 반 학생을 거부할 권리는 없어."

오히려 학생들의 길을 막으면 불만이 올라올 수도 있다고 호리키타가 말했다.

"그러니 망을 세워도 의미는 없을 거야."

"그렇다고 회의 내용을 다 흘릴 수도 없잖아? 누가 뭘 잘하고 못하는지, 그런 정보를 공짜로 제공하는 건 좋을 게 없어."

"그건 이걸로 해결하자."

호리키타가 꺼내든 건 스마트폰이었다.

"우리 전체 채팅방을 만들어서 특별시험 회의를 거기서 하는 거지. 회의는 말로 진행하고 중요한 얘기는 채팅으로 쳐서 보내. 그러면 다른 반이 아무리 듣고 싶어도 들을 방도가 없겠지."

호리키타의 말을 들은 케세이가 고개를 끄덕였다.

"그렇군…… 나쁘지 않네."

"그럼 내가 방을 만들어서 모두를 초대해도 될까?"

쿠시다가 먼저 입을 열었다. 호리키타는 딱히 반대하지 않았다.

반 전원의 연락처를 알고 있는 학생은 아마 그녀가 유일할 테니까.

"저기——."

호리키타와 케세이의 대화 도중에 미짱이 자리에서 일어섰다.

"미안해. 오늘, 나…… 저기, 일이 좀 있어서……."

"일이라니…… 히라타를 따라가려고?"

쿠시다의 질문에 작게 고개를 끄덕인 미짱.

다리가 무거울 텐데도 겨우 움직여서 히라타를 쫓아가려 하고 있었다.

"기다려. 지금 히라타를 찾아가 봐야 아무 의미도 없어."

"그게 무슨 말이야?"

미짱이 호리키타에게 무심코 강하게 물었다.

"걔는 이번 시험에 아무런 도움이 안 돼. 괜히 너까지 끌려가는 꼴이야."

"하, 하지만 나는 히라타를 못 본 척할 수 없어."

"못 본 척하고 말고의 이야기를 하는 게 아니야. 지금은 그 애를 저대로 내버려 둬야 한다는 거지."

"그럼 언제 도와줘야 하는 건데?"

"……그건 걔 하기 나름이겠지."

"아니야, 난 그건 아니라고 생각해."

미짱은 그렇게 말하고 호리키타의 말이 무색하게 그대로 교실을 나가버렸다.

"정말이지, 지금은 그냥 내버려 두는 게 좋다니까."

아무도 당연히 미짱을 뒤쫓지 않았다.

"가서 데리고 올게. 다들 돌아가지 말고 기다려줘."

결국, 호리키타가 미짱의 뒤를 따라 교실을 나갔다.

자기가 직접 움직여야겠다고 생각한 모양이었다.

"엉망진창이네…… 히라타 때문에 제대로 회의도 못 하고 있잖아."

케세이가 투덜거렸다. 벌써 사흘이 지났는데도 아무런 진전도 없으니 그럴 만도 했지만.

나는 자리에서 일어났다.

"야 잠깐, 아야노코지! 너까지 쫓아갈 생각이냐? 스즈네가 기다리라고 했잖아."

곧장 스도가 끼어들었다. 하긴, 이런 식으로 한 명 한 명 빠져나가면 일만 꼬일 테니까.

"나도 알아."

"알긴 뭘, 야!"

나는 복도로 막 나간 호리키타를 불러 세웠다.

"호리키타."

"……움직이지 말라고 말했을 텐데."

"미짱을 억지로 데리고 돌아올 생각인가 본데, 네가 움직일 필요는 없어. 내가 다녀올게. 넌 반을 통솔하는 역할이잖아."

"너도 사령탑이면서 무슨 얘기를 하는 거야? 반의 전력을 분석하지 않으면 사령탑으로서 능력을 발휘할 수 없잖아."

"그건 너한테 들으면 그만이잖아. 어차피 내가 할 수 있는 건 아무것도 없으니까."

"그런 문제가 아니……."

"그럼 네가 히라타 문제를 해결할 자신이 있어?"

"그건……."

"내버려 두는 게 답이라고 생각하는 네가 가봐야 미짱은 듣지 않을걸."

히라타가 무너진 요인 중 하나인 호리키타가 다가가는 건 상책이 아니다.

"애초에 그걸 해결할 수 있긴 해?"

"그건 나머지가 하기 나름이지."

"그래서 끝날 일이면 진작에 끝났겠네."

미짱뿐만 아니라 많은 학생이 히라타를 걱정해서 말을 걸었지만, 히라타가 마음을 돌이키는 일은 없었고, 결국 호리키타는 내버려 두는 게 최선이란 결론을 내놓았다. 그러니 미짱의 행동이 탐탁지 않은 것이다.

"뭐, 일단 나중에 얘기하자. 이러다 미짱이랑 히라타를 놓치겠다.”

“빨리 돌아와.”

엄마 같은 배웅을 받고 걸음을 옮기던 나는 얼마 가지도 않아 하시모토와 마주쳤다.

단순한 우연……은 아니겠지. C반을 감시하러 온 건가.

어쩌면 방금 호리키타와 한 이야기를 들었을지도 모른다.

하시모토는 놀란 표정 하나 없이 왠지 재미있다는 듯 웃으며 말을 걸어왔다.

“여어, 아야노코지.”

하지만 지금은 느긋하게 대화를 나눌 시간이 없었다.

“미안하지만 지금 좀 급한 일이 있어서.”

“C반 애들을 찾고 있나 보군. 저쪽으로 뛰어갔다.”

가볍게 고개를 끄덕여 대답한 나는 미짱의 뒤를 쫓았다.

최근 이틀 동안 히라타의 동선은 계속 같았다.

아마 오늘도 방과 후에 아무도 만나지 않으려고 기숙사로 곧장 돌아가고 있을 거다.

4

학교를 나와 머지않아 미짱의 모습을 발견했다.

그리고 돌아가고 있는 히라타의 뒷모습도.

용기를 내어 교실을 뛰쳐나갔는데도, 미짱은 말을 걸지

못하고 있었다.

오늘 아침에 히라타에게 거절당했던 게 생각나서 그런 것이리라.

"말, 안 걸어?"

"……아야노코지."

미짱이 내 쪽으로 고개를 돌렸다.

나는 미짱 옆으로 다가가 나란히 걸으며 히라타의 뒷모습을 바라보았다.

"그게, 망설여져서……."

오늘 아침에 말을 걸었다가 거부당했으니까 말이지.

"그럼 왜 굳이 따라 나왔는데? 다른 녀석들은 이미 포기했잖아."

"그건…… 왜일까."

아무래도 깊이 생각하진 않은 모양이었다.

미짱은 이유를 찾아 생각에 잠겼다.

단순히 히라타를 좋아해서 나왔다면 이런 고민을 하진 않았겠지.

얼마 지나지 않아 미짱이 다시 입을 열었다.

"다들, 히라타를 내버려 두라고 하지만…… 나는 그게 잘못됐다고 생각해. 힘들 때일수록, 괴로울 때일수록, 도와줘야 하는 게 아닐까 싶어……."

그래서 뒤따라 나왔다고 말했다.

"그러다가 네가 미움받는다고 해도?"

한 번이라면 몰라도, 계속 이런 일이 되풀이된다면, 히라타의 반응도 점점 거칠어질 게 뻔하다. 언젠가는 화를 낼지도 모르는 일이다.

"……미움받기는 싫어."

히라타가 강하게 거절하던 모습이 떠올랐는지, 미짱이 고개를 가로저었다.

"싫지만…… 하지만, 내가 미움을 사더라도 조금이나마 자신은 혼자가 아니라고 느낀다면, 나중에라도 좋으니까 구원받았다고 생각해준다면…… 지금은 미움을 사도 괜찮아!"

강한 척. 좌절하지 않기 위해 강한 척.

하지만 그 눈동자에 실린 의지만은 틀림없는 진짜였다.

"내가 틀린 걸까? 아야노코지."

"아니. 옳아."

지금, 히라타를 모른 척해봐야 좋은 쪽으로 굴러가진 않을 거다.

도리어 녀석은 깊은 어둠에 갇혀 영영 빠져나오지 못하겠지.

"그럼, 가서 말을 걸어 봐."

"응."

미짱이 무거워진 다리를, 다시 앞으로 내디뎠다.

그리고 뛰어가서 히라타와의 거리를 좁혔다.

호리키타가 알면 화내겠지만, 지금은 이게 최선이다.

무관심이라는 친절이 히라타를 궁지로 내몰기에 가장 큰

대미지를 줄 거다.

그러면 머지않아, 마음이 부서지고 강제로 퇴학을 당하는 길을 고르려 하겠지.

내가 교실로 돌아가고 있자니, 복도에서 스마트폰을 만지고 있던 하시모토와 눈이 마주쳤다.

"돌아왔나."

"C반에서 정보는 잘 훔쳤고?"

"아니, 전혀. 다들 정작 중요한 이야기는 폰으로 하고 있으니, 소득이 없네."

어깨를 으쓱해 보인 하시모토가 스마트폰을 넣었다.

아무래도 스마트폰으로 회의를 한다는 건 알아챈 모양이다.

"그것보다 네가 돌아오기를 기다리고 있었어. 어떻게 됐냐?"

"보시다시피, 빈손이야."

미짱을 데리고 돌아오지 못했다는 것을 어필했다.

"다들 제멋대로니, 너도 힘들겠군."

"힘든 건 내가 아니라 반을 이끄는 호리키타겠지."

"프로텍트 포인트를 가지고 있다고 해서 꼭 네가 사령탑이 될 필요가 있냐?"

귀찮게 파고드는 하시모토. 내게서 정보를 하나라도 더 끌어내려는 심산인가.

"상대가 A반이니 승산이 없잖아. 어차피 퇴학을 피할 수 없다면 그나마 방어 수단이 있는 내가 맡는 게 당연한 흐름이란 거지."

"하긴, 그렇지."

하시모토는 뭔가 내키지 않는지 시원찮은 표정이었지만, 포기한 듯 걸음을 뗐다.

"내가 가볍게 정찰하러 간다니까, 우리 공주님은 가 봐야 헛수고니까 그만두라고 하더군. 그래도 난 주울 정보가 있으면 줍는 게 좋지 않을까 했는데, 아무래도 그렇게까지 바보들은 아니었던 모양이다."

하시모토는 내 어깨를 가볍기 두드리더니 그대로 떠나갔다. 나는 그의 뒷모습을 바라본 후 종목 정하기 회의가 시작된 교실로 돌아와 미짱을 데리고 오지 못했다고 눈으로 호리키타에게 보고하고 조용히 자리에 앉았다. 내가 빈손으로 돌아온 걸 호리키타는 딱히 따지거나 하지는 않았다.

대화방에는 이미 애들이 자기 특기가 뭔지 하는 대화가 이어지고 있었는데, 대충 보아 반 이상이 이미 이야기를 한 것 같았다.

내용도 내가 알고 있던 내용이나, 케이에게 들었던 이야기와 얼추 비슷했다. 스도는 농구, 오노데라는 수영, 아키토는 궁도 등 먼저 운동 종목이 나왔고, 그 뒤를 이어 호리키타와 케세이 등 필기에 자신 있는 학생이 자신 있는 과목을 말했다. 다만 하나만 잘하면 되는 운동과 달리 학력 승부는 상당한 실력이 없으면 종목으로 정하기에 너무 까다롭다.

"아야노코지, 복도에 다른 반 애 있었어?"

“조금 전까지는 있었는데, 정작 중요한 이야기는 채팅으로 한다는 걸 눈치채고 돌아갔어.”

“그야 그렇겠지.”

정찰이 없다는 걸 들은 스도가 곧장 입을 열었다.

“농구, 농구는 꼭 넣어주라!”

스도가 대놓고 말했다.

“그야 너라면 누가 상대로 나오더라도 지진 않겠지. 그렇지?”

“농구도 다양한 대결 방식이 있어. 1 on 1이라면 반드시 1승을 따올게!”

농구는 5대5로 코트 위에서 뛰는 게 보통이지만, 농구는 파생 규칙이 있다. 스도가 말하는 1 on 1도 그중 하나. 규칙을 잘 다듬으면 종목으로 삼는 데는 문제가 없다.

“그래, 너 혼자 나가면 그것도 가능할 거야.”

“100% 가능하지.”

“하지만 안 돼. 이번 특별시험은 그리 간단하지 않아.”

“어, 어째서?”

“1대1 종목은 하나밖에 고를 수가 없다고.”

종목을 정하는 규칙 중에 ‘종목 참가의 인원수를 똑같이 할 수 없다’라는 것이 있었다.

“만약 1대1 종목을 여럿 고를 수 있다면 각자 특기대로만 종목을 짜면 그만이지. 그냥 1승을 얻고 끝나는 거라면 수영을 잘하는 오노데라가 수영 대결에 나서도 되는 이야기잖아?”

즉, 1:1은 가장 쉽게 1승을 가져가는 종목이 되는 셈이다.

물론 상대가 남자가 나오면 위험할 수도 있겠지만, 오노데라의 기록이면 충분히 승부를 겨뤄볼 만하다.

“또 영어로 대결하면 왕이 늘 만점에 가까운 성적을 받지. 굳이 네가 아니어도 1대1로 붙어서 승리를 가져올 수 있는 사람은 많이 있어.”

승리를 가져올 수 있다고 생각하던 스도의 표정이 살짝 어두워졌다.

“난 농구에 대해 잘 모르니까 물어보는데, 5대5로 정식으로 대결한다고 쳤을 때, 너 이외에 나머지 넷이 운동이 서툰 여자애들이라도 승리를 쟁취할 수 있어?”

“솔직히 말해서, 상대 팀이 약하면 나 혼자서라도 이길 자신은 있어. 하지만 상대도 농구 좀 하는 녀석이 섞여 있다면, 장담은 못 하겠다.”

“정말 솔직하네. 근거도 없이 이길 수 있다고 장담하지 않은 점은 칭찬해줄게. 그러니까 잘 생각해봐. 누구랑 짜야 5명으로, 또는 최소한의 전력으로 이길 수 있을지. 농구 종목을 아예 버리기는 아까우니까. 내가 봐서 되겠다 싶으면 농구를 종목으로 제출할게.”

“……알았어.”

호리키타의 말에 스도가 고개를 끄덕였다.

그리고는 자리로 돌아가 어떻게 해야 할지 곧장 시뮬레이션하기 시작했다.

쉽지 않은 이야기다. 스도는 농구에 쓰는 게 가장 제 역량을 뽐내는 방법이겠지만, 운동 신경이 뛰어난 덕분에 굳이 농구가 아니더라도 다른 종목에 쓸 수 있다.

특히 이번과 같은 시험에서는 많은 장면에서 강력한 카드 역할을 하겠지.

경솔하게 1대1로 낭비해버리기는 아까운 인재다.

게다가 농구를 종목으로 넣을지 말지도 끝까지 냉정하게 생각해봐야 한다. 가령 5대5로 붙어서 승산이 있다 해도, 상대가 바보가 아닌 이상 열 종목 중에 농구가 있으면 스도가 나오리라는 것쯤 알아챌 거다.

그렇다면 오히려 든든한 녀석으로 5명을 골라 스도 대책을 세울 수도 있고, 아니면 반대로 농구 자체를 포기하고 다른 경기에 더 투자할 수도 있다.

회의 내용은 더 봐야 크게 변하진 않을 거다.

나는 스마트폰으로 채팅창을 보는 척하면서 방을 닫았다.

어차피 나는 사령탑. 잘하고 못하는 게 무엇인지 물어보지 않을 것이다.

이 회의에는 형식적으로만 참여하고, 자세한 사항은 전부 호리키타에게 맡기겠다는 방침은 달라지지 않았다.

호리키타는 한 시간 정도 대화를 한 끝에 애들의 장점을 얼추 다 들었으니 이제 반대로 애들에게 하나하나 물어보지 않을까.

5

목요일 아침, 평일의 통학로.

봄이 성큼 다가왔다고는 하지만, 오늘은 예년보다 기온이 낮아서 추운 하루가 될 것 같다.

"안녕, 안녕! 오늘은 춥네."

등 뒤에서 활기찬 목소리가 들려왔다.

어차피 나는 아니겠거니 하고 가던 길을 계속 가자, 이내 다시 당황한 목소리가 들려왔다.

"자, 잠깐, 잠깐~? 아야노코지?"

아무래도 인사의 상대가 나였던 모양이다.

뒤를 돌아보니 B반 담임인 호시노미야 선생님이 서 있었다.

"기다리라니까~."

차가운 손이 내 손을 붙잡았다.

여선생님이 아무렇지도 않게 남학생의 손을 붙잡아도 되나?

"죄송합니다. 절 부르신 거라곤 생각을 못 해서. 무슨 일이시죠?"

"일 없으면 말 걸면 안 돼?"

손을 계속 붙잡은 채 눈을 깜박거리며 나를 올려다보았다.

자기가 귀엽다는 걸 아는 인종이 하는 행동이었다.

평소 쿠시다의 일거수일투족을 지켜본 탓인지, 나도 그런 것들을 대충 알아볼 수 있게 되었다.

"그런 건 아니지만……."

살짝 강제로 팔을 당겨 호시노미야 선생님의 손아귀에서 벗어났다.

그러자 호시노미야 선생님은 하하앙! 하고 짓궂은 미소를 지었다.

"이것 봐라~ 아무리 그래도 이맘때까지 오면 여자친구 하나쯤은 생기나 보네?"

"아니요, 전혀. 생길 낌새도 없는데요."

"엥, 진짜? 이렇게 풍족한 조건인데, 아까워라~!"

대체 어느 부분이 '이렇게 풍족한'인 걸까.

"아 이런, 뭘 모르는구나!"

그럼 못 써, 하고 호시노미야 선생님이 내 귓가에 속삭였다.

"이 학교 학생들은 엄~청 연애하기 쉬운 조건 속에 있단 말이야."

"어째서죠?"

되묻자 호시노미야 선생님이 살짝 깬다는 표정을 지었다.

"정말 모르니?"

"네, 전혀."

내가 긍정하자 호시노미야 선생님이 내 어깨를 탁탁 때렸다.

"음, 뭐랄까, 이쯤 되니까 오히려 아야노코지가 다른 의미로 귀여워 보이는데!"

이 사람이 지금 무슨 말을 하고 싶은 건지 전혀, 하나도 모르겠다.

"미리 말해두는데…… 난 지금 상황이 한탄스럽단다. 전부터 생각한 건데 말이지, 같은 기숙사에서 남녀가 생활하는 건 문제라고 생각해."

"그래요?"

각자 다른 방이니까 아무 문제도 없는 것 같은데. 나는 숨이 닿을 만큼 가까운 거리로부터 달아나듯 떨어졌다. 그러자 호시노미야 선생님은 또다시 거리를 좁혀왔다.

"이건 내 친구한테 들은 이야기인데, 어떤 기업에 취직한 애들은 회사 기숙사에서 2개월간 연수를 받는 게 전통이었대. 방은 2인 1조로 쓰고, 물론 남녀별로."

"흐음."

멀어지려 할 때마다 다음에는 더 거리를 좁혀오기에, 그냥 포기하고 이야기를 듣기로 했다.

"그런데 둘이서 같은 방을 쓰니까 갈등도 일어나기 쉽단 말이야. 남자 중에 낫토의 냄새는 물론이고 보는 것도 싫어하는 애가 하나 있었어. 그래서 룸메이트한테 제일 처음에 말했지. 『내 앞에서는 절대 낫토를 먹지 말아줘』라고. 그런데 그 말을 들은 남자애는 낫토를 제일 좋아했어. 그 애는 낫토가 싫다고 해도 억지로 먹이지만 않으면 괜찮겠지 하고 룸메이트가 된 첫날 낫토를 싫어하는 애 앞에서 낫토를 먹어버렸지. 그 결과 낫토를 싫어하는 애가 화나서 기숙사를 뛰쳐나갔어."

이 사람은 도대체 무슨 말을 하고 싶은 거지. 남녀가 같은 기숙사에서 생활하는 것과 그게 무슨 상관이라고.

"상관없는 이야기를 하고 있다고 생각하고 있겠지만, 여기서부터가 중요해."

그렇게 말한 호시노미야 선생님은 계속해서 이야기를 이어나갔다.

"결국, 이 사건이 기업에 보고가 들어가면서 룸메이트 제도가 폐지되었어. 그리고 다음 해부터 신입은 개인실을 쓰도록 했지. 딱 이 학교 기숙사처럼. 그러자 이번엔 전년과는 아주 다른 일이 일어났어. 그게 뭐라고 생각해?"

"남녀 문제가 터진 건가요?"

"맞아. 룸메이트가 있었을 때는 커플이 생겨도 기껏해야 한두 쌍이었는데, 1인실로 바뀌자마자 커플이 일곱 쌍, 여덟 쌍이나 생겨버린 거야. 룸메이트가 있으면 마음에 드는 사람이 생겨서 방에 놀러 가도 방해꾼이 한 사람 있는 거잖아? 더구나 괜히 소문이 나기도 쉬우니까 다들 서로를 경계해대는 바람에 연애까지 발전하진 않았지. 그런데——."

1인실이면 남녀가 거리낌 없이, 그것도 남몰래 만날 수 있으니까.

"연인으로 발전할 확률도 쑥 올라가는 거지."

그래서 아직 여자친구가 없다는 사실에 놀랐다는 건가.

"그럼 이 학교도 커플이 된 학생이 많이 늘었나요?"
"아~ 그게, 올해는 딱히 그렇지도 않더라."
어이. 그럼 나한테 뭐라고 할 것도 없잖아.
호시노미야 선생님한테 그렇게 말해봐야 소용없을 것 같아서 속으로만 간직해두었다.
"그럼 선생님의 이론이 틀린 거 아닙니까?"
"아니야!"
확고한 대답이었다.
"지금 이게 얼마나 풍족한 환경인지 모르는구나?"
긍정적인 거야 뭐야.
"언젠가 후회할 바에야 지금 연애를 해보는 게 좋지 않을까?"
이 사람은 공부가 본분인 학생에게 무슨 바람을 넣고 있는 거지.
세상엔 다양한 교사가 있겠지만, 어떤 의미로는 이 사람의 속을 제일 모르겠다.
"저기, 하나만 물어봐도 될까요."
"응? 연하는 몇 살까지 가능하냐고? 미안, 아무리 그래도 고등학교 1학년은 좀……."
"그런 말은 한마디도 안 했는데요."
"나도 알아. 방금 그건 웃어야 할 대목이었어!"
웃어야 할 대목이었나. 알 수 없는 기운에 페이스가 말리고 있다.

"뭐든, 물어봐, 어서."

자기가 말허리를 뚝 잘라놓고, 억지로 되돌리다니.

"선생님은 연애를 추천하시는데, 다른 반끼리 사귀거나 하면 큰일 아닌가요."

"왜?"

"반끼리 경쟁해야 하니까요. 갈등의 씨앗도 될 것 같고."

당연한 대답을 말하자 선생님의 눈빛이 반짝 빛났다.

"그게 좋은 거잖니~!"

"……예?"

"원래라면 자기 반을 위해 전력을 쏟아야 하잖아? 그런데 자기가 사귀는 사람이 라이벌 반에 있는 거야. 그래서 고뇌와 갈등이 생기는 거지. 한 편의 드라마가 탄생하는 거야!"

선생님은 자기 말에 심취해서 마구 고개를 끄덕였다.

"뻔한 관계성이 복잡하게 서로 얽히면 경쟁은 더욱 격렬해지겠지?"

"그건, 뭐, 그럴지도 모르겠네요."

실제로 그렇게 되리라. 연인을 위해 반을 배신하는 존재가 나와도 이상하지 않다.

그리고 반의 리더가 그것을 전부 파악하고 관리하기란 사실상 불가능하다.

"무슨 이야기지?"

"호랑이도 제 말 하면 온다더니."

제 말이라고?

묘한 소리를 하는 호시노미야 선생님. 본인에게 그런 자각은 전혀 없어 보이지만.

호시노미야 선생님이 이야기를 끝내고 내게서 거리를 조금 벌렸다.

"그냥 시시콜콜한 이야기 중이었어, 사에짱. 그렇게 무서운 표정 지을 필요 없잖아?"

"내 반 학생이야."

"아야노코지를 꽤 신경 쓰고 있는 모양이네. 뭐, 저 애가 유능한지 아닌지는 이제 곧 특별시험으로 밝혀지겠지. 학년에서 제일 우수하다는 소문의 사카야나기랑 붙으니까."

"그럼 지금 굳이 엮일 이유도 없겠군."

"아, 그건 그렇지. 역시 사에짱."

차바시라를 놀리며, 호시노미야 선생님이 웃었다. 아무래도 아무 생각 없이 접근한 건 아닌 듯했다. 호시노미야 선생님이 떠난 후 차바시라가 나를 곁눈질했다.

무슨 이야기를 했는지 궁금한 눈치였다.

"무슨 대화를 나누었는지 알고 싶으세요?"

통학로에 학생들이 있는 걸 확인하면서 말했다.

차바시라는 아무 말도 없이 내 입에서 이어질 말을 기다리고 있는 듯했다.

"룸메이트 이야기요."

"룸메이트? ……또 시답잖은 짓을."

반응을 보아하니 차바시라도 룸메이트와 관련된 이야기

를 아는 모양이었다.

요컨대 이야기에 나온 '기업'이란 이 학교를 말하는 거다.

그리고 이 학교도 원래는 개인실이 아니었다는 거겠지.

뭐, 알아내려고 마음먹으면 얼마든지 알아낼 수 있지만, 나한테는 아무래도 좋은 일이다.

○덫과 수제 요리 그리고 부탁

그날 조금 드문 사건이 일어났다.

점심시간이 시작되고, 아야노코지 그룹이 밥을 먹으러 교실을 나섰을 때 있었던 일이었다.

"야, 이치노세. 꼭 항의해야 한다니까!"

우리가 복도를 걷고 있자니, 그런 소리가 들려왔다. 그 목소리의 주인은 1학년 B반의 시바타였다. 그 말고도 B반의 이치노세와 칸자키가 함께 있었다.

"웬일이래, 시바타가 저렇게 화를 다 내고."

"진짜 의외긴 하다."

하루카와 아키토가 놀라는 것도 이상하지 않았다.

"그래?"

다른 반과 교류가 없는 아이리는 전혀 모르는 것 같았지만, 축구부에 소속된 시바타는 히라타와 조금 다른 타입일 뿐, 밝고 씩씩해서 인기가 많다.

적어도 내가 알고 있는 그는 저렇게 거친 성격이 아니었다.

"하지만 단순한 우연일지도 모르잖아?"

화내는 시바타에게 이치노세가 설득하듯이 말했다.

하지만 시바타는 짐작 가는 구석이 있는지 곧바로 부정했다.

"그럴 리가 없잖아! 오늘까지만 해도 벌써 세 번째라고!

이게 싸움 거는 거지, 대체 뭐야?"

도중에 우리를 알아챈 칸자키가 시바타에게 가볍게 눈짓했다. 시바타는 곧 겸연쩍은 얼굴로 무마하려고 했지만 이미 늦은 뒤였다. 어색한 분위기와 침묵이 흘렀다.

"점심 먹으러 가는 중이야?"

결국, 이치노세가 가장 먼저 우리에게 말을 걸었다.

누군가에게 걸었다기보다 그룹 전체를 향해서.

B반의 리더와 접점이 별로 없는 친구들은 어떻게 대답해야 좋을지 몰라 당황했다.

결국, 옆에 서 있던 하루카가 팔꿈치로 내 배를 꾹 찔러대는 바람에, 마지못해 내가 대표로 대답했다.

"……응, 카페에. 왜?"

"그렇구나, 우연이네. 우리도 거기 가는 중이거든."

내 대답에 이치노세가 기뻐하며 손뼉을 쳤다. 말이야 평소 같았지만, 오늘은 위화감이 있었다. 이치노세는 보통 말을 할 때 상대의 눈을 보는데, 오늘은 나를 보지 않았다.

"괜찮으면, 우리랑 같이 점심 먹지 않을래?"

이치노세의 예상치 못한 권유에 당황한 우리는 서로의 얼굴을 마주 보았다.

"이치노세, 무슨 생각이야?"

그런데 우리만 예상 못 한 건 아니었는지 칸자키가 당황하며 물었다.

"무슨 생각이냐니…… C반이랑 대결하는 것도 아닌데,

괜찮잖아?"
"그건 그렇지만……."
칸자키는 이치노세의 제안이 영 내키지 않는 눈치였다.
하지만 이치노세의 결정이니 거부하진 않겠지.
우리가 그들 사이에서 어쩌나 하고 머뭇거리고 있자니…….
"시간도 아까우니까 얼른 가자."
이치노세가 그렇게 웃으면서 말했다. 당연히 아무도 거절할 수 없었다.

1

카페 구석에 두 테이블을 붙이고 밥을 먹기로 한 우리.
B반과 C반, 그것도 이색적인 조합으로 자리가 마련되었다.
"미안해, 갑자기 끌고 와서. 대신 오늘은 내가 쏠 테니까 사양하지 말아줘."
이치노세가 사과하며 말했다.
"괜찮겠어? 이치노세."
이치노세의 말을 들은 칸자키가 곧장 끼어들었다.
이치노세는 지난 특별시험에서 퇴학생을 내지 않기 위해 류엔과 거래한 후, 반이 가지고 있던 프라이빗 포인트를 전부 토해냈다.
지금은 어찌어찌해서 잘 꾸려가고 있는 모양이지만, 여유

있는 생활은 아닐 터.

"어차피 우리도 여기 올 생각이었으니까, 우리 몫은 우리가 낼게."

내가 그렇게 말하자, 그룹의 다른 아이들도 고개를 끄덕였다.

"내가 억지로 데려온 거나 마찬가지니 신경 쓰지 않아도 되는데……."

"괜찮아. 그래야 우리도 더 마음 편하게 먹을 수 있을 것 같으니까."

대등한 입장에서 밥을 먹을 수 있도록, 이라는 구실을 내세워 이치노세가 사는 것을 사양했다.

"그런데…… 우리한테 같이 점심 먹자고 한 이유는 뭐야?"

결국 케세이가 참지 못하고 이치노세에게 물었다.

"아까 시바타의 모습에 다들 놀란 것 같아서. 괜한 억측이 퍼지는 것보다 솔직히 말하는 편이 혼란도 없을 것 같다고 생각했거든."

이치노세의 판단은 어떤 의미로는 타당했다. 아마 말을 걸어주지 않았다면 우리는 당분간 시바타에 대해 얘기했을 테니까. 왜 그렇게 화냈을까, 하고. 그걸 어쩌다 다른 사람이 듣고 의도치 않게 소문이 퍼졌을 가능성도 있었다.

"괜찮겠어? 말해도?"

"그렇게 경계할 필요가 있을까?"

"C반에 관련 있는 애가 있을 가능성도 있어."

"설령 그렇다고 하더라도 별 영향은 없을 것 같은데."

"……하긴, 단순한 푸념이니까."

시바타의 말에 칸자키가 눈을 살짝 가늘게 뜨고 쳐다보았다.

"뭐, 뭐야, 칸자키."

"아니……."

그 진의는 시바타에게 전달되지 않은 모양이지만.

푸념이라는 단어를 쉽게 입에 담은 걸 지적한 것 같은데, 다른 학생은 그 사실을 눈치채지 못했다.

"여기까지 와서 감추기도 어렵겠지. 말해주는 게 어때?"

"……그래."

시바타의 경솔한 한마디로 단념했는지 칸자키도 결국 뜻을 꺾었다.

"간단히 말하면 B반 애들이 D반한테 좀 심하게 괴롭힘을 당하고 있는 것 같다는 이야기를 하고 있었어."

"괴롭힘이라고?"

시바타가 집어삼킬 듯한 기세로 이야기를 시작했다.

"나랑 나카니시, 또 벳푸도 비슷한 일을 당했거든. 뭐랄까, 아무 의미도 없이 시비를 건다고 해야 하나, 뒤를 밟는다고 해야 하나. 벳푸 녀석은 알베르트한테 아무 말도 없이 벽까지 내몰려서 꽤 무서웠다더라."

여기까지 말해버린 이상 더 숨겨도 의미가 없다고 생각했는지, 칸자키도 이야기에 끼어들었다.

"일단 두 사람한테도 물어보러 갈 거지만, 아마 틀림없겠지."

즉 특별시험이 시작된 후로 일부 학생이 D반의 표적이 되고 있다는 의미였다.

"싸움으로 번졌다거나 하진 않았지?"

"아직은."

쫓아오거나 막다른 곳으로 내몰기만 했고 아직 물리적인 피해는 없는 것 같았다.

물론 상대가 힘을 쓴다면 큰 문제로 발전하겠지만.

"D반 나름대로 압박을 주려고 하는 거겠지. 시험 당일까지 이런 식으로 계속 괴롭혀서 우리의 행동과 판단을 흐리게 하려는 목적 아니겠어?"

"으, 좀 봐달라고. 그냥 있어도 D반 녀석들은 무서운 분위기가 있단 말이야. C반도 성가신 일에 휘말려봤으니 잘 알지 않아?"

성가신 일이란 스도와 이시자키, 코미야 무리가 다툰 사건을 가리키는 것이리라.

이야기를 잠자코 듣고 있던 케세이가 입을 열었다.

"다른 반에 충고하는 것도 좀 웃기지만, 그게 이상한 일은 아니잖아? 그야 D반이 불량한 이미지가 있긴 하지만, 어느 정도 압력을 넣는 것 자체는 특이하지도 않아. 우리도 지금 A반한테 정찰 같은 짓을 당하고 있고."

"그런가……?"

케세이는 고개를 끄덕인 후, A반 학생이 C반 교실 바로 옆까지 와서 이야기를 엿들은 이야기를 했다.

"D반도 필사적이니 구할 수 있는 정보는 다 구하려 하고 있다는 건가."

시바타가 작게 고개를 끄덕였다.

굳이 따지자면 우리보다는 B반이 더 큰 피해를 보고 있겠지만.

"정면으로 붙으면 B반이 유리한 건 불 보듯 뻔한 이야기니까. 교칙을 벗어나지 않는 아슬아슬한 선에서 계속 수작 부릴 가능성이 있다고 보는 게 좋을지도."

다만, 조금 걸리는 점이 있다면, 왜 몇 명을 골라서 괴롭히고 있냐는 점이다. 단순히 B반을 초조하게 만들고 싶다면 대상이 누구든 상관없을 테니까.

이치노세나 칸자키를 건드는 건 위험하다고 생각하는 건지, 아니면 다른 노림수가 있는 건지…….

"누구의 지시지? 카네다는 아닌 것 같고…… 이시자키이려나?"

"아마도 그렇겠지."

"다들, D반 애들이 신경 쓰이는 건 이해하는데, 우리는 우리가 할 수 있는 걸 하면 될 뿐이야. 결속이 흐트러지지 않도록 다 함께 발을 맞춰서 종목을 정하고 당일에 열심히 싸우면 되는 거라고. 안 그래?"

이치노세의 말에 칸자키와 시바타가 고개를 끄덕였다.

"그럼 D반에 아무 대응도 하지 않을 거야? 정찰도?"

"응. 우리는 다음 주에 정해질 종목에만 집중할 생각이야."

오로지 B반의 힘만으로 싸우겠다는 이야기다.

정보에 현혹되지 않고 진실만을 본다, 라. 확실하고 손쉬운 방법이다.

"뭐랄까, B반은 깔끔하네."

케세이가 어이없다는 듯 중얼거리며 말을 이었다.

"보통, 윗반을 이기기 위해서라면 무슨 짓이든 하려고 하지 않아? 정찰도 무언의 협박도, 그게 효과적이라면 해야 한다고 보는데 말이야. 견제조차 없이 자기들의 힘만 믿고 나아가겠다니, C반은 엄두도 못 낼 이야기야."

C반도 표면상으로는 A반에게 아무런 행동도 하지 않고 있지만, 이런저런 방법을 총동원해서 정보를 모을 수 없을지 고심하고 있다.

"글쎄. 우리가 별로 요령이 없을 뿐인지도 모르고."

이치노세가 살짝 웃으며 대답했다.

"어쨌든 무슨 말을 하고 싶은지는 잘 알았어. 우리가 시바타에 대해 함부로 떠들고 다니면 그것만으로도 D반에 B반이 곤란해하고 있다는 정보를 쥐여주는 꼴이라는 거지?"

왜 이치노세가 우리보고 같이 점심을 먹자고 했는지, 수수께끼를 푼 케세이.

괴롭히는 것 때문에 타격을 입고 있다는 사실이 알려지면 분위기만 더 조장되리라.

그렇게 되면 B반은 지금보다 더 대처하기 힘들어진다. 그럴 바에야 의연한 태도를 계속 유지해서 D반이 세운 작전이 통하지 않는다는 걸 보여주고 싶겠지.

"그러니까 웬만하면 소문내지 말아줘."

"우리도 소문을 내서 얻는 것도 없고, B반을 적으로 돌리고 싶은 것도 아니니까."

동의하는 케세이에 이어서 하루카와 아키토, 아이리도 망설임 없이 고개를 끄덕였다.

"다들, 정말 고마워."

C반 아이들에게 인사하는 이치노세. 그러면서 나와도 딱 한 번 시선이 마주쳤다.

그 순간, 바람에 실려 왔는지, 은은한 시트러스 향이 내 콧구멍을 간지럽혔다.

곧바로 다시 나에게서 눈을 돌리는 이치노세. 역시 오늘 좀 이상한 거 같은데.

지금 내가 꺼낼 이야기는 아니지만.

2

점심을 마치고 이치노세 일행과 헤어진 후 하루카가 말했다.

"역시 이치노세는 귀엽다니까. 마지막에 그 웃는 얼굴은 반칙이야! 안 그래?"

"어? 난 딱히……."

"아, 유키무, 생각하니까 얼굴 빨개지는 것 좀 봐!"

"아니거든!"

"아닌 척 안 해도 된다니까. 걔는 내가 봐도 귀여울 정도인데, 남자들은 오죽하겠어."

아이리도 동의하는지 고개를 마구 끄덕였다.

"미야치도 아야노코지도 어차피 다 같은 의견이지?"

갑자기 화살이 이쪽으로 날아들었다. 나와 아키토는 케세이 같은 꼴을 당하기 싫어서 쓴웃음 지으며 대충 얼버무렸다.

"내 착각일지도 모르는데…… 이치노세는 원래 향수를 뿌리던 애였나?"

"아, 맞아! 시트러스 계열 향수였지?"

"응. 깜짝 놀랐다니까. 뭔가 심경의 변화라도 생긴 걸까?"

"거기, 남자 세 사람은 어떻게 생각해?"

그런 질문을 우리에게 해봤자 알 리가 있나.

"향수? 난 모르겠는데. 그냥 뿌리고 싶었던 거 아냐?"

케세이가 대충 대답하자 하루카가 한심하다는 양 깊은 한숨을 내쉬었다.

"이래서 남자란……. 이런 사소한 변화가 중요한 거라니까. 안 그래?"

"……크흠. 그나저나 B반도 여러모로 고생 중인가 보네."

아키토는 하루카의 화살을 피해 대놓고 이야기를 바꾸

었다.

"D반도 윗반을 이기려면 수단을 가릴 때가 아니니까 말이지. 어쩌면 앞으로 더 심해질지도 모르지."

아키토의 말을 받으며 케세이도 하루카의 화살을 피해 도망쳤다.

아마, 케세이의 말대로, 앞으로 D반은 점점 더 거칠게 나올 거다. 아직은 3명 정도지만, 피해자가 더 늘어나도 이상할 게 없다.

"류엔도 없는 마당에, 그런 짓이라도 하지 않으면 승산이 없잖아."

"그렇다고 방식까지 류엔을 모방해서 뭐 어쩌자는 걸까 싶지만."

하긴 이런 방식은 류엔이나 쓸 법한 전략이지.

"그래야 다 헛짓이겠지만. B반의 아성을 무너뜨릴 정도는 아니야. 난 오늘 이야기로 느꼈어, 대전 상대가 A반이어서 다행일지도 모른다고. B반이랑 붙는 것만은 사양하고 싶다."

"엥, 어째서?"

"녀석들의 단단한 결속력이랑, 자만하지 않고 성실하게 나가는 자세는 어느 반이랑 붙어도 이길 수 없는 B반의 강력한 무기야. 어떤 종목이 나와도 준수한 결과를 내놓을 테니까. 나는 도저히 이길 자신이 없어."

아무래도 케세이는 B반이 모든 면에서 수준 이상인 걸 높이 사고 있는 듯했다.

"하지만 전부 수준 이상이라 하더라도 대결에서 지면 의미 없잖아."

일곱 종목 모두 80점이나 90점짜리 대결을 펼치더라도 상대가 100점을 받으면 패배한다.

"당일에 일곱 종목이 뭐가 나올지도 모르는데, 곧장 다 이길 수 있을까? C반과 D반은 특출난 종목으로 승리를 노릴 수도 있지만, 반대로 그러지 못하면 참패가 기다리고 있다는 의미도 돼."

"그런가…… 그럴지도 모르겠네."

케세이의 설명에 아이리가 두세 번 고개를 끄덕였다.

"야, 야! 잠깐 저것 좀 봐!"

복도 모퉁이를 돌았을 때, 하루카가 선두에서 걷던 케세이의 팔을 잡아 세웠다.

"뭐하——."

케세이가 무슨 말을 꺼내려 하자 하루카는 곧장 손으로 그의 입을 막고 정면을 손가락으로 가리켰다. 이케와 시노하라였다.

마침 우리보다 조금 앞서서 걷는 중이었다.

"저, 저기, 시노하라."

"왜."

"그게…… 저기."

"뭘 머뭇거려, 뭐?"

우리가 입을 다무는 바람에 두 사람의 대화가 더욱 잘 들려왔다.
"……일요일에…… 시, 시간 돼?"
"일요일? 아직 별다른 일정은 없는데…… 왜?"
"그게, 그러니까, 어디 놀러, 가지 않을래?"
그러자 하루카와 아이리가 서로 마주 보며 뭐가 즐거운지 웃기 시작했다. 반대로 케세이와 아키토는 어이없다는 표정을 짓고 있었다.
"일요일이면 화이트데이잖아? 혹시 발렌타인 때 시노하라가 이케한테 초콜릿을 줬나?"
"그럴지도!"
시노하라는 이케의 제안을 받고 수상쩍다는 표정을 지었으나, 머지않아 상황을 깨닫기 시작했다.
"아니, 그러니까 일단, 초콜릿도 받았고…… 답례라도, 할까 해서."
"그냥 우정 초콜릿인데 고지식하긴. 아니, 근데 너, 돈은 있어?"
"조금 모아둔 게 있지. ……뭐, 시, 싫으면 됐고."
"……싫다고는 안 했잖아."
"그, 그럼……."
"차, 착각하지 마. 이제 곧 특별시험이고, 한숨 돌릴 수 있는 마지막 기회니까. 네가 산다면 나쁠 것도 없고."
두 사람의 대화를 듣고 있자니, 나는 문득 오늘 아침에 들은 룸메이트 이야기가 떠올랐다.

정말 내가 모르는 곳에서 이래저래 작은 씨앗이 싹을 틔우기 시작한 건지도 모르겠다.

"가자."

"어? 아니, 잠깐만! 지금 딱 중요한 대목이라고!"

"남의 연애 사정에 끼어드는 거 아니야."

하루카의 손목을 붙잡고 아키토가 반대 방향으로 걷기 시작했다.

"조금만! 아주 조금만 더 엿들어도 되잖아! 왠지 두근두근한다고!"

"난 안 두근거리거든."

"에이, 이래서 둔감한 남자란…… 그렇지, 아이리?"

"으, 으응. 나도 좀 설레는 것 같아……. 하지만 우리가 보는 걸 알면 부끄럽지 않을까?"

"그야 그렇지만, 그건 들킨 녀석 잘못이지."

뭐, 지금 마주치면 모처럼 싹튼 씨앗에 방해가 될지도 모르니까.

3

C반은 잘하는 종목이 뭐가 있는지 계속 정보를 모으고 있었다. 시간이 지날수록 방과 후에 모이는 날은 줄어들었고, 대신 그만큼 C반의 채팅방은 활발해지고 있었다. 코엔지와

히라타는 여전히 참여하고 있지 않았지만. 어쨌든, 채팅방을 회의실로 쓰면서 시간대를 불문하고 끝없이 의논할 수 있게 되고 있었다.

결과적으로는 발언할 용기를 굳이 내지 않아도 되는 이 방법이 C반에 더 잘 어울렸는지, 의견 교환도 훨씬 활발했다. 물론 어디까지나 이것은 제삼자의 시선에서 바라보는 정보에 불과하지만.

나는 호리키타에게 모든 것을 맡기고 완성되기를 기다리기만 하는 상태였다.

전략이나 사령탑의 역할은 그 뒤에 생각해도 된다.

다만 불안 요소가 있었다. 바로 코엔지와 히라타다.

특히 지금의 히라타는 호리키타가 어쩔 수 있는 상태가 아니었다.

채팅방에도 끼지 않은 이 두 사람은 특별시험에 부정적인 방향으로 움직이고 있었다. 코엔지야 늘 그랬다고 하더라도, 히라타의 부재는 큰 손실이었다.

히라타는 이전 모습이 거짓말처럼 다른 사람이 되어버렸다.

비유가 좀 그렇지만, 마치 부스럼, 눈엣가시 같은 존재가 되었다고나 할까. 지금은 누구도 건들 수 없는 상태가 되어버렸다. 원래 다재다능했던 만큼 활약한 기회도 많았을 텐데, 너무 아까운 상황이었다.

심지어 불안 요소는 그게 전부가 아니었다.

"……히라타!"

미짱은 오늘도 돌아가려는 히라타를 따라가 말을 붙였다.

벌써 몇 번째 보는 광경인지.

한 사람, 또 한 사람 포기하는 가운데 미짱만은 멈추지 않고 히라타에게 계속 말을 걸고 있었다.

저게 바로 사랑의 힘인가. 아니…… 사랑만으로 저럴 수 있을까?

집요하게 굴었다가 도리어 미움을 살지도 모르는 일이었다.

그런데도 그녀가 계속해서 히라타에게 말을 거는 이유는 뭘까.

"히라타 군, 진짜 못 봐주겠네……."

교실에 남아 있던 여학생 그룹 중 케이가 그렇게 말했다.

"내 말이. 카루이자와, 진짜 저대로 내버려 둘 거야?"

"이제 내가 말해도 듣질 않을걸? 오히려 미움만 사겠지."

저번에 케이가 말을 걸었을 때도, 히라타는 강하게 거절했다.

"그럴지도. 카루이자와한테 차이고 야마우치도 없어지고……."

나는 그런 여자들의 대화를 곁눈질하며 나는 교실을 뒤로 했다.

오늘의 목적은 히라타가 아니다. 또 다른 불안 요소를 없애기 위한 탐색.

미짱 뒤에 교실을 떠난, 다른 학생에게 볼일이 있었다.

"잠깐 나 좀 보자."

그 소녀에게 말을 걸자, 그녀는 잠시 뜸을 들인 후 뒤돌아보았다.

"무슨 일이야? 아야노코지."

이번 특별시험 기간에 무엇 하나 의견을 내놓지 않은 쿠시다였다.

쿠시다는 반 친구들을 돕지도, 방해하지도 않고 오로지 한 명의 학생으로 조용히 지내고 있었다.

평소 같으면 서브 리더 같은 역할로 반을 뒷받침했을 텐데 이번에는 그런 모습이 조금도 보이지 않았다. 예상할 수 있는 이유는 2개다.

하나는 지난 반 내부 투표 때 자신의 입지가 흔들렸다는 것.

야마우치에게 이용당했다고는 하지만 어쨌든 내 퇴학에 가담했다는 사실이 명백히 드러났다.

많은 학생이 동정의 여지가 있다고 판단했지만, 쿠시다에게 그건 사사로운 문제일 뿐이리라.

중요한 건 '착한 사람'이라는 이미지와 자존심에 상처가 생긴 것.

그리고 또 다른 이유는 호리키타가 리더 역할을 맡고 있다는 것이다.

오히려 쿠시다는 그래서 움직이질 않고 있는 거겠지.

쿠시다는 자신의 과거를 아는 호리키타를 처음부터 싫어

했다.

게다가 반 내부 투표 때에는 호리키타에게 강한 질책을 받기도 했다.

어떤 이유든 부당하게 퇴학생을 만들려고 한 행위를 비난받았다.

쿠시다로서는 자존심이 이만저만이 아니었을 터.

"이번에는 호리키타를 서포트해주지 않는군."

그걸 알면서도 나는 굳이 이야기를 꺼냈다.

이 특별시험에서 쿠시다가 어떻게 움직일 생각인지 파악해두고 싶었기 때문이다.

평소에 쓰고 있는 생글거리는 가면은 멀리서 봐도 그 진심이 보이지 않았다.

가면 아래에 잠든, 진짜 얼굴을 보지 않으면 알 수가 없다.

"걸으면서 말할까?"

"그래."

누가 엿듣는 것을 원하지 않는 쿠시다는 그렇게 재촉하며 걸음을 뗐다.

"앞으로 일정 있어?"

"응. B반 애들이랑 놀기로 했어. 이런 중요한 시기에 노는 게 나쁘다고 생각하니?"

"아니, 숨 고르기도 필요하니까. 그건 다른 사람도 마찬가지고."

24시간 시험만 생각하는 건 어리석은 짓이다.

조일 때는 조이고, 풀어줄 때는 풀어야 한다.

"이미 아는 거 아냐? 내가 아무 행동도 안 하는 이유. 난 아야노코지가 퇴학당해도 된다는 생각에 야마우치를 도왔어. 그게 다 드러났는데 내가 어떤 얼굴로 반을 이끌 수 있겠어?"

쿠시다는 진짜 이유인 호리키타에 대해서는 굳이 말하지 않았다.

"왠지 납득이 안 간다는 표정이네."

"뭐, 그렇지."

"말해두는데 호리키타가 리더여서 돕기 싫은 건 아니야."

"그래?"

"정말이래도."

쿠시다가 응응, 하고 고개를 두세 번 끄덕였다. 하지만 이건 거짓말이다.

"아, 의심하고 있지?"

그야 의심할 수밖에. 물론 내가 티를 내지 않아도 쿠시다는 그렇게 생각할 게 뻔하지만.

내가 믿지 않는 걸 멋대로 확신하는 것만 봐도 알 수 있다.

"아야노코지 눈에 지금의 나는 어떻게 보여? 솔직하게 말해봐."

"음……."

겉으로는 미소가 귀여운 반 친구.

그러나——.

나는 가면 아래, 그곳에 숨겨진 쿠시다의 본성을 상상해 보았다.

『그 빌어먹을 여자, 반드시 짓밟아 줄 거야! 반 애들 모두가 보는 앞에서 창피를 주다니, 절대 용서 못 해! 죽일 거야! 죽일 거야 죽일 거야 죽일 거야! 반드시 죽여 버리겠어!』

핏대를 세우며 호리키타에게 막말을 쏟아내는 쿠시다.

차마 듣기 힘든 단어들이 잇달아 들려왔다.

"…………."

나는 상상의 결과를 차마 말로 표현할 수 없었다.

"지금 엄청 나한테 실례인 상상을 했지?"

"아니…… 전혀."

상상이 너무 과격했기 때문에 나도 살짝 말문이 막혔다.

그 상상을 머릿속에서 떨쳐낸 후 본론을 꺼내기로 했다.

"시험에 협력하지 않겠다면 사정을 최대한 봐주도록 하지."

"대신에 반 애들의 정보를 내놓아라…… 이건가?"

역시 이 특별시험이 의미하는 것을 쿠시다는 잘 이해하고 있었다.

"그래."

"지금의 아야노코지라면 내가 아니더라도 반에 믿을 만한 애가 있지 않아?"

변함없는 미소였으나 쿠시다는 바로 협력하겠다는 말은 꺼내지 않았다.

계약을 맺은 관계라도 쿠시다의 경계심이 다시 피어오르기 시작하고 있었다.

내가 적인지 아군인지, 마지막 터닝 포인트를 맞이하고 있는 것이리라.

"누가 됐든 너만큼은 아니거든."

"그렇게 말해주니 기쁘긴 한데. 나한테도 여러 사정이 있어서 말이지."

"여러 사정?"

"집요하네, 아야노코지."

자신의 지위가 후퇴한 건 쿠시다에게 큰 마이너스다.

1년 동안 쌓아온 쿠시다라는 캐릭터의 인상이 깨진 거니까.

여전히 반 아이들에게 큰 지지를 얻고 있지만, 그래도 저번 사건으로 무언가 응어리가 남았을 거다. 신뢰를 얻기는 어렵지만 잃는 건 한순간이다.

"그럼 반대로 물어보지. 어떻게 하면 협력할 거지?"

"이번에는 포기하는 게 좋을 것 같은데. 나는 '모두에게 친절한 쿠시다'로 안심하고 반에서 지낼 수 있게 될 때까지 얌전히 있을 생각이거든. 불만 있어?"

즉 협력은 하지 않지만, 방해도 하지 않겠다는 이야기였다.

그리고 그건 자기가 나가야 하는 종목이 결정되면 최소한의 성과는 내겠다는 이야기이기도 했다.

"그건 호리키타에게도 같은 대답이라고 보면 되나?"

"그래. 그렇게 받아들여도 좋아. 나한테 이 학교는 생각한 것보다도 훨씬 마음 편한 곳이었다는 걸 이번에 느꼈거든."

가짜 가면을 쓰고 계속 착한 이미지를 연기하겠다는 거군.
이런 식으로 나에게 유리한 정보를 던져주는 것도 쿠시다의 테크닉이겠지.
쿠시다의 협력을 얻을 수 없는 것은 아쉽지만, 지금은 순순히 물러나는 편이 좋을 것 같다.
"알았어. 어려운 이야기를 해서 미안했다."
"아니야. 의지해주는 건 기쁜 일이니까."
나는 현관까지 도착하자 쿠시다와 헤어졌다.
쿠시다는 한 번도 걸음을 멈추지 않고 케야키 몰 쪽으로 사라졌다.

4

주말이 끝나고 순식간에 일요일, 3월 14일 화이트데이를 맞이했다.
솔직히 나는 이날이 일요일인 것에 감사했다.
책상에 놓인 보답 초콜릿 몇 개.
오늘이 평일이었으면 나는 어느 타이밍에 이걸 건네줘야 좋을지 몰라 괴로워했을 테니까.
아침 수업 전에 줘야 하나, 아니면 방과 후에 줘야 하나.
건넬 순서 그리고 다른 반의 경우는 어떻게 해야 할지 등, 생각할 것이 산더미였다.

무엇보다도 이걸 건네주는 장면을 누군가가 보면 좋지 않을 것 같았다.

하지만 휴일이라면 이야기는 간단하다. 우편함에 넣으면 끝이니까.

나는 혹시라도 누군가와 우연히 마주치는 것조차 피하려고 이른 아침에 방을 나선 나는 기숙사 우편함으로 향했다.

"어디 보자……."

나에게 밸런타인 초콜릿을 준 학생들 우편함에 초콜릿을 하나하나 넣었다.

그리고 일을 끝마치고 방으로 돌아가려는 찰나, 이치노세와 마주치고 말았다.

이치노세는 뭔가 봐선 안 될 걸 봐버렸다는 듯한 표정을 짓고 있었다.

"아, 안녕, 아야노코지."

"아…… 안녕."

아직 7시도 되기 전인데, 이상한 상황이 되어버렸군.

참고로 이치노세는 오늘도 나와 시선을 마주치려고 하지 않았다.

"잠이 좀 일찍 깨서, 산책하고 돌아오는 길이었어."

나를 보는 듯하면서도 시선을 살짝 비켜놓은 이치노세가 말했다.

우편함을 확인하고 방으로 돌아가려던 거겠지.

"아, 어…… 그래."

나는 우편함을 볼 수 있도록 옆으로 길을 비켜주었다. 고개를 꾸벅 숙인 이치노세가 우편함을 확인하자…… 그 안에서 초콜릿이 나왔다. 당연하지만 내가 방금 넣은 녀석이었다.

"보고 있었으니 알아챘겠지만, 일단 그, 답례야."

우편함에서 상자를 꺼낸 이치노세는 잠시 굳은 채로 움직이지 않았다.

"답례라니, 그, 굳이 그렇게까지 하지 않아도 됐는데……."

할 말을 떠올렸다는 듯이 그렇게 대답하는 이치노세.

"아니, 그럴 수는 없지."

"……고, 고마워. 저기, 미안해. 이런 거 익숙하지가 않아서, 좀 긴장되네."

그건 나도 같은 의견이다. 아무도 만나고 싶지 않아서 일찍 나왔다가 마주쳤으니 더욱 그랬다.

조금 어색하니까 화제를 바꿔보자.

"……그러고 보니 시바타가 했던 이야기 말인데, 그날 이후로 어떻게 됐어?"

"아, 으음, 그거, 궁금해?"

"조금."

화제를 바꾸자 이치노세도 말하기 쉬워졌는지 평소 느낌으로 돌아왔다.

"그 이후에 곧바로 애들한테 물어봤는데 시바타가 말한 그 세 명이 전부였어. 그런데——."

"뭐가 있었어?"

"금요일부터 갑자기 피해자가 확 늘어난 것 같아. 시바타에게 한 것처럼 집요하게 따라다닌다거나 말을 건다는 이야기를 어제 들었거든. 남녀 각각 세 명씩이나."

즉 벌써 피해자가 9명이나 되는 건가. 시험 발표 이후 사흘간은 세 명만 노렸는데 금요일부터 6명이 더 늘어났으니까.

"뒤를 밟은 애가 누군지는 알아?"

이치노세는 고개를 끄덕인 후 학생의 이름을 알려주었다.

"내가 아는 건 이시자키, 코미야, 야마다, 콘도, 이부키, 키노시타 정도야."

총 여섯 명인가.

다들 더러운 일도 손을 댈 수 있는 학생들이었다. 다만 벌써 얼굴이 팔린 걸 보아 몰래 움직일 생각은 없는 것 같았다.

"주로 그 여섯 명이 애들 뒤를 밟고 돌아다니는 거 아닐까."

D반이 거친 이미지가 있긴 하지만 그래도 대부분은 평범한 학생이다. 이런 일을 할 수 있는 사람은 그들 정도뿐이다.

"다음 주가 되면 또 자세하게 물어볼 생각이야."

"이대로 피해가 커지면 어떻게 할 거야?"

언젠가는 이치노세와 칸자키에게도 미칠 가능성이 있다.

"음. 어떻게 할 수 없지 않을까? D반 애들이 주먹을 휘두른 것도 아니고…… 애들도 직접적인 피해가 나오기 전까지는 참기로 했어. 나는 애들이 불안해하지 않도록 달래줘야지."

만약 직접적인 피해가 나온다면 즉시 대응할 수 있도록

준비는 해놨을 거다.

"그렇군."

기묘한 움직임을 보이는 D반.

정말로 B반의 학생 모두를 노릴 작정일까.

만약 실행 멤버가 그 여섯 명뿐이라면, 그리 큰 압박은 되지 않을 거다.

이런 짓을 반복해봐야, '성가시게 하네' 정도로 끝나는 게 고작이겠지.

작전을 생각한 이시자키가 거기까지는 생각이 미치지 않은 건지, 아니면 이 정도의 효과만 있어도 충분하다고 생각하는 건지는 알 수 없다만.

"나는 실수하고 있는 걸까?"

내가 생각에 잠긴 것을 알아차리고 이치노세가 조금 불안한 듯이 나를 올려다보았다.

"아니…… 지금은 그걸로 충분하지 않아? 지금 D반이 하는 짓을 학교에 보고한다고 딱히 처벌받을 것 같지도 않고. 그렇다고 직접 불만을 말하러 간다면 그거야말로 D반이 원하는 대로 해주는 꼴이니까."

"역시 그렇지?"

하지만 D반의 목적이 지금 정말 이치노세의 예상과 맞는지는 확인해둘 필요가 있다. 그런데 정작 이치노세는 움직일 생각이 없는 것 같으니, 말해봐야 의미가 없겠군.

이치노세가 먼저 방어적으로 나가겠다고 했으니, 내가 이래라저래라할 수는 없는 노릇이다.

“종목 열 개는 다 정했어?”

“응, 미리 서로 뭘 잘하고, 뭘 못하는지 다 파악해뒀거든. 거기다 D반이 어려워할 것 같은 종목을 섞어서 어제 최종 확정을 마쳤어. 아야노코지 쪽은 어때?”

“난 아무것도 손을 댄 게 없어. 몽땅 호리키타에게 맡겨놨거든.”

“사령탑이 ‘관여’하는 방법은 어쩌고?”

“그것도 전부.”

설마 사령탑인 내가 대충하고 있을 줄은 몰랐는지 이치노세가 깜짝 놀랐다.

“어…… 그만큼 호리키타를 믿는 거야? 아니면 아야노코지는 어떤 종목이나 규칙이 나와도 대응할 수 있다던가?”

“당연히 믿고 맡겨둔 거지. 나는 너와 달리 반에 친한 친구가 많지 않아서 솔직히 애들이 어떤지 잘 몰라. 사령탑도 퇴학생 방지 차원에서 뽑힌 재물 같은 거고.”

“그러면 왜 A반이랑 붙는다는 이야기를 한 거야?”

“그것도 호리키타 생각인 거지. 뭔가 승기가 보였으니 그런 거 아니겠어?”

이치노세는 고개를 끄덕이더니 거기서 더 추궁하지 않았다.

이야기가 끝나고 정적이 흐르는 가운데, 둘이 함께 엘리베이터를 기다렸다.

“아……… 방심했다…….”

대뜸 이치노세가 검지로 머리카락을 비비 꼬면서 그런 말을 했다.

"뭘?"

"어?! 아니, 아무것도 아니야, 신경 쓰지 마!"

엘리베이터는 내 방이 있는 5층에 금방 도착했다.

"그럼 다음에 보자."

엘리베이터에서 내려 뒤돌아본 나는 방심한 이치노세와 순간 눈이 마주쳤다.

"으아아앗! 아, 안녕!!"

그러자 이치노세가 갑자기 당황하더니 황급히 인사를 돌려주고는 닫기 버튼을 마구 연타했다. 이윽고 문이 닫혔고 엘리베이터는 그대로 올라가 버렸다. 뭔가 마무리가 이상해진 것 같지만, 어쨌든 화이트데이라는 힘든 이벤트를 극복했으니 다행이라고 생각하자.

"그러고 보니 오늘은 시트러스 향기가 없었군."

하긴, 휴일 꼭두새벽부터 굳이 향수를 뿌리고 나올 리가 없나.

5

월요일 아침, 오늘은 대전 상대의 열 종목이 발표되는 날이다.

과연 A반은 어떤 종목과 규칙, 그리고 사령탑의 '관여'를 가져올 것인가.

기숙사를 나와 학교로 향하던 도중, 나는 우연히 호리키타 마나부, 타치바나와 마주쳤다.

딱히 나를 기다렸던 것 같지는 않았다. 그냥 정말 우연히 만나버린 모양이다.

타치바나는 아무 말도 하지 않고 조용히 한 걸음 뒤로 물러섰다.

우리 대화를 방해하지 않겠다는 뜻인가.

줄곧 학생회에서 호리키타 마나부를 보좌해온 인재답게 재빠르고 정중한 대응이었다.

"특별시험은 순조롭나?"

이 사람이라면 내가 굳이 설명하지 않아도 이쪽 상황을 알고 있으리라.

"그쪽이야말로. A반으로 졸업할 수 있긴 한 건가?"

"글쎄. 그건 다음 주에 나오는 결과에 달렸지."

얼굴만 봐서는 자신이 있는 건지 없는 건지 알 수가 없었다.

"우리 쪽은 네 여동생이 고군분투하고 있어. 생각보다 오빠 효과가 컸던 모양이군."

"그런가."

그날 이후 호리키타는 마치 마법의 물이라도 맞은 것처럼 몹시 의욕적으로 움직이고 있었다.

이번만 해도 히라타가 부재중일 때 솔선해서 반을 하나로 모으고 있을 정도다.

지금도 종목 10개를 모두를 이기기 위한 전략을 매일같이 짜내고 있겠지.

"다른 학교 같았으면 이맘때의 3학년은 푹 쉬는 거 아니었나?"

"그렇겠지. 나도 입학하고 나서야 알았다. 다른 학교였으면 벌써 방학에 들어갔을 텐데. 하지만 그만큼 진학이나 취학도 착실하게 진행되고 있어. 너희가 모르는 곳에서 말이지."

특별시험을 치르는 동안 여러 가지로 힘든 일들이 겹친 듯했다.

"그런데 아직 누가 A반으로 졸업할지도 모르는 마당에 취직이니 진학이니 하는 이야기가 나오는 건가?"

"그건 너도 머지않아 알게 될 거다."

호리키타 마나부는 그렇게만 말하고 더 설명해주지는 않았다.

재학생에게 말할 수 없는 것도 있다는 건가.

요는 A반이라는 게 얼마나 효과가 있는지 어떤지 깨닫는 것도 3학년이 되고나서라는 이야기다.

"그밖에 궁금한 게 있으면 물어봐도 된다. 대답할 수 있는 건 대답해주도록 하지."

"그 대답해줄 수 있는 게 한 줌밖에 안 될 것 같은데."

내가 비꼬아서 말하자 호리키타 마나부는 아주 살짝 입꼬리를 올리며 웃었다.

"그럴지도 모르겠군. 전 학생회장이라는 굴레 때문이라고 생각해라."

학교 전체와 관련된 문제는 함부로 말할 수 없겠지.

"그래도 뭐, 모처럼의 기회니. 줄곧 너한테 궁금한 게 있었거든."

이 아무렇지 않은 우연 속에서 나는 호리키타의 오빠에게 질문을 던져보기로 했다.

"호리키타…… 네 여동생 말이다만, 녀석은 우수한 편이야. 학력도, 운동 신경도 누구에게 뒤처지지 않지. 입학 당시에도 1등은 아닐지언정, 2등, 3등 정도는 쟁취할 실력이 있었어. 물론 너에 비하면 부족하지만, 굳이 욕하면서 쫓아내려고 할 정도는 아닌 것 같은데."

그리고 무엇보다 가장 컸던 위화감.

"애당초 여동생과 너는 두 살 차이가 있으니, 그 애가 2년간 어떻게 성장했는지 너는 알 길이 없지 않았나? 이 학교의 구조상, 한 번만 봐서는 다 알 수도 없었을 테고."

호리키타 마나부는 중학교 2학년, 3학년 때의 여동생을 한 번도 보지 못했을 거다.

만약 여동생의 입학 성적을 알았다고 하더라도 역시 불만을 느낄 정도까지는 아니었을 터.

하지만 그날 내가 기숙사 밖에서 봤던 그의 태도는 평정심이라곤 찾아볼 수 없는 모습이었다.

"그런가. 하긴, 그때 광경을 봤던 너라면 이상하게 보일 수도 있겠군."

그도 나와 마주쳤던 날을 떠올린 모양이었다.

"내가 스즈네한테 실망한 건 표면적인 성적 때문이 아니다. 마음의 성장 때문이지."

"마음의 성장?"

"네가 알고 있는 스즈네는 내가 알고 있는 스즈네와 전혀 다른 사람이다. 원래는 곧잘 웃는 아이였으니까."

그 녀석이 잘 웃었다고?

……안 된다. 아무리 머리를 굴려도 그건 상상할 수 없다.

"그럼 뭐야? 설마 네 영향을 받아서 쿨한 캐릭터를 연기하고 있는 건가?"

"당시의 스즈네는 하나부터 열까지 다 나를 따라 하려고 했으니까. 결국 스즈네가 초등학교 고학년이 됐을 즈음에는 슬슬 나쁜 버릇이 보이기 시작했지. 지금 생각해보면 그때 그냥 내버려 둔 게 내 잘못이군. 그 이후로 오랜 시간을 들여 차갑게 대하면서 어떻게든 고치게 하려 했지만, 결과는 내 뜻과는 반대로 흘러갈 뿐이었다."

결국 호리키타는 오빠의 그림자를 계속 쫓아 지금 같은 성격이 되어버리고 말았다는 거잖아.

"완전무결한 너도 여동생과의 소통은 어려웠던 모양이군."

"완벽한 인간 따위는 없어. 안 그런가?"

"그렇지."

그 점은 굳이 부정하지 않았다.

“그럼 이 학교에서 다시 만나 몇 마디 섞자마자 금방 알아챘겠군?”

그때도 이야기를 길게 나눈 것 같진 않았다.

“아니, 말을 섞을 것도 없이 만난 순간 알았다. 스즈네는 2년 동안 하나도 변하지 않았다고.”

오빠만 알 수 있는 뭔가가 보였다는 것일까. 호리키타의 오빠가 계속해서 말을 이었다.

“녀석은 내가 하는 말이면 뭐든지 충실히 따르려고 했어. 공부해라, 운동해라, 이거 하지 마라, 저거 하지 마라. 차라리 그것만이었으면 그나마 나았을지도. 하지만 스즈네는 내가 좋아하는 음식, 음료, 심지어는 좋아하는 색깔과 옷 센스까지. 뭐든지 다 나를 강하게 의지했지.”

그건 좀 무섭군.

하지만 입학 초기부터 봤던 호리키타를 생각해보면 나도 수긍이 가는 구석이 있었다.

“그러니까 동생이랑 이 학교에서 재회하고, 의존증이 그대로라는 사실을 알아차렸다는 거지?”

초능력자도 아니고, 그래도 2년이나 떨어져 있었는데, 그것만으로 판단하긴 어려운 것 아닌가.

“그래. 어린 시절의 스즈네를 아는 사람이라면 누가 보더라도 한눈에 알 거다. 그 녀석의——.”

호리키타 마나부는 거기까지 말하다가 갑자기 입을 다물어버렸다.

"……아니, 이건 그냥 묻어둬야겠다. 스즈네가 정말 변했는지 아닌지, 확인할 기준으로 삼고 싶으니 발설할 순 없지."

"아직 여동생이 변하지 않았다고 생각하는군."

고개를 끄덕이는 호리키타의 오빠. 지금도 예전과 비교하면 훨씬 발전한 것 같은데, 아무래도 오빠 생각에는 아직인 모양이다.

"아직 과거의 속박에서 벗어나려고 열심히 노력하고 있는, 그 과정에 있지."

그가 말하는 판단 기준인지 뭔지를, 졸업하기 전까지 달성할 수 있을지 어떨지.

졸업식은 이제 며칠 남지도 않았다.

"하지만 만약——."

호리키타 마나부가 걸음을 멈추고 나를 바라보았다.

나 역시 왠지 그 강렬한 눈동자에 빨려 들어갈 것 같아 걸음을 멈췄다.

"만약에 스즈네가 내 환영을 잊고, 더는 나를 의존하지 않고, 자기 자신에게 솔직해져서 피하지 않고 당당하게 마주할 수 있다면——."

한 줄기 봄바람이 휘익 불었다.

"그 녀석은 나를 뛰어넘어 너조차 무시할 수 없는 존재가 될 거다."

그 녀석은 단순한 오빠바라기가 아니다.

나도 호리키타의 잠재력은 높이 사니까.

그런데 호리키타 마나부의 이야기를 들은 탓일까?

무슨 일인지, 문득 내 머릿속에 떠오른 것이 있었다.

이 학교에서 내가 해야 할 일.

아니, 하고 싶은 일.

그게 갑자기 보인 것 같은 기분이 들었다.

"어디까지나—— 녀석이 변했을 때의 이야기지만."

"변하겠지."

나는 그렇게 말하고,

"아니, 좀 표현이 다른가."

곧 말을 정정했다.

"녀석을 바꿔주지. 지금까지처럼 대충이 아니라, 진심으로."

"……호오. 네가 그런 말을 할 줄이야."

여기서 호리키타 마나부와 우연히 만나 대화를 나눈 것이 내 인생에 큰 기점이 될지도 모르겠군.

그 예상이 적중할지 어떨지, 그건 한참 나중에 알게 될 것이다.

"질문 이야기가 나온 김에 한 가지만 더 물어도 될까? 이것도 완전히 개인적인 질문인데."

앞으로 또 이렇게 대화할 기회가 있을지 어떨지도 모르고.

"뭔데."

"혹시 뒤에 있는 타치바나와 사귀는 사이인가?"

스스로도 시시한 질문이란 생각이 들었지만, 굳이 물어보았다.

학생회를 졸업한 후에도 두 사람은 늘 같이 있는 느낌이었으니까.

"아니, 그렇지 않아."

딱 잘라 부정하는 호리키타 마나부. 숨기려고 거짓말을 하는 건 아닌 듯했다.

뭐, 타치바나의 표정은 복잡해 보였지만.

적어도 타치바나가 호리키타의 마나부에게 호감을 품은 건 틀림 없는 것 같다.

"3년 동안 좋든 나쁘든 학교 일만 생각하며 지내왔으니까."

"그렇군."

"그나저나 네 입에서 그런 말이 나올 줄이야. 너도 평범한 고등학생이었나."

호시노미야 선생님이 했던 이야기가 영향을 준 걸지도.

"난 평범함이 가장 잘 어울리는 고등학생이라고 생각한다만."

"그래, 그랬지……. 그럼 평범한 고등학생인 너한테는 여자친구가 생겼나?"

내가 꺼낸 화제인데 이렇게 받아칠 줄이야.

"전혀. 그런 사람이 있으면 모셔오고 싶을 정도군."

"너라면 안심하고 스즈네를 맡길 수 있지만, 어째 가능성이 보일 것 같으면서도 전혀 보이지 않는군."

"당연하지."

있을 리가 없다.

"아, 안 돼요! 그런 말은 플래그가 되어버리기도 하니까!"

지금까지 조용히 지켜보던 타치바나가 허둥지둥 이야기에 끼어들었다.

"플래그?"

호리키타 마나부가 되묻자 타치바나가 당황하며 설명했다.

"아니, 그러니까, 일이 말과 반대로 돌아가는 법칙이라고 할까요…… 절대 사귀지 않으리라 생각한 두 사람이 사귀게 되는 건 흔히 있는 이야기잖아요."

나도 호리키타 마나부도, 타치바나의 설명이 잘 이해되지 않아 서로의 얼굴을 마주 보았다.

"아, 아니, 아무것도 아니에요."

전달이 안 된다고 생각했는지, 타치바나는 그렇게 말하며 이야기를 마무리 지었다.

6

아침 홈룸 시간이 끝나자마자 대전 상대인 A반이 고른 열 종목이 발표되었다.

교실에 남겨진 자료를 호리키타가 읽어내려 나갔다.

그 내용을 종목에 필요한 인원수 순으로 정리하면 다음과 같다.

『체스』 필요 인원수: 1명, 제한 시간: 1시간
(시간을 다 쓰면 패배).
규 칙 – 일반 체스 규칙을 따른다. 단, 41수 이후에도
제한 시간은 늘어나지 않는다.
사령탑 – 임의의 타이밍부터 제한 시간을 써서 최대 30분
동안 지시를 내릴 수 있다.

『플래시 암산』 필요 인원수: 2명, 시간: 30분.
규 칙 – 주산식 암산을 이용해 정확성과 속도를 겨루어
1위를 차지한 학생의 반이 승리한다.
사령탑 – 임의로 한 문제의 답을 바꿀 수 있다.

『바둑』 필요 인원수: 3명, 제한 시간: 1시간
(시간 끝나면 패배).
규 칙 – 1대1을 3국 동시에 진행한다.
일반 바둑 규칙을 따른다.
사령탑 – 원할 때 한 수를 조언할 수 있다.

『현대문 테스트』 필요 인원수: 4명, 시간: 50분.
규 칙 – 1학년 학습 범위 내의 문제집을 풀어 총점을
겨룬다.
사령탑 – 문제 하나를 대신 답할 수 있다.

『사회 테스트』 필요 인원수: 5명, 시간: 50분.
규　칙 – 1학년 지리 역사와 일반사회 학습 범위 내
문제집을 풀어 총점을 겨룬다.
사령탑 – 문제 하나를 대신 답할 수 있다.

『배구』 필요 인원수: 6명, 시간제한 10점 선취 3세트.
규　칙 – 일반 배구 규칙을 따른다.
사령탑 – 임의의 타이밍에 멤버를 세 명까지 교체할
수 있다.

『수학 테스트』 필요 인원수: 7명, 시간: 50분.
규　칙 – 1학년 학습 범위 내의 문제집을 풀어 총점을
겨룬다.
사령탑 – 문제 하나를 대신 답할 수 있다.

『영어 테스트』 필요 인원수: 8명, 시간: 50분.
규　칙 – 1학년 학습 범위 내의 문제집을 풀어 총점을
겨룬다.
사령탑 – 문제 하나를 대신 답할 수 있다.

『단체 줄넘기』 필요 인원수: 20명, 시간: 30분.
규　칙 – 2회 도전해 더 많이 뛴 반의 승리.

사령탑 – 딱 한 번, 대전 상대가 서 있는 순서를 임의로
바꿀 수 있다.

『피구』 필요 인원수: 18명, 시간제한 10분 2세트.
규 칙 – 일반 피구 규칙을 따른다.
1승 1패일 경우는 서든 데스 방식.
사령탑 – 원하는 때에 아웃된 선수 한 명을 다시 코트에
넣을 수 있다.

"예상 밖으로 스포츠도 들어있네. 전부 필기시험이라든지 머리를 쓰는 종목일 줄 알았는데. 그렇지만 페이크일 가능성도 충분히 있지."

호리키타가 받은 첫인상. 이어서 케세이도 느낀 바를 털어놓았다.

"체스랑 바둑은 메이저 종목이지만, 실제로 해본 애들은 그리 많지 않을 테니 힘들 거야. 스포츠도 하나같이 호흡이 잘 맞아야 하는 것들뿐이고."

이 반에 체스나 바둑이 뭔지 모르는 학생은 아마 없겠지만, 실제로 플레이하거나 접해본 적 있는 학생은 그리 많지 않으리라.

"사령탑의 '관여'도 생각보다 약하게 잡혀있어. 특히 학력이 메인인 종목은 관여해도 승패에 별다른 영향을 주지 않는 것들이고."

“그만큼 실력에 자신이 있다는 거겠지. A반이 특히 자신 있어 하는 학력 테스트가 4개나 되는 데다가 필요 인원수도 많아. 어려운 싸움이 되겠는데…….”

매번 치른 테스트에서 A반은 늘 종합 1위를 차지했다.

어느 테스트든 참가 인원수가 많은 것은 그 자신감의 증거이리라.

사령탑의 관여도 소소한 만큼, 반의 실력으로 승부를 겨루겠다는 것이다.

필기시험만으로 다 채우지 않은 것도 올바른 판단이다.

7, 8개씩 넣었다면 우리도 공부에 집중했을 테니까.

우리가 종목 몇을 버리고 승부를 펼치려 하는 것을 피하기 위해서다.

“배구는 여섯 명이랑 교체 선수를 합해서 총 아홉 명. 피구는 열여덟 명. 단체 줄넘기는 최대 스무 명. 어느 종목 하나라도 들어간다면 간단히 두 번 참여할 수 있는 대인원 종목이네.”

열 종목 중 어느 것이 당일에 채택될지 모르는 이상 전부 포기할 수 없다.

게다가 스포츠도 사람이 많이 필요한 경기뿐이라 학생의 배당이나 연습에 막대한 시간과 노력을 투자해야 한다. 그나마도 대담하게 체육관 등을 빌려서 연습하면 A반이 정찰을 나올 테니 연습도 숨어서 은밀하게 해야 한다.

하지만 연습을 한다 해도 정식 종목으로 채택될지는 알

수 없다. 만약 우리가 막대한 시간을 쏟아 연습했다고 하더라도 그 종목이 잘리면 노력은 모두 헛수고로 끝난다. 그렇다고 해서 상대의 종목을 페이크라고 믿고 연습을 포기했다간 실전에서 연습량 차이가 여실히 드러날 거다. 그랬다간 승산이 없다.

거기에 A반 학생이 일주일 동안 어떻게 움직이는지 살펴보는 것도 중요하지만, 이른 아침이나 심야에 비는 시간을 이용해서 연습한다면 정찰도 쉽지 않다. 아예 팀을 나누어서 따로 연습하는 방법도 있다.

어느 종목 하나 방심할 수 없고 전부 성가신 것들뿐.

우리가 반길만한 종목은 하나도 없었다.

"혹시 이 중에 체스랑 바둑 할 줄 아는 사람 있어?"

호리키타의 말에 미야모토가 혼자 손을 들었다.

"바둑은 가족끼리 둔 적이 있는데, 규칙을 아는 정도지 잘하는 건 아니야."

두 종목 모두 절망적인 스타트라인에 서 있다는 게 틀림없어 보였다.

나도 뒤늦게 손을 들었다.

"일단 체스는 할 줄 알아. 하지만 바둑은 완전히 미지수야, 해본 적도 없어."

사령탑이지만 누굴 가르쳐줄 실력이 아니라는 뉘앙스를 전달했다.

"할 줄 아는 사람이 있는 것만으로도 다행이라고 봐야 할까.

새삼 어처구니없는 시험이네. 여기 나와 있는 열 종목을 다 무시할 수도 없고.”

일주일이 채 되지 않는 시간 동안 체스와 바둑을 어느 정도나 마스터할 수 있을까. 만약 뽑기 운이 한쪽으로 치우쳤을 경우 우리가 고른 종목은 두 개, 나머지는 A반의 종목이 자리를 차지한다.

원래 지닌 잠재력에 기댈 수밖에 없는 부분이 있으리라.

하지만 왜일까——.

“왜 그래, 아야노코지?”

이상하다는 듯 내 얼굴을 들여다보는 호리키타.

“……아니, 아무것도 아니야.”

‘관여’의 비중이 유독 큰 체스. 거의 사령탑끼리 싸울 수도 있었다.

이 종목으로 나와 싸우고 싶다, 그런 강한 의지가 담겨 있는 것처럼 보였다.

“호리키타. 우리도 앞으로 본격적으로 정보전에 뛰어들어야 하는 거 아니야?”

초조해졌는지 케세이가 그렇게 말을 꺼냈다.

“열 종목 중에 A반이 뭘 정식 종목으로 내밀지…… 그걸 알아내야 하겠지.”

“솔직히 지금부터 이 열 종목을 다 커버하는 건 불가능해. 어떻게든 정보를 얻지 않으면 우리가 이기기는 어려울 거야.”

“하지만 A반이 간단히 정보를 줄 리가 없잖아.”

남자들에게서 그런 말도 날아왔지만, 그건 누구나 알고 있는 사실이다.

"그래도 해야지."

"무슨 말을 하고 싶은지는 알겠지만 지금 당장 결정을 내릴 수는 없어. 우선 각 종목의 경험자가 얼마나 있는지 그것부터 파악해야 해."

정보전은 일단 뒤로 미루고 호리키타는 열 종목 파악부터 시작했다.

7

"호리키타, 잠시 시간 좀 내줄 수 있어?"

쉬는 시간이 되자 케세이가 호리키타에게 말을 걸었다.

"상관없어, 왜?"

"여기서 말하기는 좀…… 특별시험에 관한 일이야."

케세이는 호리키타에게 조용히 복도로 나가자고 했다.

나는 그냥 눈으로만 배웅할 생각이었는데, 호리키타가 나를 쳐다보았다.

"아야노코지도 같이 가도 될까?"

"……알았어."

케세이는 별로 내키지 않는 것 같았지만 결국 고개를 끄덕였다.

내가 거절하기도 어려운 분위기라 나는 얌전히 두 사람을 따라 나갔다.

"내가 한 말, 생각해봤어?"

"정보전?"

"응."

"그야 정보가 있으면 좋겠지만…… A반이 그렇게 쉽게 흘릴 리가 없어."

"그렇다고 아무것도 하지 않으면 너무 아깝잖아. 시간을 효과적으로 써야 한다고."

아무래도 케세이는 한시라도 빨리 정보를 모으기 위해 행동에 나서고 싶은 모양이었다.

이기기 위해 손쓰고 싶은 심정이야 이해하지만.

"더구나 A반 애한테 달라붙는다고 해결될까?"

"나도 동감이다. A반 애들이 전부 정식 종목을 알고 있을 것 같진 않아."

사카야나기라면 측근, 어쩌면 자기 혼자만 알고 있을 수도 있다.

철저하게 정보를 관리하고 있어도 이상할 게 없으니까.

"설령 사카야나기만 알고 있다 하더라도 A반 애들이라면 어느 정도 짐작은 할 수 있지 않을까? 그렇지? 키요타카."

"뭐, 그럴 수도 있지."

1년 동안 함께 생활해왔으니 서로 무엇을 잘하고 못하는지 정도는 알고 있을 터다.

자기들끼리도 '이게 나올 거야' 정도는 추측할 수 있을 거다.

"그래서 말인데. A반한테 정보를 입수할 방법을 생각해 냈거든?"

"뭔데?"

"카츠라기를 우리 편으로 끌어들이는 거야."

주위에 사람이 없는 것을 확인하고 케세이가 작은 목소리로 말했다.

"카츠라기를 따르던 토츠카가 사카야나기 손에 퇴학당한 걸 원망하고 있을지도 몰라. 요 며칠 동안 몇 번인가 마주쳤는데, 전과는 분위기가 달랐어."

카츠라기가 사카야나기에게 원한을 품고 있는 건 틀림없으리라.

야히코의 퇴학이 결정된 날, 카츠라기와 류엔이 만나 대화를 나눈 일이 떠올랐다.

"진짜 그렇다고 해도, 걔가 과연 A반을 버리려 할까?"

"물론 그만한 교섭 재료가 필요하겠지."

교섭 재료를 생각해 둔 게 있는 모양이군.

"C반이 승리하면 4승 3패라도 최소 130포인트는 받을 수 있어. 반 전체로 생각하면 1년 동안 600만 이상의 프라이빗 포인트가 들어오지. 이걸 매달 저축한다면 2,000만 포인트도 불가능하지 않아."

거기까지 들으니 무슨 말을 하고 싶은지 짐작이 갔다.

"우리가 A반으로 올라갔을 때 카츠라기한테 반 이동 권리를 제공한다는 조건을 거는 게 어때? 그러면 카츠라기도 우리 편이 되는 거잖아?"

"평범하게 생각하면 안 통할 것 같은데. 미래야 어찌 됐든 지금 우리는 C반이잖아?"

"하지만 지금 카츠라기가 처한 상황을 생각하면 안 될 것도 없지 않아?"

"물론 지금 카츠라기가 잔뜩 내몰렸을 수도 있지. 하지만 배신했다는 게 들키면 다음에 퇴학당할 사람은 카츠라기가 될 거야. 우리가 차근차근 2,000만을 모을만한 시간이 없어. 반 애들이 전부 합심해서 포인트를 성실히 쌓는다고 해도 최소 반년은 걸릴걸?"

그나마도 극단적인 계산이다. 무리하지 않고 모으려면 최소 1년은 걸릴 거다.

게다가 반 포인트를 얻기 위해서라고는 하지만, 2,000만 포인트의 대가는 값싸지 않다.

"너는 어떻게 생각해? 호리키타."

"글쎄. 정보가 중요한 건 사실이긴 한데……."

"그럼——."

"그래도 나는 이 제안에 찬성할 수 없어."

"어, 어째서?"

"물론 네 말대로 카츠라기는 궁지에 내몰려 있겠지. 하지만 그 정도 조건을 받고 반을 배신하지는 않을 거야. 교섭 내용이 너무 약해."

곧장 2,000만 포인트를 준다면 어떻게 될지도 모르지만, 1년이나 걸린다면 신뢰도가 너무 떨어진다.

"그렇다고 손 놓고 있을 수는 없잖아?"

"움직인다 해도 쓸만한 정보가 들어올 것 같진 않은데."

"시도도 안 했는데 뭘 안다고 말하는 거야?"

케세이는 끈질기게 물고 늘어졌지만, 호리키타는 받아들이지 않았다.

"정보가 필요하긴 하지만 그 작전은 안 돼. 다른 아이디어가 있으면 그때 말해줘."

그렇게 말하며, 호리키타는 이야기를 매듭짓고 교실로 돌아갔다.

"젠장!"

케세이가 열 받는다는 듯 벽을 발로 찼다.

"……야, 키요타카, 나 좀 도와주지 않을래?"

"나더러 호리키타를 설득하라고?"

"아니…… 우리끼리 카츠라기를 설득하러 가자."

이거 참, 과감한 생각을 하고 있군.

"호리키타도 싸우기를 포기한 건 아니겠지. 하지만 마음속 어딘가에서는 A반이 될 수 없다고 느끼고 있는 거 아니야? 그렇지 않고서야 밑져야 본전인데 내뺄 리가 없지. 우리가 카츠라기와 접촉했다는 사실이 들켜도 C반은 아무런 리스크도 없잖아?"

이거 내가 말려봐야 듣질 않을 것 같군.

그럴 바에야 따라가는 게 여러 가지로 상황을 파악할 수 있을지도 모른다.

"카츠라기는 어떻게 불러낼 건데?"

"그건── 좀 생각해볼게. 시험 때까지 아직 시간이 있으니까."

"그래, 정해지면 불러 줘."

나는 혼자 먼저 행동하지 말라고만 말해두고, 일단 케세이에게 협력하기로 했다.

8

"저기. 시간 있으면 잠시 이야기 좀 안 할래?"

저녁 6시가 조금 지났을 무렵. 냄비를 데우는 불을 보고 있자니 호리키타가 전화 너머로 그런 말을 했다. 마침 물이 보글보글 끓기 시작하고 있었다.

"저녁 준비하는 중이었어?"

"아니, 신경 쓰지 마."

아직 물만 끓였을 뿐, 딱히 아무것도 하지 않았다.

"그래서, 이야기라니? 무슨 이야기?"

종목 정하는 것을 도와달라고 하면 거절할 생각이다.

"걱정하지 마. 종목 정하기는 너한테 의지하지 않을 거니까."

아무래도 내가 무슨 생각을 할지 알고 있었던 모양이군.
"그냥, 너만 괜찮다면 직접 만나서 얘기할 수 없을까? 1시간 정도면 돼."
전화로 말하기 어려운 이야기, 혹은 직접 눈을 보고 뭔가를 살펴야 하는 일이라도 있는 건가.
1시간이면 나름 긴 시간인데. 상관없지만.
"알았어. 네가 올 거야?"
"그것도 좋지만, 요즘 들어서 너는 왠지 사건의 중심에 있는 인물 같으니까, 내 방으로 오는 게 나을 것 같네."
예기치 못한 손님이 오는 걸 피하고 싶은가 보다.
호리키타의 방은 전에도 한 번 가본 적이 있었다. 딱히 거절할 이유는 없었다.
나는 불을 끄고 스마트폰만 챙겨서 방을 나와 엘리베이터를 타고 호리키타의 방으로 향했다. 이미 해가 져서 어둑했지만 아직은 이른 시간이니까 남자가 여학생 구역으로 가도 이상하게 보이진 않겠지.

9

벨을 누르자 잠시 후 잠금장치가 풀리는 소리가 났다.
나는 호리키타가 평소와 같이 진지한 얼굴로 맞이할 줄 알았는데, 문을 열고 나온 호리키타는 의외의 모습을 하고 있었다.
"어서 와."
문을 열고 나온 호리키타의 표정이 묘하게 밝았다.
나는 호리키타의 밝은 표정이 오히려 불안해졌다.
문 너머로 미소된장의 냄새가 은은하게 풍겨왔다.
"마침 저녁 준비 중이었거든. 들어와."
왜 굳이 그런 타이밍에 사람을 부른 거냐…….
나는 방에 들어가기를 주저하다가, 어서 들어오라는 호리키타의 눈빛을 받고 어쩔 수 없이 발을 들여놓았다.
하긴, 지금보다 더 늦은 시간에 부르는 것도 좀 그럴지도 모르겠군.
그러나 나는 방에 들어가자마자 기묘한 사실을 알아차리고 말았다.
작은 테이블 위에 놓인 젓가락이 아무리 봐도 2인분이었다.
나와 이야기가 끝나면 누구랑 밥을 먹을 생각인가?
"그……."
내가 젓가락의 의미를 물어보려 하자 호리키타가 바로 말을 끊어버렸다.
"사양 말고 거기 앉아."
아니, 거기라니…… 저 젓가락이 놓인 자리에 앉으라고?
곧장 나의 본능이 신호를 보내왔다. 이건 나에게 뭔가를 요구하려는 덫이다.
"그래서, 할 얘기가 뭔데?"

나는 바로 앉지 않고 이야기부터 시작하려고 했다.
"서서 말할 생각이니? 나도 준비를 좀 해야 하니까 앉아서 기다려줄래?"
"아니…… 서 있고 싶은 기분인데."
"그게 무슨 기분인데? 보는 내가 불편하니까 빨리 앉아."
호리키타의 말투가 점점 딱딱해지기에 나는 포기하고 앉기로 했다.
평소에도 기가 센데 강압적으로 나오는 모습은 의외로 오랜만에 보는 것 같군.
내가 거리를 벌리면서 호리키타도 거리를 두고 있었기에 잊고 있었다.
그냥 얌전히 기다려볼까.
막상 앉기는 했지만, 호리키타는 아직 요리 중인 것 같았다. 저걸 다 만들려면 한 시간이 지날 것 같은데.
"한 시간이면 다 되겠지?"
"그래, 이야기는 한 시간도 채 안 걸려."
이야기'는'?
등 너머로 들려온 호리키타의 말이 곧바로 마음에 걸렸다.
하긴 전화로도 그런 식으로 말하긴 했지.
그러니까 이야기 이외의 시간은 포함되어 있지 않다는 뜻이다.
"그 이외의 시간을 포함하면?"
"글쎄…… 1시간 반에서 2시간 전후?"

역시 그렇게 되는 거냐.

"시간도 시간이고, 저녁 정도는 먹고 가는 게 좋겠다 싶어서."

나는 그런 걸 바란 적이 없다. 호리키타의 말장난에 놀아난 기분이다.

그렇지만 이미 내 몫까지 요리하고 있는 걸 봐버린 마당에 안 먹는다고 돌아가기도 어려웠다. 엄청난 타이밍을 노렸군.

등 너머로 본 거지만, 호리키타는 제법 능숙하게 움직이고 있었다.

고등학생 1학년 치고는 오히려 상당한 수준 아닌가?

"부모님이 맞벌이하셔서 내가 저녁을 차려야 할 때가 많았거든."

내 시선을 알아챘는지, 호리키타가 그런 말을 했다.

"귀찮지 않아?"

요리라는 게 즐겁기도 하지만, 귀찮은 구석도 상당하다.

"오빠가 이 학교에 진학한 걸 안 뒤로는 스스로 요리할 기회를 늘렸어."

"너도 이 학교에 와서 혼자 생활하게 될 걸 예상하고?"

"그렇지."

탁탁탁 칼로 뭔가를 다 썬 후, 이번에는 냄비에 담긴 된장국을 마저 끓였다.

그나저나 특별시험이 아니면 무슨 이야기를 하려는 거지?

그 부분만 아직 짐작이 가지 않았다.

10

15분 정도 더 기다렸을까.

요리가 끝나, 테이블 위에 한 상 가득 차려졌다. 호리키타가 내온 요리는 생각한 것보다도 제대로 된 녀석들이었다. 가끔 텔레비전 방송 등에서 식탁을 수놓던 메뉴들이었다.

그리고 호리키타는 당연하다는 듯 내 맞은편에 앉았다.

만약 이 광경을 스도가 본다면 격노하며 내게 주먹을 날릴지도 모르겠군.

오해라고 말해봐야 통하지도 않겠지.

나는 호리키타가 스도에게도 똑같이 해줬으리라 믿고 싶어졌다.

뭐, 그렇다고 하더라도 결국은 질투할 것 같지만.

"먹어."

그 말에 나는 젓가락을 쥐었다. 요리를 사이에 두고 마주 앉은 우리 두 사람.

나는 이 장면에 강한 데자뷔를 느꼈다.

입학하고 얼마 지나지 않았을 때, 학교 식당에서 호리키타에게 상관했다가 이용당했던 것을 떠올렸다.

"날 의심하는 거야?"

"아무래도 불길한 예감이 들어서."

"남의 친절을 의심하다니, 인간적으로 문제가 있네."

"네가 할 말이냐."

"오늘은 특별해."

"…………."

신경 써서 만든 요리라면 손대지 않는 것도 실례인가.

하지만 자꾸만 의심이 드는 것은 인간의 본능. 아니다. 지금까지의 경험이 그렇게 말해주고 있을 뿐이었다. 하지만 나는 완전히 360도로 포위되고 말았다.

경솔하게 호리키타의 방에 들어온 시점에서, 이미 승패는 결정 났다.

나는 일단 국물부터 먹어보기로 했다.

미소된장 냄새가 콧구멍을 간지럽혔다. 무를 포함해 몸에 좋을 것 같은 재료들이 들어있었다.

"보리 된장인가 보군."

한 입만 맛봐도 강하게 올라오는 단맛이 특징이다.

"잘 아네. 규슈에서 즐겨 먹는 미소된장인데, 입에 맞아?"

"네가 요리를 이만큼이나 할 줄은."

솔직하게 칭찬해봤지만, 호리키타는 별로 기뻐하는 기색을 보이지 않았다.

"요즘 같은 시대에는 특별한 스킬 따위 필요 없으니까 자랑할 일도 아니야. 만들고 싶은 게 있으면 슈퍼나 편의점에서 재료를 사 오고 인터넷으로 레시피만 알아내면 되는 일이지."

요리를 그냥 만들기만 한다면 그럴지도 모르지만, 접시에 담아내는 법이라든가 채소 써는 법 하나에도 센스가 필요한 법이다. 그건 하루아침에 되는 게 아니다.

"스도한테도 해주고 그래?"

그렇게 물어보자 호리키타가 무슨 헛소릴 하냐는 듯 나를 쳐다보았다.

"왜 내가 걔한테 요리를 해줘야 하는데?"

"아니…… 공부도 자주 가르쳐 주니까."

"그렇지. 하지만 그게 내가 요리하는 거랑 무슨 상관인데?"

아무 생각 없이 한 질문인데 호리키타는 반론을 계속 이어나갔다.

"내가 걔한테 뭘 가르쳐 받았으면 그럴 수도 있었겠지. 답례 같은 걸 할 테니까. 하지만 공부를 가르치는 내가 거기까지 해줄 리가 없잖아?"

정말 찍소리도 못할 만큼 논리적인데…….

"넌 똑똑한 건지 멍청한 건지 정말 모르겠네."

그건 내가 할 말이기도 하다. 스도는 호리키타에게 호감을 느끼고 있다. 스도도 그만한 행동을 보인 적도 있을 터. 하지만 호리키타는 스도의 호감을 신경 쓰지 않는 것 같았다. 다만 그건 호리키타가 연애에 무게를 두지 않아서다. 아직 그런 것을 의식할 수 있을 만큼 성장하지 않았다.

"어쨌든, 슬슬 본론으로 들어가도 될까?"

그렇게 말한 호리키타는 노트를 꺼내 내게 내밀었다.
뭔지 물어볼 필요도 없었다. 최근에 호리키타가 계속 보고 있는 녀석이었으니까.
"C반에 가장 최선일 것 같은 플랜을 짜봤어. 어떤지 네가 봐줬으면 해."
그리고 이렇게 덧붙였다.
"밥, 다 먹었지?"
정말 야비한 방식이다. 먼저 보수부터 주고 일을 의뢰하다니. 나는 망설임 없이 받아 노트를 펼쳤다. 노트에는 시험에 관한 내용이 빼곡하게 적혀 있었다. A반의 열 종목을 분석한 기록도 있었는데, 오늘 나온 참이라 아직 미완성이었다.
참고로 C반이 선택한 열 종목은 '영어', '농구', '궁도', '수영', '테니스', '탁구', '타이핑 기능', '축구', '피아노' 그리고 '가위바위보'.
마지막 하나는 궁지에 몰렸을 때 쓸 비책이겠군.
각 종목을 누가 잘하고, 승률이 얼마나 될 것 같은지나 호리키타의 평점도 적혀 있었다.
필요한 것 모두가 이 노트에 집약되어 있었다. 나는 조용히 세세한 부분까지 읽어 내려갔다. 그 모습을 본 호리키타가 놀란 표정을 지었다.
"내가 진지하게 읽을 줄은 몰랐나 보지?"
"뭐…… 그렇지. 거절할지도 모른다고 생각했으니……."

"이번 특별시험은 분석에 분석을 거듭한 네 데이터가 필수야. 그걸 읽지 않고서는 사령탑의 힘을 발휘할 수 없어."

내가 수박 겉핥기식으로 모은 데이터와 대조해 봐도 어긋나는 부분이 없었다.

"우리 반의 머리끝부터 밑바닥까지 훤히 보이는 데이터 집합체네."

"일주일 동안 고민에 고민을 거듭한 결과 낸 답이야. 정확하지 않으면 곤란하지."

솔직히 이것만 있으면 누구라도 사령탑에 앉을 수 있을 거다.

"난 이대로 노트를 개량해서 최종적으로는 A반의 열 종목 전부 분배할 거야. 넌 그걸 보고 사령탑으로 나서게 되겠지."

"그래. 스도와 아키토는 1대1 종목이 아니더라도 전력이 될 것 같고, 오노데라는 남자와 붙게 되면 승리를 확신하기 어려우니까. 그러니 제3, 제4의 후보까지 미리 생각해두는 게 현명하겠지."

호리키타가 조용히 고개를 끄덕였다. 다양한 종목에서 빛날 가능성이 있는 학생을 너무 간단히 써버리는 건 아까운 일이다.

이 부분까지 호리키타의 노트는 나무랄 데가 하나도 없을 만큼 잘 정리되어 있었다.

"노트 내용에 이의는 없어. 다만 하나 주문해도 되나?"

"뭔데?"

"A반이 고른 종목 중에 체스가 있었지?"
나는 물을 한 모금 마신 뒤 말을 꺼냈다.
C반에 체스를 잘한다던 학생이 없었기 때문에, 노트도 당연히 아직 비어 있었다.
"아직 정하지 못했어. 나도 체스는 잘 모르고, 반에서 룰을 아는 사람도 사령탑인 너뿐이야. 결국은 너에게 조언을 부탁해야 할지도."
"그거 말인데, 체스 종목은 네가 나갔으면 좋겠다."
"……내가? 그야 누구 하나는 나가야겠지만……. 왜?"
이기기는커녕 잘할 수 있을 것 같지도 않다는 호리키타.
"내가 가르쳐주기에 적임자 같아서 그래."
"나라면 새삼 친해지려고 노력할 필요가 없다는 말을 하고 싶은 거야?"
"그것도 없다고는 못하겠네."
"내가 하는 건 상관없는데…… 나 말고도 네 말을 들을 애들 정도는 있잖아? 내 입으로 말하는 것도 그렇지만, 나는 체스 이외도 나갈 수 있을 텐데?"
호리키타는 두루두루 우수하니까 말이지.
필기시험도 운동도 평균 이상의 성적을 내고 있다. 호리키타의 실력은 나도 의심하지 않는다.
"순수히 뛰어난 능력이 필요해서 그래. A반이 내놓은 시간제한은 아무리 사카야나기가 체스에 자신이 있다고 해도 게임을 소화하기에는 조금 부족한 느낌이야. 게임이 시작하자마자 쓰지는 않겠지. 그렇게 되면 가장 중요한 건 경기 시작 직후의 초반전이야."

개입을 쓰기도 전에 초반에 압도당해버리면 이후에 풀어 나가기가 몹시 힘들다.

"……네가 굳이 체스에 주목하고 있는 건 단순히 네가 룰을 알고 있어서만은 아닌 것 같네. 너는 A반이 체스를 넣을 것 같아?"

"확실하다고 봐도 될 거다. 체스만 사령탑의 관여 비중이 너무 큰 게 마음에 걸려."

"하긴 그건 나도 동감이야…… 좋아. 네 재량에 따를게."

나는 제안을 들어준 감사를 표하고 식사를 이어갔다.

"그런데 체스 연습은 어떻게 해?"

"너는 좀 고생하겠지만, 밤에 인터넷으로 연습할 생각이야."

"과연, 그 방법이면 누가 볼 걱정은 없겠네."

호리키타가 다른 연습을 하지 않아도 되는 것도 장점이지만.

11

이렇게 해서 이야기가 끝날 줄 알았는데, 그렇게 엿장수 마음대로 되는 일은 없었다.

"너한테 부탁이 있어, 아야노코지. 내가 차려준 밥, 먹었지?"

"너, 자꾸 그렇게 말하는데 비겁하다는 생각 안 들어?"

밥을 반쯤 먹었을 때, 아까 그 악마가 다시 쳐들어왔다.

노트를 보여주고 끝난 게 아니었나.

"비겁하다니? 네가 그런 말을 해?"

"그게 무슨 말이야?"

"얼마 전 반 내부 투표를 말하는 거지. 나를 뒤에서 조종한 사람이 너지? 대답해."

"잠깐만. 나는 아무 짓도——."

"오빠가 나한테 조언을 해주었어. 그리고 그 뒤에 있던 사람이 바로 너야."

아무래도 대충 어림짐작으로 던진 말은 아닌가 보군.

하지만 그걸 호리키타의 오빠가 제 입으로 누설했을 것 같진 않다.

"처음에는 몰랐어. 그런데 곰곰이 생각해보니까 알겠더라."

자기 힘으로 알아냈단 말인가.

"넌 내가 어떻게 행동할지 전부 읽었던 거야."

"내가 아니라고 해도 안 믿어줄 것 같군."

"그래. 물론 결정적 증거는 하나도 없어. 오빠한테 물어봤자 네가 엮여있다는 말은커녕 힌트조차 주지 않겠지. 하지만 나는 확신했어."

호리키타는 지난 1년간 조금씩 성장해왔다.

그건 나도 그리고 호리키타의 오빠도 인정하는 사실이다.

그리고 오빠와의 불화가 조금씩 줄어들면서, 호리키타의 재능은 단숨에 개화하기 시작했다.

나보다 훨씬 오랜 사이인 만큼 그는 호리키타가 지닌 잠재력의 깊이를 잘 알고 있었다. 그렇기에 오빠를 계속 뒤쫓아오기만 하는 여동생에게 질렸던 거겠지.

"자리가 꽤 불편해 보이네?"

"숨 막히는 면접을 보는 기분이다."

"뭐, 좋아. 네 태도가 무너지지 않으리란 건 잘 알았으니까."

그렇게 말을 마무리 지었다. 앞으로는 뒤에서 조종하기도 어려울 것 같군.

"진짜 질문은 이제부터야. 하지만 대답하든 안 하든 그건 네 마음대로 해."

눈에 잔뜩 힘을 준 채 내 시선을 붙잡고 놓아주지 않는 호리키타.

"사카야나기와의 대결, 이길 수 있다고 생각해?"

"전혀 가망이 없어 보이진 않는데. 이 노트를 보니 그런 생각이 든다."

"……좋아. 그럼 나는 온 힘을 다해서 반을 이끌게."

"이미 너는 훌륭히 해내고 있어."

히라타가 없는 상황 속에서, 거의 모든 반 아이들이 호리키타를 따라 행동하고 있다.

그것을 선도해 승리로 이끌기 위한 준비.

내가 할 수 없는 일을 앞장서서 해주니 고마울 따름이다.

"앞으로도 너만 믿는다. 전부 네가 판단해서 정해줘."
"알았어. 하지만 사령탑의 '관여' 규칙은 네가 정하는 게 낫지 않겠어?"
"그것도 네가 하면 돼."
"……너는 내가 차려 놓은 것만으로 싸울 생각이야?"
"나한테 맡겨 봐야 나는 결국 반 애들을 잘 모르니까."
"하아…… 그런 식으로 해서 A반을 이길 수 있다고 생각한다면 오산이야."
"그럴지도 모르지."
현관까지 배웅받은 나는 호리키타의 방을 빠져나왔다.
"오늘은 일단 잘 먹었다고 인사해두는데…… 다음부터 이 방법은 쓰지 마라."
얻어먹을 때마다 의심암귀에 빠지는 내 모습이 눈에 선하다.
"그래, 다른 방법을 생각해볼게."
아니, 그런 말이 아니잖아.

12

결국 케세이는 A반과의 대결을 며칠 앞두고 카츠라기를 만나는 데 성공했다.
케세이는 곧장 내게 전화를 걸어 인기척 없는 장소로 불러냈다.

카츠라기는 사실상 고립상태이기에, 혼자 있는 시간이 많아서 잡기 어렵진 않았을 거다.

"……그래서 나보고 어떻게 하라는 거지? 유키무라."

사카야나기에게 강한 분노를 느끼고 있을 그가 케세이에게 날카로운 시선을 보냈다.

"카츠라기, 도와줬으면 하는 일이 있어."

"이런 시기에 상담이라니. 무슨 일이냐고 물어볼 것까지도 없겠군."

케세이가 제안하려는 것이 뭔지 카츠라기는 이미 읽고 있는 눈치였다.

"그럼 이야기가 빠르겠네. 정식 채택될 다섯 가지 종목이 뭔지 알려줬으면 좋겠어. 그리고 시험을 볼 때는 힘을 빼고 대충해줬으면 해."

케세이는 나와 호리키타한테도 하지 않은 제안을 내놓았다.

"그런 짓을 해서 나한테 무슨 이익이 있지?"

"카츠라기, 우리 반으로 들어와라."

"그거 재미있는 이야기로군. A반을 배신하고 C반으로 떨어지라고?"

카츠라기는 비웃으며 케세이의 제안을 일축했다.

"우리는 언젠가 A반으로 올라갈 거야, 그럴 실력이 있어."

A반에 올라서면 나쁜 이야기도 아니라고 케세이가 다시

주장했다.

하지만 카츠라기에게는 그냥 횡설수설 둘러대는 말로 들렸으리라.

"언젠가 A반으로 올라가겠다, 라. 그건 어느 반에 물어봐도 다 똑같은 대답이 아닌가?"

"그건……."

"정말로 실력이 있다면 이런 꼼수 부리지 말고 A반을 이기는 게 어때. 그게 안 되니까 나를 이용해서라도 이기려고 하는 것 아니야?"

찍소리도 할 수 없는 카츠라기의 강력한 질책에 케세이가 입을 다물었다.

"뭐, 그래. 너희가 정말 A반으로 올라갈 수 있다고 치자. 너희는 내가 정보를 주는 대신 지금 당장 2,000만 포인트를 줄 수 있나? 아니, 그건 말이 안 되지. 만약 그런 액수를 지금 바로 줄 수 있다면 그전에 야마우치의 퇴학부터 막으려고 했을 테니까."

그런 큰 금액이 없다는 것은 당연히 카츠라기도 잘 알고 있었다.

"그건……."

"설마 2년 뒤에 2,000만 포인트를 줄 테니 기다리라고 말하는 건가?"

"……맞아."

"정말 뜬구름 잡는 소리를 하는군. 너희가 설령 A반으로 올라간다고 하더라도 그때 2,000만 포인트를 마련할 수 있다는 보장이 없지 않나? 아무리 계약을 맺어도 없던 게 생기진 않지. 아니, 애당초 이 이야기는 C반 모두의 뜻인가?"

카츠라기는 단순한 바보가 아니다. 우리에 대해 손에 쥔 듯 다 알고 있겠지.

만약 C반 모두의 뜻이라면 카츠라기를 만나러 오는 사람은 호리키타 정도일 터. 나와 케세이인 시점에서, 이 일이 아직 비밀이라는 사실을 간파했을 게 틀림없다.

"필사적인 건 알겠는데, 교섭의 전제조차 마련되지 않았군. 내가 협력할 것을 받아들인 후에야 의논해서 허락을 구할 건가? 그런 게 통할 것 같아?"

반을 배신하는 행위는 간단한 일이 아니다.

하물며 그게 의리로 똘똘 뭉친 남자라면 더욱.

"……사카야나기에게 당하고, 그대로 조용히 있어도 좋아?"

"뭐라고?"

"토츠카가 퇴학당했는데도 A반에 붙어 있고 싶냐고."

정공법으로는 카츠라기를 무너뜨릴 수 없다고 판단했는지 케세이가 실패를 각오하고 말을 던졌다.

"난 그런 비참한 상태로 졸업 때까지 지낼 자신이 없어. 그건 겁쟁이나 하는 짓이야."

"마지막은 비참하다고 떠들면서 부추기는 방법인가. 교섭 방법으로는 빵점이군, 유키무라."

"윽!"

카츠라기의 화살 끝은 같이 따라온 내게도 향했다.

"뭐 할 말 있나, 아야노코지."

"아니, 네 말이 맞아. 반론의 여지가 없군."

백기를 들자, 카츠라기는 곧바로 내게서 시선을 뗐다.

"유키무라, 난 너를 비난하고 싶은 게 아니야. 다만 날 움직이게 하고 싶다면 그에 상응하는 각오가 있어야 한다는 말이 하고 싶은 거지."

벽에 기댄 채, 먼 곳을 응시하는 카츠라기.

뭔가를 보고 있다기보다 아무것도 보고 있지 않았다.

"하지만 딱 하나, 네가 한 말 중에 옳은 게 있어."

"……어?"

이미 전의를 상실한 케세이가, 카츠라기의 말에 다시 고개를 들었다.

"내가 사카야나기에게 엄청나게 열 받아 있다는 거다. 그건 네가 교섭을 꾀하지 않더라도, 내가 움직일 만한 가치가 있지."

카츠라기는 팔짱을 낀 채 케세이의 눈을 빤히 바라보았다.

"어느 정도 예상했을지도 모르겠지만, 사카야나기는 아무한테도 정식 다섯 종목을 밝히지 않았어."

역시 사카야나기가 혼자 속으로만 간직하고 있는 상태인가.

"난 그것도 마음에 안 들어. 이번처럼 반 전체가 서로 협력해야 하는 시험에서 그러면 안 되지. 원래라면 다 함께 공유하고 확실히 이기기 위한 전략을 찾아야 한다고."

다섯 종목이 무엇인지 누설되지 않는 것은 최대의 강점이지만, 동시에 각 종목의 강화 연습을 할 수 없다는 의미이기도 하다. 열 종목을 전부 준비하면 효율이 나쁠 테니까.

"내가 멋대로 하는 예상이라도 괜찮다면 알려주지 못할 것도 없지."

"저, 정말?!"

카츠라기를 설득하기 포기했던 차에 생각지도 못한 행운이 찾아왔다.

그만큼 카츠라기가 사카야나기에게 품은 분노가 크다는 뜻이다.

"여기서 들은 말을 절대 발설하지 않겠다고 약속할 수 있다면…… 말이지만."

"무, 물론이지. 나중에 호리키타한테도, 2,000만 포인트 이야기를 꺼낼게."

그걸 약속하겠다는 듯 고개를 끄덕이는 케세이.

"그럴 필요는 없어. 내 정보가 설령 확실했다 해도 너희가 2,000만 포인트를 준비하기란 불가능할 테니."

"그럼 어떻게 보답해주면 되겠어?"

"아무것도 필요 없어. 굳이 말하자면 사카야나기의 패배뿐이다."

그렇게 말한 카츠라기가 이야기를 시작했다.

"『체스』, 『영어 테스트』, 『수학 테스트』. 이 세 종목은 반드시 들어갈 거다. 그다음으로 확률이 높은 게 『현대문 테스트』와 『플래시 암산』이려나. 오히려 많은 인원을 필요로 하는 단체 줄넘기나 피구는 가짜라고 봐도 될 거다. 내가 아는 한 연습도 안 하고 있으니까."

카츠라기의 말이 맞는지 아닌지는 당일이 되어보지 않으면 모른다.

하지만 이 중에서 세 종목 이상을 정식이라고 보고 준비한다면 틀림없으리라.

"정말로 괜찮겠어? 그러니까, 보답이 없어도."

"말했잖아. 네가 교섭을 꾀하지 않아도 움직일 가치가 있다고."

글렀구나 싶었는데 예상 밖으로 카츠라기에게 정보를 얻은 케세이.

그래서 점점 기쁨이 커졌으리라.

"해, 해냈어, 키요타카. 이제 우리한테도 승산이 생겼어!"

승리의 브이 포즈를 취하는 케세이.

"그리고 또 하나. 이번 시험에서 나더러 대충해달라고 말했지?"

"엣, 아, 아니. 그건 무리하지 않아도――."

"훗. 여기까지 교섭하러 와놓고 정보를 얻은 것만으로 만족하나?"

당황하는 모습이 재미있었는지, 카츠라기가 살짝 웃었다.

"그런 건 아니지만……."

"어중간한 협력만으로 이길 수 있는 상대라고 생각하지 마라. 내가 힘을 빼야 겨우 호각을 다툴 수 있다고 생각하는 편이 현명하겠지. 그래도 내가 너희한테 협력할 수 있는 건 플래시 암산이나, 만에 하나 선택된다면 단체 줄넘기 정도겠지만."

가만히 듣고 있던 나는 카츠라기에게 질문 하나를 던졌다.

"사카야나기한테 경계를 당하고 있는데 종목에 참가할 생각이야? 더구나 네 말대로 단체 줄넘기같이 사람이 많이 필요한 과목들이 나오면 모를까, 출전자의 능력이 승패를 좌우하는 플래시 암산에서 널 쓴다는 보장이 있어?"

"A반에서 플래시 암산을 잘하는 사람은 나랑 타미야밖에 없을 거다. 야히코를 퇴학시켜서 내 송곳니를 완전히 뽑아버릴 생각이었을 테니까. 장기 말로 쓰기 위해서라도 사카야나기는 나를 기용할 테지."

그렇게나 반항하던 세력인 카츠라기를 장기 말처럼 쓴다.

그건 사카야나기의 지배력을 보여주는 결과도 된다는 건가.

플래시 암산이라면 일부러 문제를 틀리고 단체 줄넘기라면 이른 단계에서 줄에 걸려주겠다는 카츠라기의 제안.

"하지만 내가 일부러 지고 있다는 걸 사카야나기에게 들키는 건 최대한 피하고 싶다. 단체 줄넘기는 우연으로 보이는 실수도 나올 수 있겠지만, 플래시 암산은 간단한 문제가 나오면 그냥 풀 거다."

막상막하를 연기하면서 근소한 차이로 이기는 것.

"단 당일에 플래시 암산이 선택된다고 하더라도 내가 지명되지 않는다면 그냥 운이 나빴다고 생각하고 포기해라."

그렇다 해도 파격적인 정보 제공에 불만이 생길 리 없다.

카츠라기가 떠난 뒤 케세이가 흥분해서 말했다.

"지금 당장 호리키타한테 말하러 가자."

"아니…… 이번에 카츠라기와 접촉한 건 아직 호리키타한테 말하지 않는 게 좋을 것 같은데."

"어, 어째서?"

"일이 잘 풀렸다는 건 결과론이잖아. 멋대로 움직였다는 사실을 알면 화낼걸."

"하지만 기껏 얻은 정보를 안 쓸 순 없잖아?"

"그건 나한테 맡겨줘. 너한테 별 탈 없게 처리할 테니까."

케세이는 살짝 고민하는 것 같았지만, 결국 승낙했다.

말도 없이 카츠라기를 만났다는 사실에 뒤가 켕겨 그런 거겠지만.

○남자의 눈물

카츠라기를 회유해 정보를 얻었지만, 그걸로 C반이 우위에 선 것은 아니다.

그래서 호리키타는 불안 요소를 하나씩 제거하는 작업에 들어갔다.

"잠깐 기다려, 히라타."

방과 후, 자리에서 일어나 제일 먼저 돌아가려고 하는 히라타에게 호리키타가 말을 걸었다.

반 내부 투표가 끝나고 처음 있는 일이었다.

히라타는 뒤돌아보지 않고 다리만 멈추었다.

"나랑은 말도 섞고 싶지 않겠지만, 하나만 확인할게. C반이 선택할 종목에 네 차례는 돌아오지 않을 거고 당일에도 너를 넣을 예정은 없어. 하지만 그건 상황에 따라 달라질 수도 있는 이야기지. 네 상태를 아는 사카야나기가 여러 명이 필요한 종목을 잔뜩 넣을 가능성도 있으니까 말이야."

아무리 C반이 히라타를 신경 쓴다 해도 38명 전원이 출전하는 종목이 생길 수도 있다.

"그렇게 되면 너는 어떻게 할 생각이야? 무기력하게 우리 발목을 잡을 거야? 아니면 최소한으로 할 건 해줄 거야? 그것만 대답하고 가."

하지만 히라타는 아무 대답도 하지 않았다. 무거운 침묵만이 교실에 감돌았다.

그리고 멈추었던 시간이 다시 움직이기 시작한 것은 히라타가 발을 다시 뗀 순간이었다.

"이것도 대답이 없는 건가."

단순히 히라타에게 질린 호리키타는 포기했다는 듯 시선을 돌렸다.

"……저기, 우리…… 역시 지는 게 아닐까? 히라타가 저 모양이고."

여자애들 사이에서 새어 나온 불안의 목소리.

그것은 남학생들도 마찬가지이리라. 반을 이끌어온 남자의 부재.

그것이 새삼 C반에 중압감이 되어 짓눌렀다.

"넌 주위가 노력하기에 달렸다고 말했지. 하지만 결국, 저 애는 하나도 달라지지 않았네."

"과연 그럴까?"

"뭐……?"

이상하다는 듯 고개를 드는 호리키타였지만, 내 시선은 다른 곳을 향해 있었다.

"히라타! 기다려!"

이제는 몇 번째인지 알 수도 없는 미짱의 외침. 허둥지둥 가방을 들고 그의 뒤를 쫓았다.

"미짱은 아직 포기하지 않았어."

"나는 도저히 이해가 안 가지만 말이야."

"넌 네가 할 일이 있잖아. C반을 하나로 통솔하고 정밀도를 높이는 거."

지금 그게 가능한 사람은 이 반에서 호리키타 말고 아무도 없다.

나는 미짱의 뒤를 쫓았다.

그리고 기숙사로 이어진 길 도중에 서로 마주 보고 선 두 사람을 목격했다. 새콤달콤한 고백과는 달랐다. 히라타를 다시 일으켜 세우기 위한 반 친구로서의 공세였다.

"부탁이야, 히라타. 우리한테는 히라타의 힘이 필요해…… 그러니까——."

"미짱, 슬슬 그만 좀 해줬으면 하는데? 날 그냥 내버려 둘 수 없을까……."

몇 번을 말해야 알겠어, 하고 히라타가 무겁게 푸념했다.

그 말로 된 날카로운 칼날은 틀림없이 그녀의 마음속 깊이 꽂혔으리라.

하지만 그녀의 눈동자에 실린 힘은 조금도 약해지지 않았다.

밀쳐내고 또 밀쳐내도 집요하게 달려드는 미짱.

"내, 내버려 둘 수 없어……! 그런 상태에 빠진 히라타를 내버려 둘 수 없어!"

"그럼 내가 어떻게 하면 날 내버려 둘 거지? 가르쳐줘."

"그건, 그러니까, 히라타가 원래대로 돌아오면……."

"원래대로 돌아와? 없어, 그런 건."

싸늘한 말이 몇 번이고 가차 없이 미짱을 때렸다.

"그렇지 않아, 나는, 나는 히라타가 다시 원래대로 돌아올 거라 믿어."

"무리라고 말했잖아. 네 멋대로 믿어도 곤란하다고."

"그래도 난 믿을 거야!"

주먹을 꽉 움켜쥔 히라타. 여차하면 한 대 칠 것 같은 분위기였다.

"그럼 야마우치를 되돌려놓을 수 있어?"

"뭐……?"

"원래대로 되돌려놓는다는 건, 그런 거 아니야?"

한 번 퇴학당한 야마우치가 C반으로 돌아올 일은 두 번 다시 없다.

그와 마찬가지로 히라타도 원래대로 돌아올 수 없다.

그 사실을 미짱에게 전했다.

"그건……."

"내가 말하기 전에 알아주길 바랐어."

뒤돌아 다시 걸으려고 하는 히라타. 미짱이 무심코 오른손을 뻗었다.

히라타의 오른팔을 잡고 멈춰 세우려고 했다.

기숙사 안으로 들어가 버리면 오늘도 빈손으로 끝나고 마니까.

"놓을래?"

"모, 못 놔!"

거절당해도 미짱은 계속 버텼다.
그렇게 하면 분명 히라타에게도 마음이 전해질 거라고 믿으며.
나는 두 사람에게서 조금 거리를 둔 채 그 광경을 바라보았다.
괜히 너무 가까이 갔다가 미짱에게 방해가 되어서는 안 된다고 판단했다.
하지만 히라타는 노골적으로 한숨을 푹 내쉬었다.
그러더니 있는 힘껏 오른팔을 들어 미짱의 손을 뿌리치듯 흔들었다.
"꺄악!"
히라타답지 않은 거친 방법이었다.
결국 미짱은 그 자리에 넘어지고 말았다.
"……이제 날 내버려 둬. 안 그러면…… 나는…… 나는."
넘어진 미짱이 올려다보자.
분노를 담은 히라타의 시선에 미짱을 다시 한번 상처 입혔다.
"나는 이제, 잃는 게 겁나지 않아. 더 이상 나한테 상관하면……."
마지막의 마지막.
지금까지 했던 말과는 비교도 되지 않는 쇠망치를 내리치려 하고 있었다.
그때 내 옆을 한 남학생이 스치고 지나갔다.

금발을 바람에 나부끼며, 오드콜로뉴 향을 사방에 퍼트린 남자.

"이런, 이런, 오늘도 우물쭈물하고 있었군. 꼴사나운 장면을 보고 말았잖아."

코엔지가 가벼운 말로 히라타를 도발했다. 회의를 참가 안 하니 마주쳐도 이상할 게 없었지만.

"아차, 나는 신경 쓰지 말고 하던 거 계속해. 나는 구경하고 있을 테니."

그 말을 듣고도 계속할 만큼 히라타도 어리석지는 않았다.

오히려 난입한 그에게 적의를 드러내기 시작했다.

"너도…… 나한테 뭐 원하는 게 있어?"

"원하는 거? 아무것도 없어. 난 다 가지고 있으니까 말이야."

그렇게 대답하며 히라타와 미짱의 옆을 지나치려고 하는 코엔지였는데…….

"하지만 글쎄, 굳이 바라는 게 있냐고 하면……."

코엔지에게는 그저 지나가던 길.

그 이상도 그 이하도 아니다.

히라타의 심정 따위는 아무래도 상관없었다.

"눈에 걸리적거리니까 내 시야에서 좀 사라져줄래? 여기가 이제 너한테 이상적인 스쿨이 아니게 됐으면 빨리 리타이어 하면 그만 아닌가?"

코엔지다운 이야기였다. 계속 우물쭈물할 바에야 그냥 빨리 퇴학당하고 나가라는 충고.

"……시끄러워……. 내 사정도 모르면서……."

"당연히 모르지. 관심도 없어. 하지만 짐작은 할 수 있지. 반 애들한테 피해가 되니까 쉽게 퇴학당할 수는 없다고 말하고 싶은 거 아닌가? 넌센스군."

"그, 그만해, 코엔지! 히라타는 아무 잘못이 없어!"

코엔지가 히라타에게 퍼붓는 집요한 말 공격을 멈추게 하려고 미짱이 일어섰다.

"아차차. 내 말이 마음에 들지 않은 모양이구나. 이거 실례."

웃으면서도 코엔지는 미짱에게 경의를 표했다.

"하지만 빨리 히라타 보이를 잊는 편이 좋아. 얘는 이미 글렀어."

한계에 다다른 히라타가 눈을 부릅뜨며 코엔지에게 달려들었다.

"아, 안 돼, 히라타!"

이상을 탐지한 미짱이 히라타를 막으려고 두 사람 사이에 끼어들었는데, 히라타가 조금 전보다 더 거칠게 미짱을 밀쳤다. 그리고 쳐다보지도 않고 코엔지에게 팔을 뻗었다.

멱살을 잡으려고 뻗은 오른손이었지만, 오히려 코엔지의 왼손에 재빨리 손목을 붙잡히고 말았다.

"윽!"

"나는 나에게 덤벼드는 상대한테는 자비가 없는데? 내 잘생긴 얼굴에 상처가 나면 안 되니까 말이야."

악력을 써서 손목을 조이고 있는지, 히라타의 얼굴에 고통과 분노의 표정이 실렸다.
"적당히 해, 성가시다고, 코엔지……!"
"뭘 하든 네 자유지만, 걸을 울리는 너한테 이러쿵저러쿵 들을 입장은 아니라서 말이지."
코엔지는 주저앉은 미짱에게 한 번 시선을 던졌다.
그러더니 히라타의 손목을 놓으며 이렇게 말했다.
"네가 쓰러트렸으니, 그녀에게 손을 내밀어줄 수 없나?"
"……나랑 상관없어."
"상관없다니. 아주 모진 말을 내뱉는군."
이제 히라타를 정면으로 쳐다보지 못하게 된 미짱이 시선을 회피했다.
"뭐, 좋아. 그것도 히라타 보이의 자유지."
"아, 아아, 아앗?!"
코엔지가 넘어진 미짱을 박력 있게 안아 올렸다.
"하지만 네가 필요 없다면, 내가 대신 접수할까."
무슨 꿍꿍이인지 알 수 없는 남자의 돌발 행동에 미짱도 히라타도 아연실색했다.
"마음을 다치고, 그것도 모자라 더욱 상처 입었으니. 이 몸이 치료해줘야지."
"저저저저저, 저기, 저기?! 나 아무 데도 안 다쳤는데?!"
"무얼, 그리 걱정할 필요 없어. 나는 이래 봬도, 무척 젠틀하거든."
아마 코엔지가 말하는 상처란 육체적인 부분이 아니라 정

신적인 부분일 것이다.

다친 마음을 가리키고 있다. 아마도…….

코엔지가 히라타와의 거리를 벌리기 시작했다.

“저기, 그러니까, 내려줘!”

“핫핫하! 그럴 수는 없지. 그대는 이미 내가 접수했으니까.”

“뭐어어어어?!”

그런 코엔지의 등을 무섭게 노려보는 히라타.

그 눈빛이 느껴졌는지 코엔지가 걸음을 멈췄다.

“아직 나한테 불만이 남았나?”

이 자리에서는 무시해줬으면 하는 것이 솔직한 심정이다.

“넌 언제까지나 나한테 상처를 주네. 끝도 없이, 끝도 없이.”

“그게 아니야. 네가 주위에 상처를 주고 있는 거지. 적어도 나는 내게 호의를 보이는 레이디를 함부로 대하지는 않거든.”

걸음을 떼기 시작한 코엔지는 발버둥 치는 미짱의 말을 듣지 않았다.

코엔지도 기숙사로 향한다는 것을 알아차린 히라타는 더 이상 같은 시간을 보내고 싶지 않다는 듯 반대 방향으로 걷기 시작했다.

나는 누구를 따라갈까 하고 잠깐 망설였지만, 우선은 코엔지 쪽을 택하기로 했다.

미짱이 떨어트린 가방도 그대로 있으니까. 그것도 주워서.

기숙사 입구로 접어들었을 때, 코엔지가 미짱을 부드럽게 내려놓았다.

“코, 코엔지, 어째서…….”

“훗훗후. 글쎄, 왜일까?”

코엔지는 미짱의 질문에 대답하지 않고 웃었다.

“어쨌든 오늘은 히라타 보이를 쫓아가지 말고 포기하는 게 좋아.”

그때 내가 미짱에게 주운 가방을 건넸다.

“고마워, 아야노코지…… 그런데, 거기 있었구나.”

존재감을 지우는 건 내 특기니까, 하고 굳이 말하지 않았다.

“네가 엘리베이터를 탈 때까지 내가 여기서 지켜보도록 하지.”

“……아, 알았어.”

지금 다시 히라타를 찾으러 나가도 어디 있는지 알 수 없다.

미짱은 일단 단념하고 코엔지로부터 해방되기 위해 엘리베이터에 올랐다.

나 역시 그 모습을 지켜보며, 로비의 소파에 앉은 코엔지를 쳐다보았다.

“그나저나…… 나한테 무슨 용건일까? 아야노코지 보이.”

“왜 히라타한테 말을 건 거야, 코엔지. 불난 데 기름을 붓는 격이었잖아. 아니면 반을 위한 일이라고 생각한 건가?”

“너는 아직 나를 이해하지 못한 듯하군.”

쯧쯧쯧, 하고 검지를 세워 가볍게 흔들었다.

“난 반을 위해 행동하지 않아. 내가 하고 싶은 걸 할 뿐이지.

그게 결과적으로 반에 플러스가 됐든 마이너스가 됐든, 그건 단순한 by-product에 지나지 않아."

부산물. 그냥 결과가 그렇게 됐을 뿐이란 건가. 코엔지는 자기가 하고 싶은 일만 한다. 유일하게 예외가 있다면, 본인이 퇴학 위기에 처했을 때 정도려나.

"꼴사나운 그의 존재가 마치 파리처럼 성가시게 느껴져서 말이야."

그래서 무심코 말을 걸고 말았다는 거군.

"네가 좋을 대로 하는 거야 자유지만, 만약 다음에 반 내부 투표 같은 시험이 또 있으면 어쩔 생각인데? 솔직히 말해서 지금 너보다 궁지에 몰린 학생은 없을걸."

"훗훗후. 어떻게든 되겠지, 내 실력이면 말이야."

엘리베이터에서 미짱의 모습이 완전히 사라진 것을 확인하고, 코엔지는 소파에서 일어났다.

"그렇지, 네가 이번 시험의 사령탑이었던가."

"그래."

"나는 모티베이션이 생기지 않으니, 종목에 넣지 말아 줬으면 하는군."

"미안하지만, 그걸 판단하는 사람은 호리키타야. 나한테는 결정권이 없어."

"그건 아니지. 그녀가 아니라 네가 결정권을 쥐고 있어. 사령탑인 네가 말이야."

물론 규칙상으로는 그렇지만…… 코엔지에게 그런 말은

통하지 않겠지.

"여하튼 임기응변으로 잘 대응하길 부탁하지."

그 말을 남긴 코엔지는 엘리베이터를 타고 자기 방으로 돌아갔다.

1

나는 기숙사를 나와 히라타를 찾기로 했다.

학교로 돌아가지는 않았을 테니 케야키 몰이나 그 근방에 있으리라.

사람이 있는 곳을 피했다고 전제한다면 외부 쪽이 가능성이 크려나.

여하튼 여기저기 찾아다녀 보기로 했다.

한 시간 정도 찾아 헤맸을까. 벤치에 앉아 있는 그의 쓸쓸한 뒷모습을 발견했다.

"히라타."

무척 가까운 거리, 손을 뻗으면 닿을 만한 범위까지 다가갔을 때 이름을 불렀다.

"……아야노코지."

느릿느릿 반응이 오더니 히라타가 숙이고 있던 고개를 들었다.

이렇게 정면으로 얼굴을 보는 것도 꽤 오랜만이었다.

제대로 잠도 못 잤는지 눈 밑에 여태껏 본 적 없는 다크서클이 심하게 깔려 있었다.

"조금만 시간 좀 내줘."

그렇게 부탁하자 히라타가 눈을 살짝 크게 떴다.

"이제, 지긋지긋해. 왜 다들 자꾸 나를 못 건드려 안달이지? 아야노코지만은 나를 잘 이해하니까 모른 척해줄 줄 알았는데. 실망이야."

"그래? 그럼 나도 미짱처럼 밀쳐내고 도망갈 거냐?"

일부러 도발로도 들리는 발언을 했지만, 히라타는 벤치에서 일어나지 않았다.

"시간, 말이지? 상관없어, 어차피 이 학교에는 달아날 데도 없으니까. 오늘은 완전히 지쳐버려서 이제 도망칠 기력도 남아 있지 않아. 하지만…… 분명히 네 기대에는 부응할 수 없을 거야."

이렇게 짧은 기간에도 많은 아이가 히라타를 찾아왔다.

걱정하는 목소리, 격려하는 목소리. 그 모든 것이 고통스러워서 참을 수 없었겠지.

'누구'라는 부분은 전혀 모르겠지만, '무엇을' 히라타에게 말했는지는 상상이 간다.

나는 인기척 없는 벤치에 둘이 나란히 앉았다.

"그래서…… 할 이야기가 뭐야?"

이미 다 알고 있다는, 히라타의 마음속 예정조화(이미 예정된 흐름에 따라 일이 일어나고 결과도 정해져 있다는 뜻. 독일의 철학자 라이프니츠의 중심사상).

가볍게 듣고 그냥 넘기기만 하면 되는 작업.

"히라타, 네 이야기를 들려줬으면 해."

"뭐?"

내게서 동정의 말이 날아올 줄 알았던 히라타의 맥 빠진 목소리.

"어릴 때는 어땠는지. 어떤 생각을 해왔는지. 알려주면 좋겠어."

"……왜?"

"글쎄. 왠지 그냥 알고 싶어서. 이유를 물어본들 딱히 돌려줄 대답이 없어."

무겁게 숨을 토한 히라타가 천천히 고개를 가로저었다.

"지금 난 옛날 일을 떠올릴 여유가 없어. 할 말이 하나도 없다."

"여유가 없다니, 왜?"

곧장 알면서 뭘 물어? 하고 말하는 듯한 시선이 날아왔다.

"왜?"

그 눈빛을 무시하고, 나는 다시 한번 물었다.

"……야마우치가 퇴학당했으니까."

히라타가 말하고 싶지 않은 것을 강제로 말하게 했다.

히라타는 현실을 곱씹으며 화가 난 듯 대답했다.

"지독한 걸 말하게 하네."

"단순히 궁금해서 그래. 기분 상했으면 사과할게."

"……괜찮아."

반론할 기력도 없다는 듯 히라타가 한숨을 내쉬었다.

등을 웅크리고 아무 의미도 없이 고개를 좌우로 흔들었다.

제발 내버려 뒀으면 좋겠다고, 상관하지 말았으면 좋겠다고 어필해왔다.

"야마우치가 퇴학당한 거랑 네 옛날 일을 말할 수 없는 거랑 무슨 관계가 있는데?"

끝나지 않는 내 물음에 히라타는 또 질린 표정을 지었다.

"지금 내 과거 따위는 아무런 상관도 없잖아?"

"없지 않아."

끊어내려는 히라타의 말을 덮듯 내가 말했다.

"물론 반 친구가 퇴학당하는 건 싫지. 그건 누구나 똑같을 거야. 하지만 우린 계속 그 일을 후회하고 있을 여유가 없어. 선발 종목 시험은 이미 코앞까지 와 있다고. 호리키타와 쿠시다뿐만이 아니야. 이케와 스도도 마음을 바꿔먹고 싸우려고 노력하고 있어. 그런데 넌 어쩌고 있는데? 언제까지 야마우치의 퇴학 일을 질질 끌면서, 반에 협력하지도 않고——."

나는 여기까지 하고 일부러 말을 끊어버렸다.

그리고는 그런 말을 하려던 게 아니었다는 척 화제를 돌렸다.

"내가 알고 싶은 건, 너의 그런 가치관이 형성된 계기야."

"그걸 물으면 뭐? 내가 말할 것 같아?"

"응. 지금의 히라타는 자기 자신을 알아주길 무척 바라고 있으니까."

사실은 속마음을 드러내고 싶다. 하지만 그게 안 되니까 지금 이러고 있는 거다.

이번에는 내가 눈빛으로 말했다.

말해, 하고 협박하듯 강하게.

히라타는 그런 내 눈빛에 공포를 품고 말았다.

"카루이자와가 아야노코지 앞에서 모든 것을 내보인 의미, 진짜 의미를 이제 겨우 알았어. 네 그 눈을 본 거야…… 아니, 볼 수밖에 없었던 거야. 무서울 정도로 깊은 어둠이 담겨 있는…… 그 눈동자를."

히라타 역시, 자신이 품고 있던 어둠을 내게 침식당했다.

이 남자는 죽음을 기다리고 있는 게 아니다. 구원받기를 매일같이 바라고 있다.

그래서 내가 늘어뜨린 검은 구원의 실을 덥석 잡아버린다. 지옥으로부터 기어 올라가기 위하여.

"너한테 한번 말한 적 있었지……. 어린 시절 친한 친구가 있었는데 중학교 때 그 애가 학교 폭력의 피해자가 되었다는, 이야기."

"아아, 이름이 스기무라라고 했었나."

"이름까지 잘도 기억하고 있구나……."

그 이야기를 알기에 히라타의 정신 상태를 예측할 수 있다.

히라타는 그 친구를 돕고 싶었지만, 자신이 폭력의 타깃이 될까 봐 두려워했다.

결국, 방관자로 시간을 보내게 되었다.

그리고──.

"내 친구는── 뛰어내려 자살을 시도했어."

당시의 일을 겨우 떠올리기 시작했으리라.

조금씩 이야기를 꺼내기 시작했다.

"목숨은 건졌지만, 그 애는 지금도 회복하지 못하고 계속 누워 있어……."

히라타는 양손을 모아 힘껏 주먹을 쥐었다.

"그 애가 목숨을 버리게끔 만들어버렸어. 그 책임의 무게는 달라지지 않아."

"그건 히라타만의 잘못이 아니야. 그 근원은 다른 사람에게 있어."

"그렇지. 하지만 방관도 같은 죄라고 생각해."

배 위에서 히라타가 말했었다. 그렇기에 지금 옆에 있는 사람들은 지키고 싶다고.

실제로 히라타는 늘 반에 문제가 있을 때마다 앞장서서 개입했다.

해결의 실마리를 찾기 위해 노력을 아끼지 않았다.

스도가 누군가와 다퉜을 때도, 케이의 위장 커플 사건 때도 그랬다.

하지만 그것만으로는 설명되지 않는 부분이 있다.

"네가 의문스럽게 여기는 것도 잘 알아."

나를 쳐다보지 않고 히라타가 말했다.

"친구가 자살 시도를 한 사건에는 뒷이야기가 있는데……."

배 위에서 말하지 않았던, 그 후의 이야기.

"그 애가 자살 시도를 하면서 사건이 전부 끝났다고 생각했어. 무거운 희생을 치르고, 학교 폭력은 사라졌다고. 하지만 아니었어. 그 사건 이후로 나는 인간의 바닥을 알 수 없는 어둠을 본 거야."

몸을 부르르 떠는 그의 눈에서 살기가 언뜻 비쳤다.

"새로운 희생자가 우리 반에서 나왔어."

감정을 억누르며, 숨을 토하며 혼잣말처럼 중얼거렸다.

"믿을 수가 없었어. 그렇게 끔찍한 일이 일어난 지 얼마나 됐다고, 또 새로운 괴롭힘이 시작되다니. 그때까지 그저 방관자에 불과했던 애가, 하루아침에 내 친구와 같은 처지가 됐어. 심지어 지금까지 폭력에 가담하지 않았던 반 애들까지 그 애를 괴롭히더라."

학교 폭력은 끝이 없다.

"카스트의 최하위가 부재하게 되면 당연히 그보다 하나 위에 있던 학생이 최하위가 되겠지. 어떤 의미로는 자연의 섭리야."

"그런 일은 두 번 다시 일어나선 안 된다고 생각했어. 반드시 막아야 한다고 생각했지."

"그래서…… 어쨌는데?"

고개를 끄덕였다. 두 번, 세 번.

"같은 실수를 반복하지 않기 위해 나는 손을 쓰기로 했어."

히라타는 천천히 고개를 들어 정면을 바라보았다.

"반을 공포로 지배하기로 했지."

"네가?"

"응. 난 스도나 류엔처럼 딱히 싸움을 잘하는 건 아니야. 하지만 진짜 작심하고 사람을 때릴 수 있는 사람은 그리 많지 않으니까. 마음을 굳게 먹고 주먹을 휘두르면 내게 반격하는 상대는 없었어. 그렇게 내가 위에 서고 나머지 애들은 전부 똑같이 바닥에 둬서 폭력을 막으려고 했지. 갈등이 일어나면 내가 중간에 끼어들었어. 그래서 양쪽을 똑같이 제재하고, 고통을 줬지. 조금의 차별도 없이. 덕분에 잠깐의 정적을 만들 수 있었지."

그게 바른길, 정의가 아니라는 것쯤은 히라타도 잘 알고 있었을 거다.

그래도 히라타는 누군가가 괴롭힘을 당하는 세계를 보고 싶지 않았다.

"하지만 결과적으로 나는 한 학년을…… 학생들을 망가뜨려 버렸을 뿐인 건지도 몰라. 미소는 사라지고 생기 없는, 로봇 같은 일상이 이어졌어. 그리고 이 건은 내가 있던 곳에서도 꽤 유명한 소문이 되었지…… 사건으로 다뤄질 정도로 말이야."

"학교 측은 어떻게 나왔어?"

"학교도 이례적인 일이었겠지. 모든 반을 강제로 해체해서 나를 포함해 모든 반이 재편성되었어. 그리고 졸업 때까지 엄격한 감시를 당했지."

그만큼 유명한 사건이면 당연히 소문이 널리 퍼졌을 것이다.

이 학교에서 그걸 모를 리 없다.

아니, 그 사건을 알았기에 히라타가 여기에 있는 거겠지.

이제야 D반으로 들어온 이유를 이제야 알겠군.

"그럼 야마우치를 표적으로 삼아 공격하는 걸 도저히 용납할 수 없었겠군."

"응……. 난 내 귀에만 들어오지 않으면 모른 척해버리려고 생각했어. 반 내부 투표 당일까지, 침묵하고 싶었는데……."

결과적으로 호리키타의 재판으로 야마우치는 불필요한 존재라는 분위기가 만들어지고 말았다.

"나는 안 돼. 역시 반을 통솔하면 안 되는 인간이었어. 온갖 방법을 다 써도 결국 야마우치를 지키지 못했잖아……. 잘 알았지? 아야노코지. 난 이제 글렀어. 누군가를 지키기 위해 또다시 공포로 지배하려고 했어. 잘못인 줄 알면서도 말이야……."

목소리가 떨리는 히라타.

마음이 균형을 잃고 무너지기 직전이었다.

히라타는 행복도 밑바닥도, 반 전체가 함께 공유해야 한다고 생각해왔다.

누군가만 고통을 겪고, 누군가는 빠지는, 그런 꼴을 보질 못하는 거다.

그리고 그때마다 자문자답을 반복해 왔겠지.

미짱이나 다른 학생에게 히라타가 어디까지 털어놓았는지는 알 수 없지만, 분명 다들 이런 말을 했을 것이다.

'어쩔 수 없는 일이었어.'

'히라타는 잘못이 없어.'

'잘못한 건 배신한 야마우치야.'

각양각색이라도 어쨌든 히라타가 정의이고, 나머지는 악.

이것만은 절대 달라지지 않는다.

이래서야 해결될 리가 없지.

반의 누군가를 지키려고 하는 히라타에게, 누군가를 탓하며 달래봐야 헛수고다.

오히려 히라타를 괜히 더 자기만의 껍질 속에 갇히게 하고 말 것이다.

"이것만은 확실히 말해둘게. 야마우치가 퇴학당한 건 호리키타의 탓도 아니고, 내 책임도 아니야. 그건 알지?"

"……그래. 어쩔 수 없는 일이었지. 우리가 어떻게 할 수 있는 상황이 아니었어."

히라타는 너를 탓할 생각은 없어 하고 작게 중얼거렸다.

나는 일부러 내가 잘못한 게 아니라고 선을 긋는 것처럼 말했다.

그에게는 날 원망하지 말라고 하는 것처럼 보였겠지.

"야마우치가 C반을, 이 학교를 떠나게 된 건 누구 책임일 것 같냐?"

"그건…… 당사자라고 할 수밖에 없겠지."

인정하고 싶지 않지만 어쩔 수 없이 내놓은 히라타의 결론.

자업자득. 퇴학당해도 할 말이 없는 성적이나 생활을 보여준 야마우치의 탓.

"아니."

하지만 나는 히라타의 안일한 생각을 곧장 짓밟아버렸다.

"야마우치가 퇴학당한 건 네 책임이다, 히라타."

"……!"

히라타가 깜짝 놀라 고개를 들었다.

그는 도대체 무슨 말을 하는 거냐는 표정을 하고 있었다.

"네가 정말 야마우치를 돕고 싶었다면, 무슨 짓을 해서라도 그를 도왔어야 했다."

"그, 그런――! 나는 열심히 했어! 하지만, 그건 어쩔 도리가 없었다고!"

"B반의 이치노세는 어느 한 사람도 희생자를 내지 않았어."

"그건, 그건 이치노세가 특별한 거잖아! 우리는 그런 막대한 포인트가 없었다고!"

"그건 네가 그렇게 반을 이끌지 못했을 뿐인 거 아닌가? 지난 1년간 이치노세처럼 포인트를 쌓아서 퇴학생이 나왔을 때 움직일 수 있도록 했어야지."

그랬으면 야마우치가 퇴학당하지 않았고, 지금도 40명이 반에 계속 남아 있었을 것이다.

"될 리가 없어! 우리는 입학 초기부터 반 포인트를 잃었잖아! 거기에 설령 포인트가 있었다고 해도, 우리 반 애들이 그런 걸 따라올 리가 없다고!"

"아니, 반 포인트가 0이 된 것도, 애들이 응하도록 유도하지 못한 것도 네 책임이야."

아무리 달아나려 해도 히라타의 책임인 것은 달라지지 않는다.

"억지야, 그건 억지라고!"

"그래, 억지야. 하지만 어쩔 수 없지. 이렇게 되는 길을 고른 건 너니까. 그러게 모두를 구한다는 환상은 원래 가슴속에만 담아뒀어야지. 그러면 누가 퇴학당해도 네 탓을 할 수 없을 테니까. 하지만 네가 모두를 구하겠다고 계속 환상을 떠들겠다면, 그걸 지키지 못했을 때 모든 책임을 질 각오도 있어야지."

"──나, 나는──!"

"내가 착각했군. 네가 우등생인 데다 반 애들이 선망하는 인격자인 줄 알았는데, 넌 그런 게 아니야. 그저 되지도 않는 일을 큰소리칠 뿐인 경솔하고 무능한 학생. 그게 바로 히라타 요스케, 너다."

이건 극단적으로 말했을 뿐이지, 히라타는 결코 무능한 사람이 아니다.

오히려 고등학교 1학년의 수준을 뛰어넘은 훌륭한 학생이자 인재다.

지키고 싶다는 말을 입 밖으로 꺼내는 것도 나쁜 행동이 아니고, 그걸 달성하지 못했다고 해서 책임을 져야 하는 것도 아니다.

그래도 나는 히라타를 비난했다.

철저하게 비난했다.

중압감을 주고 뭉개질 때까지 집요하게 몰아세웠다.

히라타를 생각해서 그러는 거라고? 아니다.

히라타가 앞으로 모두를 지킬 수 있을 만큼 강해지게 하려고? 아니다.

모두를 지킬 수는 없다.

또 저번처럼 퇴학생이 나오겠지.

그때, 반이 원활하게 돌아가게 하려면 히라타라는 부품이 필요하다.

"언제까지 꿈만 꿀 생각이야?"

의무교육이라는 틀 안에서 한 발자국도 나오지 못하는 만큼.

고등학교는 자가 의지로 진학하고, 자기 의지로 진로를 결정하는 곳.

"그게, 그게 너의…… 본성, 이야? 소름 끼칠 만큼 가차 없고 차갑네……."

히라타의 오른쪽 눈에서 흘러넘치는 눈물.

잠시 후, 왼쪽에서도 똑같이 눈물이 흘러내리기 시작했다.

"네가 무엇을 바라든 그것도 네 자유야. 하지만 그걸 원하면 적어도 끝까지 싸워서 한계까지 발버둥 치는 것 말고는 방법이 없어. 그 과정에서 퇴학생이 나온다면 그건 감수하고 받아들여야지. 그렇지 않으면 앞으로 계속 나아갈 수 없으니까."

"잔혹한…… 이야기네."

"지금 멈춰버리면 주위 애들이 하나둘 탈락할 거야. 하지만 히라타 네가 끝까지 앞을 보고 쭉 걸어간다면 분명 모든 것이 끝났을 때 네 뒤에는 많은 학생이 서 있을 거다."

그 누구보다 한 걸음 앞으로 나오는 것은 정말 용기가 필요한 일이다.

언제 어떤 장애물이 나와 넘어질지 모른다.

"하지만…… 그럼 나는 어디에 하소연해야 해……? 나만 혼자 참고 계속 앞을 향해 걸어야 하는 거야?"

"그렇지 않아. 네가 힘들 때는 다른 애들을 의지하면 돼. 호리키타도, 쿠시다도, 스도와 이케, 미짱, 시노하라라도 괜찮아. 네가 기대고 싶은 애한테 하소연하면 돼. 앞뒤 따위는 아무것도 중요하지 않아."

앞에 선 자가 약한 모습을 보여서는 안 된다니, 그런 규칙은 어디에도 존재하지 않는다.

뒤에 서 있는 사람들은 앞 사람이 넘어지려고 하면 손을 뻗어줄 수 있다.

히라타의 약한 모습을, 아이들은 힘껏 받아들여 줄 것이다.

"나는…… 나는…… 이런 내가…… 모두의 앞을, 걸어도

될까…….”

“이제 괜찮아. 지금의 너라면 앞을 걸어도 괜찮아.”

어깨를 한 번 토닥여주었다.

그 작은 충격에 히라타의 눈에서 또다시 눈물이 펑펑 쏟아져 내렸다.

과거의 청산.

히라타가 짊어지고 있던 무거운 짐을, 전부 비워버린다.

꼼짝도 하지 못했던 히라타가, 이제는 몸을 일으켜 다시 일어설 수 있다.

“고마워…… 정말 고마워, 아야노코지…….”

고개 숙인 히라타의 얼굴에서 뚝뚝 떨어지는 눈물.

남자는 특별한 순간이 아니면 눈물을 보이려고 하지 않는, 정말 성가시고 귀찮은 생물이다.

나도 눈물을 보일 수 있는 친구가 있었으면 좋겠다고 생각할 정도니까.

더 말할 필요도 없다.

그저 곁에서 동료, 이 남자의 약한 모습을 묵묵히 받아들여 주면 된다.

그렇게 하면── 다시 앞을 향해, 걸을 수 있다.

2

다음 날이 밝았다.

시시각각으로 다가오고 있는 학년 마지막 특별시험.

등교한 교실에 히라타의 모습은 없었다. 미짱의 표정도 어딘가 어두웠다.

모두 머릿속 한쪽 구석으로 밀어내면서도, 계속 걱정하고 있는 존재.

C반에 없어서는 안 되는 남자가 모습을 드러냈다.

모두가 시선을 보내는 것조차 저항감을 느끼고 있는 지금.

"아, 안녕…… 히라타."

오늘도 미짱이 누구보다도 먼저 히라타에게 말을 걸었다.

슬픔을 꾹 참고, 나름대로 열심히 미소를 만들어서.

그 모습을 본 히라타가 거리를 좁혔다.

"앗."

어제 일이 떠올랐는지 순간 미짱의 몸이 굳었다.

그 모습에 히라타가 머리를 있는 힘껏 숙였다.

"안녕. 그리고 어젠 정말 미안했어. 미짱한테 내가 너무 심한 짓을 했어."

히라타의 감정이 담긴 사과의 말.

"항상 나한테 먼저 말을 걸어주었는데, 무시해서 미안해."

"그, 그런, 그, 나는 전혀……."

확 바뀐 히라타의 태도에 당황한 것은 미짱뿐만이 아니

었다. 반 아이들 모두 놀랐다.

"다들── 좋은 아침이야!"

어제까지의 일이 마치 거짓이라는 듯 밝고 산뜻한 미소로 등교한 히라타.

"히, 히라타?"

"나 이제 괜찮아. 이제, 괜찮아졌어."

그렇게 말하며 미짱에게 다정한 미소를 보낸 후, 이번에는 모두에게 머리 숙였다.

"지금 사과해도 너무 늦었겠지만…… 너희만 괜찮다면 오늘부터 다시, 반에 공헌하게 해줘."

머리를 들지 않은 채, 그렇게 말하는 히라타.

남자도 여자도 서로 얼굴을 쳐다보며, 이 상황을 이해하지 못한 채 몇 초가 흘렀다.

하지만──.

"히라타!"

먼저 몇몇 여학생들이 히라타에게 달려갔고, 남녀 할 것 없이 우르르 그들을 뒤따랐다.

손꼽아 기다렸던 히라타의 복귀에 기뻐하지 않을 학생은 없었다.

"무슨 일이 있었던 거야?"

멀찍이 서서 멍하니 지켜만 보던 호리키타가 내게 물었다.

"주위가 노력하기에 달렸다고 말했잖아?"

"그건, 그렇지만…… 무리하고 있는 건 아니겠지?"

"그런 식으로 보여?"

"아닌 것 같네."

"다시 일어설 계기는 저마다 달라. 대판 싸운 다음 날에도, 대부분 무슨 일이 있었냐는 듯이 다시 사이좋게 지낼 수 있지."

인간관계란 원래 그런 거다.

얼추 복귀 환영 인사를 다 받은 히라타는 마지막 상대로 호리키타에게 다가왔다.

"안녕, 호리키타."

올곧고 투명한 눈동자가 호리키타를 바라보았다.

"그, 그래, 안녕."

그런 히라타가 무심코 눈부시게 느껴졌는지, 호리키타가 동요했다.

"난 저번 반 재판에서 내가 했던 말이 틀렸다고 생각하지 않아."

"……그래."

"하지만── 네가 한 행동도 틀리지 않았어. 아니, 그것도 정답이지."

그때 받아들이지 못했던 것.

그것을 히라타는 속으로 소화해왔다.

"난 거기까지 생각이 미치지 못했어."

"어디 머리라도 부딪쳤어? 어제랑은 다른 사람이 와 있네. 허세 부리는 것 같지도 않고……."

히라타는 호리키타의 의심에도 미소를 무너뜨리지 않았다.

"잃어버린 신뢰를 다시 회복하기 위해 있는 힘을 다할 거야. 나중에 특별시험에 대한 자세한 내용을 알려줬으면 좋겠어."

"알았어. 상황 파악이랑 네가 정말로 도움이 될지 어떨지 테스트를 좀 해보고 싶은데, 상관없겠지?"

"물론."

손을 내미는 히라타. 화해를 바라는 악수를, 호리키타도 있는 그대로 받아들였다.

그 후로도 계속해서 아이들에게 둘러싸인 히라타. 불과 몇 분 전까지만 해도 캄캄한 어둠 속에 있었던 교실이라고는 생각할 수 없을 정도로 밝고 산뜻한 공간으로 바뀌어 있었다.

"어쨌든 이렇게 해서 겨우 특별시험을 맞이할 수 있게 된 걸까."

"그런 것 같네."

히라타의 부활은 C반에 있어서 무엇보다도 큰 도움이 되리라.

코엔지만큼은 조금도 변하지 않을 것 같지만.

○아야노코지 대 사카야나기

긴 준비 기간을 거쳐 마침내 1학년 마지막 특별시험 당일이 찾아왔다.

패배한 반의 사령탑은 퇴학. 하지만 이번에는 실질적으로 프로텍트 포인트 깎기.

진 두 반의 사령탑이 막 입수한 프로텍트 포인트를 잃게 된다.

퇴학생은 나오지 않겠지만, 반 포인트에 큰 변동이 생긴다는 점이 중요하다고 말할 수 있으리라.

결과에 따라서는 전체 반의 순위가 뒤바뀔 수도 있는 시험이다.

"어제 준 노트 속 정보도, 내가 말한 의견들도, 오늘은 전부 잊어."

아침 홈룸이 시작되길 기다리는 동안 옆에서 호리키타가 내게 말했다.

"네가 알아서 다섯 종목을 고르고, 멤버를 선정해서 싸우면 돼."

"내가 마음대로 지시해서 계획이 흐트러지면 다른 학생이 대응하기 힘들어지는 거 아니야?"

"아무한테도 종목이 뭐고 어디에 출전할지 확실하게 약속하지 않았어. 당일에 열 종목이랑 순서에 따라서는 임기응변으로 고르게 될 거라고 미리 알려뒀으니 괜찮아.”

내가 불편하지 않게 잘 싸울 수 있도록 빈틈없이 준비했다는 건가.

“무슨 일이 있어도 책임 못 진다.”

“이번 시험은 반 대항전이야. 사령탑의 관여가 있다고는 해도 결국은 C반의 종합 능력이 중요할 수밖에 없어. 상대는 사카야나기가 이끄는 A반. 일 학년 최고의 강적이잖아. 져도 네게 책임을 물을 수 있는 사람은 아무도 없어.”

나는 호리키타를 곁눈질하면서 마지막으로 호리키타가 보낸 스마트폰 메시지를 확인했다.

어떤 의논을 했고, 어떤 종목으로 결정했고, 어떤 연습을 해왔는지.

“최대한 잘 살려볼게. 너희의 능력은.”

나는 자리에서 일어나 움직이기 직전, 호리키타에게 한마디를 남겼다.

“체스가 나올 확률은 10분의 7이니 가능성이 꽤 커.”

최근 며칠간, 호리키타와 체스 시합을 수차례 치렀다.

“네가 봐줬는데도, 결국은 거의 이기지 못했지만 말이야.”

호리키타가 나를 이긴 횟수는 손에 꼽을 정도. 다만 패배 횟수 따위를 일일이 셀 필요는 없다. 이 단기간에 호리키타의 체스 실력은 그야말로 비약적인 성장을 보였다.

“상대가 누구든 간에, 체스를 대충 한 나보다 강한 상대는 없어. 그걸 기억해둬.”

"꽤 자신만만하구나."

나는 호리키타와의 대화를 끝마치고, 사령탑의 자리로 이동하기 시작했다.

남은 학생들은 교실에서 사령탑이 내리는 지시를 기다린다.

종목 발표 후에는 장소 이동이나 옷 갈아입기 등을 하게 된다. 모니터로 자세한 내용을 알려주지는 않기 때문에, 돌아온 뒤에 정보를 공유하는 방식이 될 것이다.

1

나는 특별동에 있는 목적 장소로 향했다. 먼저 온 사카야나기와 이치노세가 잡담을 나누고 있었다. 아무래도 아직 다목적실이 개방되지 않은 모양이었다.

"안녕, 아야노코지."

"좋은 아침이야, 아야노코지."

두 사람이 동시에 인사하자 나는 가볍게 손을 들어 화답했다.

"아직 못 들어가는 모양이네."

"네 명이 다 모이면 부르라고 하더라."

어디까지나 철저하게 공평성을 유지하려는 생각인 것 같다.

다목적실에 먼저 들어가면 시험장의 분위기를 먼저 접하

고 마음의 안정도 더 빨리 찾을 수 있으니까.

특수한 시험인 만큼 철저하게 굴어도 이상할 건 없다는 건가.

"이제 카네다만 오면 될 것 같네."

"그러네."

뒤돌아보았다. 카네다의 모습은 아직 보이지 않았지만, 아무리 그래도 지각은 하지 않겠지.

"그나저나 이치노세는 운이 좋았구나."

"응? 운?"

"지금의 D반은 갓난쟁이나 마찬가지. 그들은 만에 하나라도 B반을 이길 수 없으니, 남은 건 몇 승이나 챙겨가는가 하는 정도뿐이잖아? 7번 모두 이기면 A반의 결과에 따라서는 반까지 바뀔지도 모르지."

"글쎄? 어떻게 될지는 아무도 모르잖아? D반도 필사적으로 맞서려 할 테니 방심해선 안 되지."

그렇게 결의를 새로 다지는 이치노세에게 사카야나기가 재미있다는 듯 웃었다.

"어라, 내가 이상한 말을 했나?"

"아니. 꼭 윗자리에서 도전자를 기다리는 듯한 말투여서. 적어도 D반을 대등하게 여기지 않는다는 것만은 잘 알았어. 괜히 1년 동안 B반을 지켜낸 게 아니네."

사카야나기가 살짝 짓궂게 굴었다. 하지만 이치노세는 흔들리지 않았다.

"우리도 온갖 전략을 펼쳐서 여기까지 왔어. 특히 결속력이 필요한 시험에서는 쉽게 질 수 없지."

"그렇구나, 내가 실수했네. 과연 이치노세의 말이 맞아."

그런 두 사람의 대화를 들으며 나는 창밖을 바라보았다.

이제 곧 4월. 오늘은 구름 한 점 없는 맑은 하늘이 펼쳐져 있었다.

5분 정도 지났을까. 슬슬 지각이 아닌가 생각이 들기 시작할 무렵.

마침내 복도 끝에서 발소리가 희미하게 들려오기 시작했다.

"지각이나 겁먹고 기권한 건 아닌 모양이네."

이 상황이 재미있어 죽겠다는 듯, 사카야나기가 마지막으로 올 카네다에 대해 그렇게 말했다.

이치노세도 드디어 시험이 시작된다며, 각오를 새로이 다지는 것 같았다.

곧 카네다까지 해서 넷이 함께 다목적실에 들어가게 되겠지.

적어도 셋은 그렇게 생각했을 거다.

그런데——.

여기서 의외의 인물이 모습을 드러냈다.

그 인물이 나타났을 때, 누구보다 놀란 사람은 이치노세였다.

사카야나기도 놀라기는 마찬가지였지만, 곧 유쾌하다는 듯 눈을 가늘게 떴다.

"……류엔? 어떻게…… 여기에……."

이치노세가 누가 봐도 알 수 있을 만큼 심하게 동요하고 있었다.

아니, 나와 사카야나기도 이건 예상하지 못했다.

"왜 그래, 뭘 그리 당황하고 있어?"

D반의 리더였던 류엔이었다.

"과연── 이건 예상에 없었는데. 이번 특별시험은 프로텍트 포인트를 가진 학생이 사령탑으로 나올 거란 확신이 있었으니까."

먼저 상황을 파악한 사카야나기. 그렇다, 이 남자의 주위에 카네다의 모습은 보이지 않았다.

"이 특별시험은 사령탑 없이는 시작도 할 수 없어. 즉 사령탑이 부재중이라면 당연히 다른 누군가가 대리로 참가할 수밖에 없지. 안 그래?"

과연 시험 당일에 예기치 못한 결석, 그런 예상 밖의 사태가 없다고는 딱 잘라 말할 순 없으니까.

아마도 한 명이나 두 명까지, 사령탑을 대신할 후보자를 세울 수 있는 구제책이 있었던 모양이다.

그리고 당연히 패배했을 때 책임을 지는 건 대리 사령탑.

"아무리 그래도 정말 생각 못 했어, 류엔이 나올 줄은."

"뭐, 그렇겠지. 특히 이치노세, 너는 당일에 열이 나든 어딘가를 다치든 다른 학생을 지키기 위해 기어서라도 여기 왔을 테니까."

사령탑의 퇴학은 프로텍트 포인트 이외에 막을 방도가 없다. 바꿔 말하면 이 특별시험은 프로텍트 포인트 보유자가 사령탑이 된다는, 조금 전 사카야나기가 말했듯 '절대적 확신'이 있었다.

이치노세가 한 번 헛기침했다.

당연히 특별시험 발표 때는 어떻게 될지 알 수 없었으니 이치노세도 경계하고 있었겠지. 하지만 대결할 반을 정하는 자리에서 카네다가 사령탑으로 나오면서, 그 가능성도 사라져버렸다.

이치노세의 마음속에서 소거법이 멋대로 작용했으리라.

이번 특별시험은 프로텍트 포인트를 지닌 학생끼리 펼치는 대결이라고.

"대리 참가라. 대신 페널티는 있었겠지?"

"그래, 카네다를 종목에 넣을 수 없다는 페널티다. 당연하다면 당연하지."

그런 건 이미 반영이 끝났다고 류엔이 대답했다.

"나를 놀라게 하려고 일부러? 그렇다고 하더라도 카네다가 참가하지 못하게 된 건 타격이 크지 않을까?"

카네다가 능력이 어느 정도 되는 학생인지 자세히는 모르지만, 적어도 D반의 전력은 충분히 될 터.

그런 그를 빼면서까지 이러한 기책(奇策)을 쓴 의미를 나도 모르게 추리했다.

류엔이 사령탑이 되는 것이 언제부터 결정되었을까. 처음부터였다면, 카네다를 빼버리는 것까지 모두 계획에 있었다는 건가. 지금 이치노세는 몹시 혼란스러울 거다.

"그렇게 경계할 필요 없어. 난 희생물이니까. 반이 지면 사령탑은 퇴학. D반 애들도 나를 떳떳하게 내쫓는 데 성공하는 거지. 안 그러냐?"

"그럼 힘 빼고 대충해주기도 하려나?"

"크큭. 그래, 설렁설렁하도록 하지. 그러니 마음 놓고 있어."

두 팔을 활짝 벌려 환영한다는 듯한 그림을 연출하는 류엔이었지만, 이치노세가 방심 따위 할 리 없었다.

"무슨 수를 써서라도 이길 때는 이긴다, 그게 네가 싸우는 방식 아니야?"

"이기려고 결심한다면, 말이지."

"그럼 영영 하지 말아줘. 프로텍트 포인트도 없는 배수의 진이라니. 뭔가, 우리 B반이 지는 플래그 같아서 들어서 찜찜하단 말이지."

이치노세는 기초를 단단히 쌓아 올려 확신, 신뢰, 안전을 구축해나가는 타입. 갑작스러운 돌발 상황이 일어났을 때 대응력은 그리 높지 않다. 평범한 상대라면 그래도 좋을지 모르나 류엔이면 그럴 수도 없다.

이 충격은 이치노세뿐 아니라 곧 B반 전체로 퍼져나가

리라.

다들 류엔이 사령탑으로 나왔다는 걸 알게 되겠지.

설령 모르더라도 이시자키 무리가 알릴 것이다.

그러면 이치노세가 그랬듯 다들 동요를 숨기지 못하겠지.

은거 중이던 류엔이 사령탑이 된다면 무엇을 지시할지 예상할 수 없어 마음에 두려움이 싹튼다.

"아무래도 B반과 D반의 대결도── 재미있을 것 같네."

이치노세는 도저히 웃을 상황이 아니겠지만.

D반이 집요하게 뒤를 쫓아다녔을 때 행동했어야 했다.

그리고 배후에 숨은 류엔의 그림자를 파악했더라면 이렇게까지 동요하지는 않았으리라.

"자, 모두 다 모였으니 들어갈까."

사카야나기를 선두로 다목적실에 들어가자, 첫날에는 없었던 벽이 방을 정확히 반으로 나누고 있었다. 임시로 만든 것 치고는 튼튼해 보이는 게, 방음도 잘 되는 것 같았다. 1학년을 맡은 네 명의 교사가 나란히 서서 대기하고 있었다.

"B반과 D반 학생은 저쪽으로 이동하도록."

마시마 선생님의 지시와 함께 두 사람이 옆방으로 모습을 감추었다. 그리고 차바시라도 그들을 뒤따랐다.

A반과 C반 대결의 진행을 맡은 D반 사카가미 선생님과 B반 이치노미야 선생님.

각 시험 담당 교사는 자기 반을 제외해야 하는 모양이었다.

"5분 후부터 시험이 시작되니 지금부터 마음의 준비를 하도록 해.”

이치노미야 선생님은 그렇게 조언했고, 사카가미 선생님은 마지막 협의 같은 것을 시작했다.

시험 전, 나와 사카야나기에게 남겨진 둘만의 얼마 안 되는 시간.

“드디어…… 드디어 이날이 왔네. 어젯밤에는 솔직히 잠이 안 와서 아침에 늦잠 잘 뻔했어.”

“그렇게 기다리게 한 기억은 없는데. 애당초 나와 네가 만난 건 우연이잖아.”

“이 학교에 네가 오지 않았다면 우리가 만날 일은 없었다는 말이려나?”

내가 고개를 끄덕이자, 사카야나기가 웃으며 내 말을 부정했다.

“물론 네 말대로 이 학교에서 만난 건 단순한 우연이었겠지. 하지만 난 언젠가 너와 재회할 날이 올 거라고 확신했어. 그건 정해져 있던 운명이니.”

“운명이라. 아주 추상적인 말이군.”

“나도 여자애니까.”

그렇게 말하며 웃은 사카야나기는 지팡이를 짚으며 천천히 다가왔다.

“만약 네가 이 학교로 진학하지 않았더라면 최소 3년은 더 기다려야 했겠지. 난 즐거움을 가슴속에 숨기고, 당황하지 않고 지낼 자신이 있었어. 하지만 이제 더는 못 참겠더라.

네가 옆에 있다는 걸 알게 된 후로 하루하루가 길게 느껴져서 참을 수가 없었어. 빨리 싸우고 싶은 감정을 억누르느라 정말 애를 많이 썼지. 그만큼 꿈꿔왔던 일이야."

술술 잘도 말하는 사카야나기. 꿈이 마침내 이루어진다는 건가.

"꿈에서 깨는 게 무섭지 않나?"

이 대결이 시작되면 더는 뒤로 되돌릴 수 없다.

"꿈은 언젠가 깨기 마련이지."

개의치 않는다. 그게 오늘일 뿐이라는 듯하다.

"평소 같으면 살살 해달라고…… 부탁하겠지만……."

그 눈은 소녀가 아니라 사냥감을 노리는 사냥꾼같이 날카로웠다.

"전력을 다해서 덤벼라."

어중간하게 해봐야 사카야나기가 기뻐할 리 없다.

기쁘게 해주려고 싸우는 것은 아니지만, 앞으로 더 얽혀도 성가시니까.

하지만 이 특별시험으로 사카야나기가 만족할 것 같냐고 한다면 조금 의심스럽긴 하다.

그런 내 감정을 읽었는지, 사카야나기가 말을 덧붙였다.

"복잡한 마음이 없다고 말한다면 거짓말이겠지. 서로의 실력을 여가 없이 발휘하기에는 너무 부족한 부분이 많은 시험이야. 사령탑이라고 하지만 개입할 수 있는 요소도 한정적이고 말이야."

사령탑의 힘만으로 승패가 갈리는 지나치게 무거운 시험을 학교 측이 준비할 리가 없다.

하지만 사카야나기는 승부만 낼 수 있다면 그 정도는 사사롭다는 말을 했다.

"사령탑의 힘이 너무 강하면 다른 부분에 지장이 생기지. 아야노코지를 배려해줄 필요도 있고. 다른 반 아이에게 네 실력을 알리는 걸 피하고 있지?"

실로 고마운 배려다. 만약 모든 종목에서 사령탑의 존재가 승패를 크게 좌우하도록 설정했다면 나는 힘을 충분히 발휘할 수 없으리라.

"자~ 이제 곧 시험을 시작하겠습니다. 자리에 앉으세요!"

호시노미야 선생님의 지시에 우리는 기자재를 사이에 두고 서로 마주 보고 앉았다.

당연히 상대의 얼굴은 보이지 않았다. 컴퓨터에 C반 멤버의 얼굴 사진이 표시되었다.

나를 제외하고 총 38명. 앞으로 선택될 종목에 들어가 대결을 펼치게 될 멤버들.

그리고 우리가 준비한 열 종목이 표시되어 있었다.

"특별시험의 진행을 맡은 사카가미입니다. 그럼 바로 1학년 최종 특별시험을 시작하겠습니다. 각 반은 다섯 종목을 선택해 결정 버튼을 눌러주세요."

나는 호리키타가 정한 진짜 다섯 종목을 망설임 없이 선택했다.

잠시 후 A반도 선택을 끝냈는지 대형 모니터에 결과가 표시되었다.

C반은 ‘궁도’, ‘농구’, ‘탁구’, ‘타이핑 기능’, ‘테니스’를 선택했다. ‘가위바위보’라는 재미있는 종목을 하나 넣을까 고민했지만, 그냥 두기로 했다.

그렇게 해서 C반은 주로 스포츠를 종목에 넣는 전략을 짰다.

한편 A반에서는 ‘체스’, ‘영어 테스트’, ‘현대문 테스트’, ‘수학 테스트’, ‘플래시 암산’. 이렇게 해서 총 열 종목이 정해졌다. 카츠라기가 귀띔해준 세 종목은 물론, 후보로 예상했던 플래시 암산과 현대문 테스트까지 들어있었다. 완벽하게 정답이었다.

그렇다고는 하나 달라지는 것은 없다. 그때 얻은 정보는 일부러 호리키타에게 전하지 않았으니까.

“여기서부터는 무작위 추첨으로, 제가 일곱 종목을 결정하겠습니다.”

“아야노코지~ 상대가 사카야나기라니 가엽기도 하지. 선생님은 너를 동정한단다.”

“호시노미야 선생님. 말씀 삼가세요.”

“아, 아, 넵. 잡담해서 죄송합니다!”

결국 사카가미 선생님에게 야단맞고 반성의 포즈를 취했다.

“중앙에 있는 대형 모니터에 추첨 결과가 나타나니 잘 보시기 바랍니다."

사카가미 선생님이 그렇게 말하자 화면이 전환되었다.

3D 영상으로 바뀌면서 추첨 중이라는 글자가 표시되었다.

그리고 첫 번째 종목은——.

『농구』 필요 인원수: 5명, 제한 시간: 20분(10분씩 2세트).

규　칙 – 일반적인 농구 규칙을 따른다.

사령탑 – 임의의 타이밍에 멤버를 한 사람 바꿀 수 있다.

5대5 경기. 우리 C반이 고른 종목이다.

즉 절대 져서는 안 되는 종목이었다.

"사카가미 선생님, 학생들끼리는 잡담을 나눠도 자유인가요?"

"특별한 규칙은 없습니다. 마음대로 하세요."

"그럼 설전을 벌여도 상관없겠군요?"

사카야나기가 아예 대놓고 물어봤지만, 사카가미 선생님은 딱히 문제를 제기하지 않았다.

"우와. 사카야나기, 가차 없네~."

사카야나기가 무차별 폭격을 날릴 걸 기대했는지 호시노미야 선생님이 그런 말을 했다.

"호시노미야 선생님."

"넷, 죄송합니다! 더는 잡담하지 않겠습니다!"

학생은 자유지만 교사는 자유가 아니다. 또 혼나는 호시노미야 선생님.

“예상대로 C반은 사람이 적은 스포츠를 골랐구나. 공부 잘하는 학생이 적으니까 이상할 것도 없지만. 이번 농구 대결은 역시 스도가 키맨일까? 그는 이 학교에서도 알아주는 농구선수니 어설프게 나서봐야 승산이 없겠는걸.”

설전을 원하는 사카야나기가 분석을 늘어놓았지만, 나는 일부러 침묵했다.

호시노미야 선생님과 사카가미 선생님에게 나에 대한 쓸데없는 인상을 심어주는 걸 최대한 피하고 싶었다.

“괜한 말은 하지 말라고—— 진짜 사령탑인 호리키타한테 명령받았니?”

내가 계속 입을 다물고 있자 사카야나기가 그렇게 말을 꺼냈다.

“그런 거라면 네가 무슨 말을 해도 멤버 선택에 영향은 없을 텐데? 그렇지?”

내가 교사 앞에서 말수를 줄이려 한다는 사실을 사카야나기도 알고 있었다.

“호리키타가 쓸데없는 소리는 하지 말라고 신신당부했어. 괜히 입을 열었다가 네 올가미에 걸려서 당할 거라고 하면서.”

“후후. 그럼 못 써, 아야노코지, 벌써 나에게 힌트를 하나를 줘버렸잖아. 너를 뒤에서 조종하는 존재가 누구인지 감췄어야지. 호리키타라고 자백해버리면 그녀의 성격과 행동 패턴을 통해 얼마든지 추측할 수 있는데?”

"아니, 그건…… 꼭 호리키타한데 지시를 받았다고 할 수는 없잖아."

"네가 방금 네 입으로 말했잖아. 호리키타한테 지시를 받았다고."

키득키득 웃는 사카야나기를 쳐다보면서 호시노미야 선생님이 이마에 손을 얹고 아차, 하는 소리를 흘렸다.

어이없이 정보를 내어주는 모습을 지켜보던 사카가미도 고개를 가로저었다.

"아니, 나는 호리키타한테 신신당부 받았다고만 했지…… 지시는 다른 사람한테 받았을지도 모르잖아?"

"모른다니? 이럴 때는 거짓말이라도 딱 잘라서 다른 사람이라고 말했어야지."

나를 꿰뚫어 보고, 심지어 적인데 도와주기까지 하는 상황.

이 대화만으로 사카야나기와 나 사이에 압도적인 실력 차이가 느껴졌으리라.

서로가 이 자리에 있는 두 교사를 속이는 것부터, 특별시험은 시작되었다.

"그런 게 무슨 의미가 있지? 우리는 네가 어떻게 생각할지 반에서 미리 연구하고 이 시험에 임하고 있어. 전부 호리키타가 생각한 작전이란 걸 들켰다 한들 달라지는 건 없어."

"어머나, 그냥 대놓고 인정해버렸네. 그런데 왜 나 혼자 작전을 짰다고 생각하는 걸까? 아야노코지처럼 내 뒤에도 A반 학생 수 만큼 두뇌가 있는걸. 다양한 시뮬레이션을 해

보고 나왔을 거란 생각이 들지 않아?"

"그건——."

설전이 허락되고 수십 초.

계속 지켜볼 수 없었는지 사카가미 선생님이 시험을 진행했다.

"카운트를 세겠습니다. 잡담은 자유라고 말했지만, 손놀림에 소홀함이 없도록."

물론 내 정신 상태에는 단 1mm도 영향을 미치지 않았다.

걱정하는 건 교사들뿐, 나와 사카야나기에게는 단순한 잡담에 불과했다.

양쪽이 멤버 선택을 끝마치자 농구에 출전할 선수가 동시에 발표되었다.

우리 쪽 멤버는 '마키타 스스무'를 비롯하여 '미나미 세츠야', '이케 칸지', '혼도 료타로', '오노데라 카야노'까지 다섯 명. 스도를 빼고 여학생 한 명을 투입하는 포진. 에이스는 마키타가 맡는다. 스도의 말로는 농구부에서 연습하면 충분히 통할 수 있는 기량이라고 한다. 또 오노데라의 주 종목은 수영이지만 농구 실력도 좋은 편인지 어설픈 남학생을 넣는 것보다 팀이 훨씬 잘 돌아갈 거라고 했다. 그에 대항하는 A반은 '마치다 코지', '토바 시게루', '카무로 마스미', '시미즈 나오키', '키토 하야토'. 역시 여학생이 한 명 끼어 있었다.

히라타와 케이 그리고 쿠시다의 정보를 바탕으로 분석하기로는 D반을 이길 생각으로 짠 팀이었다.

A반 쪽에 서 있는 사카가미 선생님의 얼굴은 잘 보이지 않았지만, 내 옆에 서 있는 호시노미야 선생님의 얼굴은 잘 보였다. 내가 고른 멤버에 의문을 품고 있다는 것을 바로 알았다.

농구 대결에 반드시 들어갈 줄 알았던 스도 켄의 부재.

물론 이는 내가 아니라 호리키타를 비롯한 C반 전체가 의논해서 결정한 작전이었다.

이 정도 작전쯤이야 사카야나기는 금방 간파할 테지만.

"굳이 그를 쓰지 않고 승리를 노리는 작전이네. 스도의 운동 신경이면 탁구나 테니스를 잘해도 이상하지 않으니까. 전부 내가 읽은 대로야."

C반은 처음부터 스도를 투입하는 게 안전하고 확실한 승리를 가져오는 길이다. 하지만 A반은 농구를 달갑게 생각하진 않을 터. 농구라 하면 당연히 스도가 튀어나올 걸 알기 때문이다. 그를 상대로 정면으로 맞붙는다면 A반이 이길 가능성은 쑥 내려간다.

패색이 농후한 과목에 운동을 잘하는 학생들을 투입하는 건 A반에게는 마이너스.

하지만 역으로 지금 스도를 내보내게끔 한다면 이후 스포츠 종목에서 C반보다 유리해지는 상황이 나올 수도 있다.

C반은 이 상황들을 전부 고려해서 일부러 농구에서 스도를 제외하기로 했다. 다른 스포츠에서도 얼마든지 쓸 수 있는 귀중한 전력을 아껴두고 싶었다.

가령 테니스나 탁구가 나왔을 때, 스도가 있느냐 없느냐는 큰 차이가 될 테니까.

그런데 A반이 거의 정예로 나온 걸 봐서는 이런 얄팍한 수 따위는 진즉 예상했던 모양이다.

"그런데 사령탑의 관여 부분에서『임의의 타이밍에 멤버를 한 사람 바꿀 수 있다.』라는 걸 정한 사람은 누구지? 그것도 호리키타의 생각이야? 뭘 노리는지 너무 뻔히 보이는데?"

"미안하지만 대답해줄 수 없어."

"그래? 그럼 어쩔 수 없네."

모니터 너머에서는 신속하게 준비가 진행되고 있었다. 잠시 후 시합이 시작되었다.

그동안 우리는 그저 어떻게 전개되는지 지켜볼 수밖에 없었다.

유일하게 가능한 행동은 상황을 보고 선수 한 명을 교체하는 일뿐.

하지만 그 한 수가 승패를 크게 좌우할 수도 있다.

호루라기 소리와 동시에 시작된 농구. 10분간의 긴박한 시합이 펼쳐졌다.

스도가 없긴 했지만, 그래도 초반은 거의 호각을 다투었다.

2점을 따면 2점을 빼앗기는, 엎치락뒤치락하는 대결.

교사들도 어느 쪽이 이길지 모르는 싸움에 시선을 빼앗겼다.

스도의 말대로 마키타의 실력은 나쁘지 않았다. 스도만큼은 아니지만, 에이스라 하기에 충분한 몸놀림을 보여주고 있었다. 한편 A반의 에이스는 키토였다. 지금도 마키타와 막상막하의 승부를 펼치고 있었다.

1세트는 12:11로 막을 내렸다.

C반은 고작 1점 앞서가고 있었다.

"흥미로운 시합이네."

사카야나기가 그런 말을 했다. 후반전에서 누가 이길지는 미묘한 상황이었다.

4분간 휴식을 취한 뒤에 다시 후반전이 시작된다.

사카야나기는 여전히 움직이지 않았다. 1점 차이 정도는 그냥 지켜볼 속셈인가. 하지만 나는 망설임 없이 키보드로 손을 뻗었다. 여기서 이케와 스도를 교체할 생각이었다.

전반의 결과는 막상막하. 어느 쪽이 이길지 장담할 수 없는 전개였다.

덕분에 전반 10분간 스도를 넣어야 할지 말지 애매한 상황이 이어지면서, 결국 후반전까지 오고 말았다.

"후후."

사카야나기의 웃음소리. 스도를 아껴두기는 어려울 것 같군.

모니터 너머에서 스도가 준비운동을 하고 있었다.

이 타이밍에 들어가는 게 의아할 만도 하건만, 그의 표정은 진지했다.

어쩌면 스도도 나랑 같은 생각 중인 걸지도.

"승부는 호각, 오히려 C반이 약간 앞서고 있는데, 시기상조가 아닐까?"

"할 수 있을 때 확실히 해둬야 할 것 같아서."

"첫 종목이니 그럴 수도 있겠네. 이후에 테니스나 탁구가 나온다는 보장도 없고, 그러면 스도를 아껴놓아도 의미가 없으니까."

"너희는 멤버 교체 없이 그대로 가도 되겠어?"

"필요 없어. 우리는 처음부터 이길 생각으로 짠 팀이니까."

마키타를 마크하던 키토가 스도 마크로 바뀌었다.

스도는 시합의 양상을 처음부터 별실에서 지켜보았을 터.

A반 선수들의 역량은 이미 다 파악했을 거다.

4분간의 휴식이 끝나고 후반전이 시작되었다.

스도에게 그림자처럼 달라붙은 키토는 전반전보다 훨씬 좋은 몸놀림을 보여주었다.

『너, 이 자식…… 역시 전반전에서 대충한 거였냐?!』

스도의 거친 목소리가 모니터 너머로 들려왔다.

스도를 끌어내기 위해 A반이 시합을 대충 뛰었다는 것은 처음부터 알고 있었다.

다만, 진짜 실력이 어느 정도인지는 스도도 직접 싸우기 전까지는 알 수 없는 노릇이었다.

키토가 거세게 달라붙었지만 그래도 실력은 스도가 한 수 위.

스도가 디펜스를 피해 상대 진영으로 파고 들어가자, A반 학생들이 필사적으로 스도를 따르고 있는 C반을 물고 늘어졌다.

스도가 월등하긴 했지만, 나머지는 A반의 실력이 더 출중한 것 같았다.

점수는 이제 17대13으로 4점이 벌어져 있었지만, A반의 움직임은 흐트러지긴커녕 점점 더 기민해지고 있었다.

『키토. 너 이 자식, 농구 한 적 있지?!』

『아니―― 네가 아마추어에게 바짝 쫓기고 있을 뿐인데?』

『헛소리 마라!』

『내가 왜 거짓말을 하겠어? 나도, 내 친구들도 일주일 남짓 연습한 게 전부다. 너는 농구에 자신이 있는 모양이다만, 결국 그 정도였다는 거지.』

『이 자식이!』

관객이 응원하고 있는 게 아니기에 키토의 대화가 모니터를 통해 작게나마 다 들려왔다.

초보를 상대로 고전하고 있다는 말에 초조해진 스도가 조금씩 정교함을 잃기 시작했다.

"후후, 물론 거짓말이야. 키토는 농구를 했던 적이 있거든."

스도를 안달 나게 하는 것도 사카야나기의 지시, 그런 전략이리라.

"저렇게 계속 정신을 흔들면 스도는 무너질 거야. 아무리 실력이 좋아도 마음이 미숙하면 균열이 생기기 마련이지."

키토의 농구 실력은 상당했다. 일부러 실력을 감추고 C반과 호각을 다투는 척해서 스도가 뛰는 시간을 줄여 승리를 거머쥐려 했다.

설령 실력으로 스도를 누르지 못해도, 그를 부추겨 집중력을 흐트러뜨려 철저히 이기려 들 거다.

사카야나기의 두 가지 전략은 C반을 아주 정확하게 찌르고 있었다.

"이제 곧 따라잡겠네."

키토가 슛에 성공하면서 17대15가 되었다.

스도의 정신이 흐트러지면서 A반과 C반은 다시 막상막하의 상태로 돌아오고 있었다.

하지만――.

"스도가 미숙해? 그건 대체 어느 시절의 이야기지?"

"그럼?"

스도는 지난 1년 동안 크게 성장했다. 저런 도발로 무너질 정신력이 아니다. 호리키타는 스도가 시합에서 멋지게 뛰는 걸 칭찬하는 게 아니라 승리로 이끄는 스도를 평가한다.

『하아압!』

『으윽?!』

소리는 거칠었어도 스도의 움직임에 섬세함이 되살아났다. 키토를 제치고 골대를 향해 무섭게 접근하는 스도를 막을 수 있는 사람은 아무도 없었다. 속 시원하게 덩크까지 성공하며 C반이 치고 나가기 시작했다.

『헷…… 좀 뜨거워지긴 했지만…… 너는 날 못 이긴다고.』

키토가 잘한다고 해도 냉정함을 되찾은 스도는 차원이 다른 존재.

"아하. 그도 성장했다는 거구나."

그 후 스도는 끝까지 평정심을 잃지 않고 팀을 멋지게 이끌었다.

마침내 시합 종료를 알리는 호루라기 소리가 울려 퍼졌다.

『으쌰! 봤냐, 스즈네!』

스도는 농구 대회에서 우승이라도 한 것처럼 흥분해 있었다.

그만큼 값진 1승이었다.

"혹시나, 했는데 역시 그의 기량은 군계일학이구나."

사카야나기는 스도가 나오더라도 이길 생각으로 싸우고 있던 모양이다.

결과는 24대16. 우리의 승리로 멋지게 첫 대결의 막을 내렸다.

"설마 C반이 승리를 먼저 가져갈 줄이야, 승부란 참 알 수 없다니까."

호시노미야 선생님이 놀라 중얼거렸다.

하지만 이건 우리가 내놓은 종목이다.

더구나 스도까지 넣었으니 사실 말 그대로 '필승'해야 하는 시합이었다.

2

2회전 종목 결정이 시작되었다. 추첨 결과는――.

『타이핑 기능』 필요 인원수: 1명, 제한 시간: 30분.

규　칙 – 타이핑 기능 '단어', '단문', '장문'이라는 세 과목에서 속도와 정확성을 겨룬다.

사령탑 – 시험 중 발견한 오타를 한 군데 알려줄 수 있다.

또 C반이 고른 종목이었다. 대전 인원은 1대1.

아무래도 운이 우리 쪽으로 기운 것 같았다.

이 종목은 우리 반에서 제일 컴퓨터에 대해 잘 아는 박사가 내놓은 의견이었다.

박사는 C반에서는 무적의 타이핑 속도를 자랑했다. 전국 규모로 보더라도 의심할 여지 없는 속도였다. 다만, 이 종목도 문제가 없는 건 아니었다. A반에 타이핑 기술이 좋은 학생이 몇 명 있는지, 또 실력이 어느 정도 되는지 알아볼 방법이 없다. 사실상 박사의 능력만 믿고 가는 종목인 셈인데, 그래도 이걸 고른 이유가 있었다.

"C반도 참 흥미로운 종목을 골랐네. 언뜻 보기엔 놀이 같지만, IT 사회에서는 기본, 필수 능력이니까. 학교가 채택하는 것도 자연스러운 흐름이겠지."

단순히 성적을 놓고 비교하면 A반이 유리한 건 자명한

사실.

호리키타는 그 성적에 휘둘리지 않는 승부를 고르고 싶었던 거다.

"누구나 잘하는 게 한두 가지쯤은 있는 법이지. 하지만 그게 누구와 붙어도 이길 수 있냐고 묻는다면 꼭 그렇다고는 못 할 텐데. 아무래도 상당히 자신 있는 인물이 있는 모양이구나."

수영을 잘하는 오노데라가 농구도 어느 정도 할 수 있었듯, 1:1에서 활약할 정도의 재능을 가지고 있다면, 보통 다른 종목에서도 빛날만한 가능성을 가지고 있다. 그렇다면 오히려 박사처럼 딱 하나만 자신 있는 학생을 1:1 경기에 넣는 게 다른 종목을 할 때 유리한 선택이다.

나는 타이핑 기능 종목 출전 선수로 당연히 박사…… 소토무라 히데오를 선택했다.

사카야나기는 요시다 켄타를 골랐다. 그가 어떤 학생인지는 솔직히 정보가 아예 없다고 해도 과언이 아니었다.

이 종목은 사령탑의 개입을 최대한 억제해놓았다.

사카야나기가 손을 대지 못하게 철저히 막으려는 작전이다.

판정 방법은 학교가 마련한, 컴퓨터를 이용한 애플리케이션으로 진행되었다.

그 결과는——.

"C반 소토무라 히데오, 90점. A반 요시다 켄타, 83점. C반의 승리입니다.”

종목이 끝나자 사카가미 선생님이 채점을 발표했다.

점수 차이가 고작 7점이었다.

약간 오싹한 결과지만, 1점이라도 많으면 승리는 승리다.

“약간 못 미쳤구나. 쉽게 되지는 않는 법이네.”

A반이 예상 밖에 연패를 겪고 있었지만, 어쩔 수 없는 이야기였다.

두 종목 모두 C반이 고른 종목이었고, 사카야나기가 손을 쓸 방도가 거의 없는 조건이었으니까.

3

이렇게 해서 한 경기 한 경기 승리를 쌓은 C반.

여기까지는 호리키타의 전략과 운이 훌륭히 먹혀들었다.

나머지 종목은 8개. 이대로 C반의 종목이 계속 선택되면 좋겠는데…….

『영어 테스트』 필요 인원수: 8명, 시간: 50분.

규　칙 – 1학년 학습 범위 내의 문제집을 풀어 총점을 겨룬다.

사령탑 – 문제 하나를 대신 답할 수 있다.

세 번째 종목은 언젠가 나올 게 확실했던 필기시험.

이 특별시험의 핵심은 상대가 고른 종목에서 얼마나 승리를 가져오는가에 있다.

이 종목을 이긴다면 C반은 상당히 유리한 고지에 설 수 있다.

나는 미짱을 필두로 영어를 잘하는 학생들을 골랐다. 하지만 고른다고 해도 아직 호리키타나 케세이 같은 귀중한 카드를 쓸 수는 없는 데다, 영어나 수학, 현대문 등 필기시험이 셋이나 남아 있으므로 몇 없는 성적 좋은 학생을 어떻게 배분해야 할지를 생각한다면 쉽지 않았다.

필기시험이 두 종목이었을 경우, 호리키타의 노트에 적혀 있는 전략은 두 가지.

2승을 노리고 학생을 균형 있게 배치하거나, 아니면 한쪽을 버리고 과감히 하나만 집중하거나.

결국 사카야나기가 일찌감치 여덟 명을 고른 뒤로도 나는 조금 오랫동안 고민하고 있었다.

"처음으로 고민하고 있네. 아무래도 호리키타의 지시가 하나만 있는 건 아니었나 봐?"

다음 종목에 수학 테스트가 나온다는 보장도 없거니와 지금 고민 중인 영어를 이긴다는 보장도 없다.

다만, 수학과 비교하면 C반은 영어가 더 약한 상황이라, 어느 쪽을 골라야 할지 다소 답답한 상황에 빠져 있었다.

즉, 두 과목을 모두 취할지, 아니면 영어를 버릴지를 골라야 했다.

"영어는 버릴 거야? 아니면…… 총력전으로 나오려나?"

사카야나기의 질문에는 설렘이 섞여 있었다.

여기서 지는 게 무서운 것이 아니다.

"아야노코지가 무슨 생각을 하는지 알아. C반이 영어를 버릴 걸 간파하고 우리 A반도 전력을 아낄까 봐 걱정인 거지? A반이 별 볼 일 없는 멤버를 내보낸다면 C반에 승산도 있으니까. 영어를 쉽사리 버리기도 어렵겠지."

나는 잠시 고민한 끝에 이 영어 시험을 버리기로 했다.

"여자가 남자보다 여러 과목에서 성적이 잘 나온다는 이야기가 있어. 영어도 그중 하나지. 물론 그런 경향이 있다는 이야기일 뿐이지만. 그냥 참고로만 생각해."

멤버를 결정하려고 했을 때 사카야나기가 그런 말을 했다.

내게 쓸데없는 정보를 심어서 압박감을 주려는 노림수다.

A반은 영어에서 질 생각이 없다. 틀림없이 강력한 선수들을 섞어 내보낼 거다.

양쪽 멤버 선택이 끝나자 모니터에 표시되었다.

C반은 '오키야 쿄스케', '미나미 하쿠오', '카루이자와 케이', '사토 마야', '시노하라 사츠키', '이노카시라 코코로', '소노다 치요', '이치바시 로리'. 앞으로도 딱히 활약할 일이 없을 것 같은 학생들을 골라 내보냈다.

A반은 '사토나카 사토루', '스기오 히로시', '츠카지 시호리', '타니하라 마오', '모토도이 치카코', '후쿠야마 시노부',

'록카쿠 모모에', '나카지마 리코'. 베스트는 아니지만, 실력이 꽤 탄탄한 학생들이었다. 아까 경향이 어떻다는 이야기를 반영했는지, 여학생이 여섯 명이나 되었다.

"앞을 보고 영어를 버린 모양이네. 그럭저럭 정답이려나."

역시 C반의 학력을 세밀하게 꿰뚫고 있다 보는 게 좋겠군.

사령탑이 한 문제를 대신 풀 수 있지만, 사실상 그냥 지켜보는 것 말고는 할 수 있는 게 없다.

학생들의 답안지는 화면을 통해 실시간으로 볼 수 있었다.

나는 가장 어려워 보이는 문제를 골라 답을 알려주었다.

뭐, 그렇다고 해도 별 의미는 없겠지만. 점수가 조금 바뀔 뿐이다.

각 채점이 곧바로 진행되었고 잠시 후 시험 결과가 나왔다.

여덟 명의 총점이 그대로 대결 숫자가 된다.

"C반 합계 443점. A반 651점. 따라서 A반의 승리입니다."

역시 압도적인 차이였다.

"우리 평균은 약 81점. C반이 총력전으로 나왔으면 이겼을지도 모르겠는데."

사카야나기는 빈틈이 있었다고 말했지만, 말처럼 쉬운 게 아니다.

이 과목을 아깝게 놓쳤다는 생각은 버리는 게 좋다.

오히려 3연패를 피하고자 영어에 총력전으로 나서지 않은 사카야나기의 담력이 훌륭하다고 보아야겠지.

A반의 첫 승리 후 곧바로 네 번째 대결의 추첨이 시작되

었다.

『수학 테스트』 필요 인원수: 7명, 시간: 50분.
규　칙 – 1학년 학습 범위 내의 문제집을 풀어 총점으로 겨룬다.
사령탑 – 문제 하나를 대신 답할 수 있다.

영어 테스트에 이어 또 필기시험이 걸렸다.
"전력을 아낀 보람이 있었네. 총력전이 되겠구나. 아니면 현대문까지 노려보려나?"
지금은 현대문을 생각하지 않고, C반이 가진 모든 학력을 투입할 것이다.
"아까 여자 쪽이 높은 점수를 따는 경향이 있다고 말했는데, 수학은 반대야. 여자보다 남자가 더 뛰어나다고 해. 재미있는 이야기지?"
뭐라고 바람을 넣어도 우리 쪽 멤버가 바뀌는 일은 없다.
'히라타 요스케', '유키무라 테루히코', '이시쿠라 카요코', '왕 메이유', '아즈마 사나', '쿠시다 키쿄', '니시무라 류코'까지 총 일곱 명. 이것이 C반에서 내밀 수 있는 최대의 카드다. 호리키타와 코엔지는 일부러 넣지 않았다. 이에 대항하는 A반은 '마토바 신지', '시마자키 잇케이', '모리시게 타쿠로', '츠카사키 타이가', '이시다 유스케', '야마무라 미키', '니시카와 료코'로 남자를 중심으로 한 일곱 명. 영어에 나왔던 학생들과 비슷하거나 혹은 그 이상으로 학력이 높은 학생들이었다. 그야말로 두 반의 총력전이 되는 셈이지만, 그래도 호리키타나 코엔지를 넣을 수는 없다.

잠시 후 수학 테스트가 시작되었다. 참담했던 영어와 달리 유키무라 테루히코, 그러니까 케세이를 필두로 거의 실수 없이 답이 채워져 나갔다.

나는 멤버 중에 가장 점수가 낮을 것 같은 니시무라에게 헤드셋을 주었지만, 이거 한 문제로 상황이 변하거나 하진 않으리라. 사카야나기도 당연히 정답을 알려줄 테니, 사령탑의 정답은 사실상 깔고 들어가는 셈이다.

필기시험이 끝나고 곧바로 채점에 들어간 교사들.

A반이 내놓은 수학을 이긴다면 C반에게 유리해지겠지.

그럼 단번에 몰아붙여 다섯 번째 종목에 임할 수 있다.

"그럼 수학 테스트의 결과를 발표하겠습니다. C반——631점."

평균 90점 정도를 받은 셈이다. 충분히 잘했다.

하지만 문제가 생각만큼 어렵지 않았다는 게 좀 불안한데.

"그리고 A반의 결과는…… 655점. A의 승리입니다."

24점이라는 근소한 차이로 C반이 패배했다.

"아슬아슬했네. C반도 공부를 꽤 하는구나. 호리키타랑 코엔지를 투입했으면 이길 수도 있었겠는데?"

"……그럴지도 모르지."

수학을 이기지 못한 건 조금 안타까운 결과였다. 그녀 말대로 호리키타와 코엔지를 넣었으면 이겼을지도 모른다. 물론 그것도 확실한 보장이 있는 건 아니지만.

더구나 수학에 모든 카드를 써버렸으니 다음 종목이 현대문이 나온다면 우리는 여지없이 고배를 마셔야 한다.

더는 A반의 총점을 넘어설 성적을 가진 학생이 없다.

이렇게 해서 2승 2패. 먼저 취했던 2점을 토하고 동점으로 돌아오고 말았다.

4

다섯 번째 종목의 추첨이 시작되었다.

『플래시 암산』 필요 인원수: 2명, 시간: 30분.
규　칙 – 주산식 암산을 이용해 정확성과 속도를 겨루어 1위를 차지한 학생의 반이 승리한다.
사령탑 – 임의로 문제 하나의 답을 바꿀 수 있다.

세 번 연속 A반이 고른 종목이 나왔다.

겉만 보면 불리한 전개였지만, 이 종목은 이야기가 조금 달랐다. 아마 케세이는 어딘가에서 어깨춤을 추고 싶은 기분이겠지. 카츠라기가 대충하겠다는 약속을 한 종목이니까.

하지만 아직 기뻐하기는 이르다. 애초에 카츠라기가 선수로 나오지 않으면 아무런 의미도 없는 이야기다.

"이것도 A반의 종목. 질 수 없는 시합이네."

나도 호리키타가 세운 전략에 따라 '코엔지 로쿠스케'와 '마츠시타 치아키'를 투입했다.

헤드셋은 마츠시타에게 주었다. 코엔지에게 줘 봐야 들을 것 같지도 않고.

호리키타가 이 플래시 암산에 코엔지를 배정한 것은 정답이리라. 이 종목은 총점이 아니라 1위를 차지한 학생의 반이 승리한다는 규칙. 코엔지가 그 기대에 부응해 움직여준다면 승리를 가져올 가능성이 있고, 만에 하나 코엔지가 대충해도 마츠시타로 커버할 수 있다. 마츠시타는 머리 회전도 빠르거니와 원래 수학 테스트나 플래시 암산에 쓸 예정이었다. 수학 시험의 결과를 봐서는 마츠시타를 수학에 넣었어도 이겼을 것 같진 않으니 아껴둬서 다행이었다.

사카야나기가 고른 학생은 '카츠라기 코헤이'와 '타미야 에미'.

카츠라기가 준 정보에 따르면 타미야의 실력이 꽤 좋은 듯했다.

실제로 그것을 증명하기라도 하듯이, 카츠라기가 헤드셋을 쓰고 있었다.

"다해서 열 문제. 뒤로 갈수록 문제는 어려워지고 그만큼 점수도 높다. 만약 공동 1등이 나오면 둘 중 한 사람이 틀릴 때까지 연장전을 치른다."

시청각실의 모니터에 지금부터 숫자가 하나둘 뜰 것이다.

사령탑이 관여할 수 있는 것은 한 문제뿐이니, 필연적으로 후반부의 문제가 될 터였다.

코엔지는 이제부터 플래시 암산이 시작되는데도 팔짱을 낀 채 눈을 지그시 감고 있었다.

"……역시 코엔지에게 기대하긴 어려운가."

그 태도는 시험이 시작된 후로도 바뀌지 않았다.

한 자릿수, 3개, 5초라는 타이틀이 표시되었다. 10급 수준의 난도.

6, 9, 1. 답은 16.

누구라도 풀 수 있을 것 같은 첫 번째 문제가 끝나고 학생들은 답을 적어나갔다.

마츠시타는 어렵지 않게 답을 적었지만, 문제의 코엔지는 백지. 문제조차 보지 않았으니 당연했다.

여기서는 사전에 한 약속대로 카츠라기가 문제를 틀려주길 기대하는 전개가 될 것 같다.

"후후. 역시 그는 특이한 사람이네."

답을 확인하지 않아도 코엔지가 답조차 적지 않았다는 건 보면 알 수 있었다.

"하지만 중요한 건 마츠시타일 테니, 그리 큰 문제는 아니겠지."

이러고 있는 동안에도 문제는 계속 나왔다.

세 번째, 네 번째 문제가 되니 자릿수도 두 자리에 숫자는 여섯 개를 넘어섰다.
마츠시타는 아직 망설임 없이 정답을 적어나가고 있었다.
절반을 넘어선 다섯 번째 문제부터는 난도가 확 올라갔다.
다섯 번째 문제, 세 자릿수 6개 5초, 여섯 번째 문제는 그보다 더 많은 세 자릿수 8개 5초.
마츠시타가 머리를 감싸 쥐고 머릿속으로 열심히 계산했다.
그리고 여섯 번째 문제까지 정부 정답. 어떻게든 소화해주고 있었다.
하지만 여기까지. 다음 일곱 번째 문제는 세 자릿수 12개 4.5초. 여덟 번째는 세 자릿수 15개 3.5초.
아홉 번째에 이르러서는 세 자릿수, 15개, 2.5초.
"아, 아니, 아니 이건 무리지~!"
학생들과 마찬가지로 문제를 보고 있던 호시노미야 선생님이 머리를 감싸 안고 싶은 것도 이해가 갔다.
"너무 어려운 것 같은데요……."
사카가미 선생님도 답을 모르는 것 같았다.
여기까지 마츠시타의 답은 정답이었지만, 그것도 여섯 번째 문제까지. 일곱 번째 문제부터는 안타깝게도 틀린 답이었다. 코엔지로 말할 것 같으면 아홉 번째 문제까지 백지였다. 마지막 문제를 맞힌다고 해도 이미 돌이킬 수 없는 영역에 와 있었다.
나는 당연히 아홉 문제의 정답을 전부 기억했다. 사카야나기도 그렇겠지.

사령탑은 한 문제의 답을 바꿀 권리가 있다. 만약 열 번째 문제를 못 풀겠으면 아홉 번째 문제, 아홉 번째 문제를 못 풀겠으면 여덟 번째 문제의 답을 바꾸면 되는 식이다.

카츠라기가 어느 부분부터 답을 틀려줄지, 라는 부분도 승패를 크게 바꿀 것 같았다.

마지막 열 번째, 플래시 암산이 시작되었다.

세 자릿수, 15개, 1.6초라는 타이틀이 표시되었다.

순식간에 점멸하며 표시되었다가 사라지는 숫자가 15회 반복되었다.

순간 정적에 휩싸인 주변.

카츠라기도 마츠시타도, 당연히 타미야도 펜을 쥐는 것조차 하지 못하고 아연한 표정으로 문제를 바라보았다.

사카야나기가 사령탑 관여 신호를 보냈다. 물론 나도 그 뒤를 이었다.

"음…… 그럼 사령탑이 문제 하나에 지시를 내리기 바랍니다. 뒤에 있는 문제일수록 고득점입니다."

당연히 내가 답할 문제는── 마지막 열 번째.

마츠시타는 헤드셋으로 들려오는 숫자를 순순히 답안지에 적었다.

자기가 모르니 의문을 품을 여지도 없었다.

『훗훗후. 플래시 암산이란 참 재미있는 놀이군. 처음 해봤어.』

나도 사카야나기도 이미 관심 밖에 두고 있던 코엔지가

어느새 눈을 뜨고 있었다.

재미있다는 듯이 웃으며, 우리가 보고 있는 감시카메라 쪽으로 시선을 보내왔다.

"아야노코지는 몇 번째 문제를 뭐라고 알려주었어? 나는 열 번째 문제를 7619라고 답했는데."

내가 마츠시타에게 알려준 답은――.

"똑같아. 나도."

아무래도 사카야나기 역시 마지막 문제의 답을 안 모양이었다.

"사령탑의 관여 부분은 막상막하. 즉 결과는 카츠라기와 마츠시타의 일대일 승부가 되었네."

모두의 답안지가 회수되는 가운데, 열 문제 모두 백지로 끝낸 남자가 입을 열었다.

"마지막 문제의 답은 7619, 맞지?"

"어라―― 놀랍네. 정답이야, 코엔지."

사카야나기가 코엔지를 칭찬하며 박수를 보냈다.

교사들이 서둘러 네 명의 답지를 집계했다.

만약 카츠라기가 일곱 번째 문제부터 아홉 번째 문제 중 어느 하나라도 정답을 맞히면 우리의 패배다.

반대로 여섯 문제 미만의 정답이라면 우리의 승리가 된다.

"집계 결과, 1위는 10문제 중 8문제를 맞혀 최고점을 낸 카츠라기 코헤이. 따라서 A반의 승리입니다."

여기서 이기고 우위에 서야 했건만, 다섯 번째 대결은 사카가미 선생님의 선언과 함께 카츠라기의 승리로 끝나고 말았다.

"안타깝게 됐네, 아야노코지."

"카츠라기의 회유는 실패한 모양이군."

"물론 그가 내게 원한을 품고 있는 건 틀림없는 사실이지. 그 부분을 파고든 것도 나쁘지 않았어. 하지만 그런 약점을 내가 쉽사리 놓칠 리 없잖니."

얼굴이 보이지 않아도 사카야나기가 웃고 있다는 걸 알 수 있었다.

"그에게 미리 이야기를 해두었지. 만약 배신행위를 한다면 A반에서 열심히 노력하는 학생을 몇 명 퇴학시키겠노라고. 그는 그렇게 보여도 친구를 생각하는 마음이 깊거든. 자기 원한을 풀자고 희생자를 더 늘리는 걸 바라지 않지."

사카야나기는 나보다 카츠라기와 훨씬 오래 알고 지냈다.

카츠라기의 장점도 단점도 전부 잘 알고 있겠지.

"이겼다고 생각한 싸움에서 지면 정신적 타격이 큰 법이지. 최종전에 불안감은 없어?"

"글쎄."

"꼭 카츠라기가 C반에 돌아서지 않아서 진 건 아니지. 코엔지가 처음부터 성실하게 임했더라면 퍼펙트였을 가능성도 있잖아? 어쩌면 이겼을지도 모르지."

"그건 그냥 가정일 뿐이지, 다루지도 못할 힘을 전략으로 세진 않아."

학력, 신체 능력, 특기가 없는 학생이 전력으로 치지 않듯, 진지하게 임하지 않는 학생 역시 전력이 아니다. 둘 다 다른 것 같지만 같다. 적어도 이 시험에서는.

물론 코엔지가 움직이도록 설득하지 못한 우리 탓도 있지만.

이렇게 해서 2승 3패. 우리 C반은 벼랑 끝에 몰린 처지가 되었다.

"앞으로 두 종목만 더 치르면 이 특별시험도 끝이네. 아쉬워라."

이 순간을 좀 더 즐기고 싶다, 그런 사카야나기의 한숨이 들려왔다.

"이제는 몇 승하고 몇 패하고 그런 건 사소해 보인다고나 할까."

"그럼 승리를 양보해주면 좋겠군."

"안타깝지만 그럴 수는 없지, 진검승부니까."

사카가미 선생님의 진행으로 여섯 번째 대결 종목 추첨이 시작되었다.

여기서도 A반의 종목이 걸리면 우리의 패배는 피할 수 없다.

○B반 대 D반

A반과 C반이 한창 세 번째 수학 테스트를 집계 중일 때.

B반 대 D반은 벌써 네 번째 승부가 결정 나려 하고 있었다.

"집계 결과, B반 601점. D반 409점. 네 번째 종목은 B반의 승리다."

마시마의 결과 발표에 이치노세가 안도의 한숨을 내쉬었다.

B반이 선택한 종목인 학력 테스트인 만큼 반드시 이겨야 할 대결이었다.

"운이 좋네, 이치노세. 연속으로 B반의 종목이라니."

"……그러게."

이긴 이치노세에게는 여유가 없는 반면, 패배한 류엔은 초조함을 찾아볼 수 없었다.

그럴 수밖에 없었다. 네 종목을 치르는 동안 B반의 종목이 세 개나 선택되었는데 지금까지의 결과는 D반 2승, B반 2승이라는 뜻밖의 상황. B반이 고른 세 번째 대결 '화학 테스트'에서 B반이 패배한 것이다. 진 이유는 분명했다.

"선생님…… 복통이 온 애들은 화장실에서 돌아왔나요?"

이치노세가 묻자, 마시마는 연락을 취해 B반의 상황을 확인했다.

"아니, 아직 두 명이 화장실에서 돌아오지 않았어. 몇 명은 지금도 통증을 호소한다는구나."
"그런가요……."
그것은 예기치 못한 B반 주력 멤버의 컨디션 난조 때문이었다.
그뿐만이 아니었다. 시험 전날 D반과 일부 학생이 다툰 것도 영향을 미쳤다.
B반은 학교 측에 고발했지만, 그냥 말싸움이 아니냐는 결론이 나왔고, 두 반 모두 처벌은 없었다.
하지만 이 악질적인 행동은 틀림없이 맞은편에 앉아 있는 류엔의 지시일 터.
이치노세는 다시 한번 마음을 차분히 가라앉히기 위해 심호흡을 거듭했다.
"후우…… 괜찮아, 괜찮아."
아직 역전당한 것도 아니다. 화학 테스트에서 지면서 냉정함을 잃었던 이치노세였지만, 서서히 평소 모습으로 돌아오고 있었다. 물론 문제가 속출했지만, 아무리 류엔이라 할지라도 사령탑의 관여 이외에 할 수 있는 일은 없었다.
자신들이 시험에 제대로 임하는 한 지지 않는다.
그러한 자신감을 필사적으로 되돌리고 있었다.
"어이, 교사들. 빨리 5회전 시작하라고. B반 놈들은 시험 당일에 컨디션 관리도 제대로 안 되어있는 것 같다만, 그런 안일한 녀석들을 위해 양보하자는 건 아니겠지?"
"말조심해라, 류엔."

건방지게 말하는 류엔에게 차바시라가 경고했지만 개의치 않는 모습이었다.

오히려 더 심하게 계속 말을 이었다.

“화장실인지 뭔지 모르겠지만 이 시간을 이용해서 작전을 짤 수도 있는 거 아닌가? 애들이 동시에 생리현상이라니, 이상한 이야기잖아. 무슨 계략이냐? 이치노세.”

“나, 나는 아무것도…….”

여러 명이 동시에 컨디션 난조를 호소하는 것에 류엔이 의문을 품었다.

부정행위를 저지르지 않았다는 걸 아는 이치노세도 어찌 반론의 여지가 없었다.

“아무튼, 빨리 시작하자고.”

류엔이 웃으며 차바시라에게 확인의 시선을 보냈다.

“그건 류엔의 말이 옳다. 마시마 선생님, 제5회전을 진행하시죠.”

그리하여 마시마의 추첨이 시작되었다.

『가라테』 필요 인원수: 3명, 필요 시간: 10분.

규　칙 – 1시합 3분, 직접 타격하지 않고 손을 멈추는 규칙.
토너먼트 방식을 채택.

사령탑 – 임의의 대전을 딱 한 번 다시 할 수 있다.

“자, 이번에는 우리 D반이 낸 종목이군. 누구든 마음껏 골라서 덤벼.”

류엔은 ‘스즈키 히데토시’, ‘오다 타쿠미’, ‘이시자키 다이치’를 선택했다. 사령탑의 관여도 절묘해서, 만에 하나 불의의 사태가 벌어져 패배하면 처음부터 다시 싸우게 하는 것도 가능한 수단을 골랐다.

한편 이치노세는 ‘스미다 마코토’, ‘와타나베 노리히토’, ‘요네즈 하루토’를 선택했다. 가라테 종목이 발표된 후 일주일간 연습했지만, 규칙을 익히는 것만으로도 힘에 부쳤다.

그 결과는 어이없을 정도로 간단히 2연패. 사령탑의 관여가 들어가도 결과는 변함없었다.

5회전은 지금까지 없을 정도로 짧은 시간에 끝나고 말았다.

이로써 B반은 벼랑 끝에 몰렸다. 다음 여섯 번째 승부에서도 지면 B반은 끝이다.

“재밌네, 이치노세.”

기계의 판정을 기다리는 동안 말수가 줄어든 이치노세에게 류엔이 말을 걸었다.

“특별시험이 발표되고 D반이랑 붙기로 결정됐을 때 너희는 절대적 우위를 예감했겠지. 그런데 막상 뚜껑을 열고 보니, 하늘에 비는 거밖에 할 수 있는 게 없잖아. 크큭.”

결코 이치노세의 작전이 안일해서가 아니다.

화학 테스트를 정상적으로 진행했다고 하면 3승 2패도 충분히 가능했다.

갑작스러운 사고. 그 때문에 일이 틀어져 버렸다.

여기서 B반의 종목이 뽑히지 않으면 일단 승산은 없다.
그리고 선택된—— 여섯 번째 종목.

『유도』 필요 인원수: 1명, 시합 시간: 4분(최대 3 시합 12분).
규 칙 – 일반적인 유도 규칙을 따른다.
사령탑 – 시합 결과를 무효로 돌리고 대전을 한 번 다시 할 수 있다.

1대1 대결인, B반이 제일 질색하는 종목이 선택되었다.
이치노세는 눈앞이 캄캄해지는 느낌이 뭔지 이때 비로소 깨달았다.
"크크큭, 유도, 유도라. 하필 또 이게 걸리다니, 운이 너무 좋네, 이치노세."
"그런……."
"나머지 종목이 전부 B반 거였으면 네가 이길 가능성도 전혀 없지는 않았을 텐데."
류엔은 망설임 없이 '야마다 알베르트'를 선택했다.
조금 전 사령탑 관여와 마찬가지로 거의 질 일 없는 궁극의 보험.
"알베르트가 상대라도 너무 걱정하지 마라. 승부는 그때의 운, 해보지 않으면 아무도 모르는 거니까."
하지만 결과는 불 보듯 뻔했다. 체격도 기량도 차원이 다른 대전 상대를 이기기란 몹시 어렵다.

유도는 유일하게 B반이 가망이 없다고 버린 과목이었다.
이번에는 한 사람. 선수를 선택할 시간은 30초밖에 없었다.
이제 이치노세는 누군가를 지명조차 할 수가 없었다.
무정하게도 자꾸 흘러가는 카운트는 이윽고 0을 새겼다.
"이 종목은 B반의 부전패로 한다. 이렇게 해서 D반이 4승을 거두어, 특별시험 승리가 확정되었다."
마시마의 선언으로 일찌감치 B반과 D반의 승패가 결정되었다.

1

이야기는 다시 특별시험이 발표된 날 전으로 거슬러 올라간다.
이시자키는 혼자서, 점심을 먹으러 가는 류엔의 뒤를 쫓았다. 이때 D반은 카네다를 사령탑으로 정한 상태였으나, 그 후 종목 결정이 난항을 겪고 있었다.
그도 그럴 것이, 기발한 아이디어를 낼 수 있는 존재가 D반에 아무도 없었다.
당연한 종목, 당연한 규칙, 당연한 대결 방식.
누구나 생각할 수 있는 단순한 의견밖에 나오지 않았다.
그렇다 보니 D반은 어느 반이랑 싸워도 당최 승산이 보이지 않았다.

당연한 종목. 그것은 곧 '왕도'라는 것.

현재까지 D반에서 나온 의견으로는 강력한 A반은 물론, 어쩌면 A반보다 더 조심해야 할 B반은 피해야 할 대상이 되어있었다.

결국 자연스럽게 C반이 대결 후보로 부상했는데, 거기에 제동을 건 사람이 바로 이시자키였다.

"저기── 잠깐 시간 좀 내주시면 안 될까요, 류엔 씨."

이시자키는 1학년이 주위에 없는 것을 확인하고 살짝 겁먹은 얼굴로 류엔을 불렀다.

"뭐?"

류엔이 살짝 노려보기만 했는데도 이시자키는 마치 뱀 앞의 개구리가 되었다.

하지만 입만은 열심히 움직였다.

"부탁드립니다── 저에게 시간을 내주세요!!"

"너도 꽤 건방져졌구나."

"아, 아니 그런 게 아니──!"

"크큭, 뭐, 좋아. 지금의 D반 리더는 너니까 말이야."

류엔에게 있어서 지금은 단순한 연장전. 퇴학당할 생각이었던 이 학교에서 보내는 여분의 시간. 시간을 때울 겸 응해 줄 여유는 있었다. 이시자키는 류엔보다 앞서서 어딘가로 이동했다.

설령 이 상황을 누군가가 보더라도 이시자키가 류엔을 불러낸 것처럼 보일 것이다.

그렇게 교정을 나와 주위에 인기척이 끊긴 장소에 다다르자마자 이시자키가 갑자기 무릎을 꿇었다.

"류엔 씨, 이번 특별시험…… 우리 D반에 힘을 빌려주십시오!"

이시자키가 말을 건 시점에서 류엔은 무슨 말을 할지 어느 정도 짐작하고 있었지만, 티도 내지 않고 무릎 꿇은 이시자키를 내려 보았다.

"무슨 잠꼬대 같은 소리냐, 이시자키. 난 이미 물러났다고. 도와줄 것 같냐?"

"그건, 그건 잘 압니다. 하지만 저희의 실력으로는 어떤 반도 이길 수가 없습니다!"

"그렇지."

류엔은 부정하지 않았다.

학생들의 잠재능력을 겨룬다면 D반은 다른 반에 압도적으로 뒤처질 걸 알고 있었다.

"사령탑은 카네다가 맡을 테니 설령 지더라도 퇴학은 면할 수 있습니다……. 하지만 여기서 지면 반 포인트는 거의 바닥이에요!"

"7연패를 하면 바닥을 기겠지."

현재 D반의 반 포인트는 318. 만약 7연패 한다면 100포인트 정도밖에 남지 않는다. 최악의 상정이지만, 이대로 대책 없이 나간다면 그렇게 될 가능성도 충분히 있었다.

"그럼 나를 사령탑에 앉힐 건가? 그걸 반에 누가 허락하겠냐?"

"그건――."

류엔을 퇴학시키려면 사령탑에 앉힐 필요가 있다. 그리고 져야 할 필요가 있다.

하지만 한 사람을 퇴학시키기 위해 반이 큰 손해를 감수해야 한다면 아무도 마냥 기뻐할 수 없다.

만에 하나 반 포인트가 0이 되기라도 한다면 A반으로 올라가기는 이제 영영 불가능에 가깝다.

아니, A반은커녕 이 학교에서의 안정된 생활조차 뜻대로 되지 않을 것이다.

D반의 제1 목표는 승리. 그리고 그다음이 접전 끝의 패배 및 류엔의 퇴학.

프로텍트 포인트만 잃고 대패하는 것만은 피해야 했다.

이시자키는 류엔이 퇴학당하는 것을 피하고 싶었고 D반의 승리도 얻고 싶었다.

그게 가능한 학생이 D반에 있다면 그건 류엔뿐이었다.

"……어떻게 하면 좋을까요? 역시 C반에 덤비는 게 좋을까요?"

상식적으로 생각한다면 망설임 없이 C반을 선택하겠지만, 그 반에는 아야노코지가 있다.

그리고 이시자키는 그 남자의 본성을 아는 몇 안 되는 학생 중 하나였다.

"멋대로 의견 묻지 말라고. 내가 언제 도와준다고 했냐?"

이판사판이라는 심정으로 말한 이시자키는 너무 무모했다는 것을 뼈저리게 느꼈다. 하지만 그는 꿇은 무릎을 풀지 않았다. 류엔이 자리를 뜨는 순간까지 계속 꿇고 있을 생각이었다.

"물론 C반은 결속력이 약해. 아야노코지 같은 괴물도 있지만, 그런 건 그놈 하나뿐이지. 단체전이면 승산이 있어── 너희는 그렇게 생각하고 있겠지."

"예……?"

틀렸나 싶을 때 날아든 류엔의 조언.

"하지만 내가 사령탑이라면 C반과의 대결은 피할 거다. 대전 상대를 어떤 방법으로 정하는지는 모르겠다만, 이기기 위해 고르기엔 썩 좋은 상대가 아니야."

"하, 하지만, 아야노코지만 아니면──."

"그러니까 네가 바보라는 거다. 놈이 있는지 없는지가 중요한 게 아니라고."

"윽……."

"D반은 바보와 무능아 집단이지만, 그래도 다른 녀석들을 이길 수 있는 부분이 없진 않아. 그런데, 그 얼마 없는 특색을 살리기에 C반은 상성이 안 좋단 말이다. 아니, 오히려 가장 좋은 먹이는 하나뿐이지."

"그, 그게 어딘데요──?!"

류엔은 이시자키를 보지도 않고 대답했다.

"B반이다."

류엔의 입에서 나온 뜻밖의 반.

"너희가 이번 시험에서 이길 수 있는 건 B반뿐이야."

D반 전체 의견이었던, 절대로 피하고 싶은 B반의 이름이 나왔다.

"바보도 어떻게 써먹느냐에 따라 도움이 될 테니까."

류엔이 뒤돌아 걷기 시작했다.

"자, 잠깐만요! 어떻게, 어떻게 하면 B반을 이길 수 있죠?!"

고개만 들어 류엔을 불렀다.

"류엔 씨! 류엔── 씨이!"

그 이시자키의 외침은 류엔의 발을 멈추게 하는 데 아무런 영향도 주지 못했다.

2

겉으로 류엔을 이긴 것으로 되어있는 이시자키의 발언력은 D반에서 그리 낮지 않았다.

하지만 현 상태에서 문제가 전혀 없는 것은 아니었다.

퇴학당해야 할 류엔이 살아남고, 살짝 겁을 주려고 비판표를 몰았던 마나베가 퇴학당한 사건. 당연히 일이 어떻게 된 건지 의심하는 학생이 있을 터였다.

제일 먼저 나온 의문은 애당초 누가 류엔에게 대량의 칭찬표를 던졌느냐는 거였다.

반 안에 칭찬표를 던진 녀석이 있었던 것일까. 다른 반이라면 대체 누가?

D반에서 몇 가지 추리가 나왔다가 사라지고 또 나왔다가 사라지기를 반복했다.

익명성 높은 특별시험은 정확한 답을 알 수 없기 때문이다.

B반의 이치노세가 류엔과 거래해 프라이빗 포인트를 제공해주는 대신 류엔에게 칭찬표를 주었다. 그게 정답이지만, 그 진실이 B반에서 누설될 리는 없었다. 이치노세가 비밀로 해달라고 한마디만 부탁해도 그 반 아이들은 순순히 따라준다. 의미를 알 수 없는 부탁이라면 모르겠지만 그게 퇴학생을 0명으로 만들기 위한 전략이라면 협력을 아낄 이유가 없었다. 결국 D반은 의심암귀에 빠지고 말았다.

다만 진실을 아는 학생도 적잖이 있었다. 류엔의 퇴학을 막기 위해 움직인 이시자키와 이부키, 그리고 협력자인 시이나 히요리. 반이 완전히 멈춰 서도 이상하지 않은 지금 상황에서 시이나는 무척 중요한 역할을 맡고 있었다. 그리고 이시자키가 유일하게 입수한 류엔의 조언.

이시자키는 대결할 상대 반으로 B반이 가장 적합하다는 조언을 충실하게 이행했다.

카네다와 은밀히 의논해 자연스레 그 결론에 도달하게 유도했다.

하지만 그렇게 해서 문제가 다 해결된 것은 아니었다.

통솔하기 힘든 D반이 이대로 B반과 대결한다고 해도 이길 확률이 종잇장처럼 얇다는 것은 시이나도 잘 알고 있었다. 조금만 방심해도 곧바로 패배한다는 걸.

대전 상대가 정해진 그날, 시이나는 곧 행동에 들어갔다.

"젠장. 어떻게 해야 하지……."

노래방에서 이시자키가 머리를 감싸 안았다.

"내가 알아? 아니, 그런데 왜 또 나를 부른 건데. 애초에 뭐야, 이 멤버는."

이부키는 이시자키를 노려본 후 그 옆에 앉은 시이나에게 눈길을 옮겼다.

"이시자키와 유쾌한 친구들, 이라고 이름 붙일까?"

시이나가 태평하게 그런 말을 하자, 무섭게 노려보던 이부키의 어깨에서 힘이 빠져나갔다.

"하아…… 머리가 다 아프네."

"현재 상황을 가장 잘 파악하고 있는 우리 세 사람이 뭉치면 뭔가 지혜가 나올 거란 생각이 문득 들었어. 세 사람이 모이면 문수보살 같은 지혜가 나온다는 말도 있잖아."

"세 사람이 모이면, 무슨 살?"

"너 일부러 모르는 척하는 거지?"

"아야! 야, 이부키, 손등 꼬집지 말라고!"

"시끌벅적하고 좋네. 장소를 노래방으로 정한 건 정답이었어."

티격태격하는 두 사람을 보면서 시이나가 두 손을 모으며 기뻐했다.

"이런 멤버로 무슨 의논을 한다고. 난 돌아갈래."

"아, 그건 곤란해. 곧 류엔도 올 거라."

""뭐라고?""

이시자키와 이부키의 목소리가 동시에 터져 나왔다.

"이번 특별시험에서 이기려면 류엔이 꼭 필요해. 누구나 대결을 꺼리던 B반이 우리가 유일하게 이길 수 있는 반이라고 본 건 바로 그니까."

엄청난 폭탄을 투척한 시이나.

자신이 한 발언이 얼마나 대단한 건지 모르는 눈치였다.

"너, 지금 뭐라고 했어?"

"응? 그러니까, B반이 유일하게 이길 수 있는 반——."

"아니, 그거 말고, 여기에 누구를 불렀다고?"

"류엔."

이부키가 이시자키를 쳐다보았다. 이시자키도 이부키를 쳐다보았다.

"지, 진짜로 류엔 씨가 여기에?"

"응. 부탁해뒀어."

"왠지 최악의 노래방이 될 것 같은데…… 아니, 우리도 있다고 말했어?"

"물론 말했지."

"우리가 있다는 걸 알고도 올까……?"

이시자키는 이미 류엔에게 협력을 요청했다가 거절당했다.

정말 올지부터가 의심스러웠다.

"몇 시에 여기 오기로 했는데?"

"4시 반."

"……뭐?"

이부키가 노래방에 걸린 시계를 보았다.

"조금 늦어지는 모양이네."

"30분이 넘게 지났는데, 조금 늦기는 무슨! 그냥 무시한 거잖아!"

"멜론소다라도 마시고 있어. 느긋하게 기다려보자."

그녀가 내민 멜론소다를 이부키는 무시했다.

"못 놀아주겠네……."

일어서려는 이부키를 이시자키가 잡았다.

"난 기다릴 거다. 류엔 씨는 반드시 와 줄 거야…… 아마도."

"바보냐? 그 녀석한테 약속을 지키는 의리 따위가 있냔 말이야."

이미 엄청나게 지각 중. 이부키는 더 이상 얽히는 건 사양하겠다며 걸음을 떼려고 했다.

그때 가늘고 하얀 손이 이부키의 팔을 잡았다.

"더 기다려보자. 류엔은 의외로, 제대로 된 사람인걸?"

"……네가 그 녀석에 대해 뭘 알아?"

"아무것도 몰라. 솔직히 이야기도 얼마 안 해봤고."

"그런데 왜?"

"그냥 왠지 그런 느낌이 들었을 뿐이야."

"근거도 없이. 사람이 무르네."

그럴지도 모르지, 하고 시이나가 웃었다. 그 악의 없는 미소에 맥이 빠진 이부키.

"그리고 너희랑 이렇게 막 떠드는 게 너무 즐거워. 그럼 안 될까?"

"……바보네."

이부키는 어이없어하면서도 다시 자리에 앉았다.

"조금만 더 기다려보고 안 오면 그땐 돌아갈 거야."

"응."

3

"아아! 더는 못 기다려!"

참고 또 참은 이부키였지만, 시계는 이제 오후 8시를 지나고 있었다.

지각은커녕, 대놓고 바람을 맞았다는 생각에 화가 치밀었다.

"그런 것 치고는 너도 열 곡 정도는 부르지 않았냐?"

"이부키의 한계는 아직 이제부터 시작일 거야."

"그건 한계에 한계를 거듭하는 거라고!"

"그럼 한계 돌파를 노려보자."

"농담하지 마!"

"또 막 화내기나 하고……. 그렇게 항상 화내면 안 피곤

하냐?"
"네 얼굴 보는 게 백만 배는 더 피곤하거든."
말리는 이시자키의 팔을 뿌리친 이부키가 밖으로 나가려고 했다.
문에 손을 뻗은 순간, 그 문이 활짝 열렸다.
"뭐야, 너희. 설마 진짜 내가 올 거라 믿고 기다린 거냐?"
웃으며 들어온 남자, 류엔. 이시자키와 이부키의 몸이 저절로 굳었다.
설마 진짜 나타날 줄은.
"지각이야, 류엔."
"그런 것치고 상당히 즐거워 보이는데."
"응. 나 노래방에 처음 와 보거든, 정말 너무 즐겁네."
"그럼 나는 돌아갈까. 마음껏 즐겨라, 이부키."
내가 방해되잖아? 하고 웃으며 문을 다시 닫으려는데 이부키가 그를 잡았다.
"나를 더 이상 이 노래방 지옥에 빠트리면 네놈을 날려버리겠어."
"크큭. 무서워라."
이부키에게 끌려 들어온 류엔은 이시자키에게 탄산수를 시켰다.
그리고 자리에 앉은 뒤 아무 말도 하지 않고 스마트폰만 만지작거렸다.
"……그래서?"

이부키가 급하게 재촉했다.
"뭐가?"
"이렇게까지 기다리게 해놓고 아무것도 없다고 말할 셈이야?"
"난 단순히 나한테 바람맞은 너희가 아직 기다리고 있는지 보러 온 것뿐인데."
잠시 후 받은 탄산수를 한 모금 마셨다.
"그것 말고는 아무것도 없어."
"이쪽은 시이나의 장단을 맞춰주면서 몇 시간이나 있었다고. 마음이 급하단 말이야."
"나랑 상관없는 일 아닌가."
"상관있어."
이부키는 테이블을 세게 내리치며 류엔을 노려보았다.
"야, 진정해, 이부키. 류엔 씨한테 덤벼봤자 너만 손해라고."
"너도 언제까지 재 뒤꽁무니만 졸졸 따라다닐 거야?"
"언제까지라니, 나는…… 나는, 줄곧 류엔 씨를 따르기로 정했어."
"얼씨구. 처음에는 대놓고 싫어하더니만."
"그, 그건! 쓸데없는 소리 하지 마!"
멋대로 또 싸우기 시작하는 두 사람을 곁눈질하며, 시이나가 새로운 곡을 선곡하려 하고 있었다.
"이 바보는 네 감언이설에 또 넘어가서 모처럼 얻은 지명권으로 B반을 골랐단 말이야!"

"그런 것 같군."

어깨를 움츠리는 이시자키. 반의 종합 의견을 받아들였다면 C반을 골랐어야 했다. 그게 유일하게 이길 가능성이 보이는 대전 상대였으니까.

이시자키는 그렇게 선택을 중간에 틀었지만, 어떤 방식으로 이길지는 하나도 몰랐다.

"이 녀석은 너한테 심취해 있어. 즉 발언한 너한테도 책임이 있다는 말이야."

"크큭, 그렇다면 어쩔 수 없네. 나도 경솔한 발언을 했으니까."

웃으며 류엔이 이야기를 시작했다.

"내가 입학 초기에 B반한테 썼던 내용, 기억하냐?"

"……그러고 보니, 반에 분열을 일으키려고 했었죠?"

류엔의 지시로 B반과 갈등을 일으키고 상대 반의 와해를 유발하려고 했었다.

각 반이 지닌 잠재능력을 확인하기 위해 류엔이 일으킨 불씨.

스도와 주먹다짐을 하고, 은밀히 카츠라기와 접촉하던 시기에 있었던 일 중 하나다.

"결과는 어땠지?"

"효과가 없었죠. 그 반은 초반부터 결속력이 강했으니까요."

"그래. 그 녀석들은 그 어느 반보다도 결속력, 단결력이 높아."

"그러니까 더욱 이런 종합전에서 마주치는 건 피해야 하는 거 아니야?"

"저도 아직 그렇게 생각해요. 리더인 이치노세도, 그 애를 따르는 애들도 까다롭잖아요."

이부키와 이시자키의 발언은 D반 전체의 의견이기도 했다.

"시이나, 너는 B반을 어떻게 분석하지?"

"음…… 두 사람 말처럼 B반은 강해. 모든 능력이 평균 이상이고. 무엇보다 그 정도로 사이가 좋은 점은 정말 부럽지……. 하지만, 그냥 고작 그게 전부라고도 할 수 있어. 특별히 위협적이지 않은, 단순히 사이좋은 반."

"그렇게 순한 얼굴을 하고 아주 매운 분석을 하는구나."

각자의 의견을 들은 후 류엔은 B반에 대한 자신의 평가를 들려주었다.

"내가 보기에 B반 최대의 결점은 이치노세…… 아니, 리더의 부재다."

"자, 잠깐만. 무슨 말인지 모르겠는데? 이치노세가 리더잖아?"

"이치노세도 칸자키도 원래 누구 앞에 설 만한 인물이 아니야. 리더를 뒷받침해주는 참모 타입이지. 그런 애를 리더 자리에 앉힐 바에야 차라리 스즈네나 카츠라기가 리더인 편이 훨씬 반이 잘 돌아갈 거다. 그러니까 이 썩어빠진 D반에도 승산이 있어."

"하지만 우리와 안 맞기로 최악의 반인 건 변함없는 사실 아닙니까? 거의 모든 부분에서 평균 이하인 우리 D반으로서는, 제일 피하고 싶은데요."

"어차피 어디랑 싸워도 이길 가능성은 몇 퍼센트 전후 아닌가?"

"……그, 그렇게 차이가 큰가요, 우리?"

이시자키가 아연실색했지만, 류엔도 시이나도 평가를 바꾸지 않았다.

"하지만——."

류엔이 빈 유리잔을 손에 들고, 그 맞은편에 보이는 이부키 일행을 쳐다보았다.

"방법을 조금 궁리하면 1할도 채 되지 않는 승률이 5할 가까이, 어쩌면 그 이상으로도 올릴 방법이 있지."

류엔이 접힌 종이쪽지 하나를 시이나에게 건넸다.

시이나가 쪽지를 펼치자, 거기에는 열 종목의 이름과 진짜 과목 5개가 표시되어 있었다.

그것을 이부키와 이시자키도 양옆에서 들여다보았다.

"당일에는 이걸 넣어."

"잠깐, 이거 전부——."

"그래. 그 종목은 전부 힘으로 밀어붙이는 것들뿐이야."

가라테, 유도, 태권도, 검도, 레슬링 등 육체를 혹사하는 열 종목.

"잠깐만요. 그야 우리 반은 싸움 잘하는 애들이 몇인가 있긴 하죠. 저랑 알베르트, 코미야, 콘도. 그리고 이부키……
하지만 나머지는 그렇지도 않잖아요?"

가령 한두 종목을 이긴다 해도 나머지는 결과가 어떻게 될지 모른다고 이시자키가 말했다.

"그래. B반도 운동 신경이 좋은 학생이 적지는 않지. 하지만 전부 1:1이라면 모를까, 필요 인원수는 종목마다 다 달라야 하잖아?"

단순히 뽑기 운에 맡긴다고 해도 전부 이긴다는 보장이 없다.

"그게 뭐?"

"응?"

"필요 인원수 따위에 지나치게 얽매여 있다고. 그딴 건 아무래도 좋아."

의도를 읽지 못한 이시자키와 달리 시이나는 재빨리 본질을 깨달았다.

"그렇구나, 모든 일은 생각하기 나름이라는 거지? 몇 명 대 몇 명인 종목이라도 그건 규칙을 어떻게 정하느냐에 따라 어떻게든 돼. 토너먼트로 규칙을 정하면 한 명이 끝낼 수 있어."

"바로 그거야. 가령 10대10으로 유도를 한다고 해도 알베르트만 있으면 충분하지."

"하지만 학교가 토너먼트 같은 방식을 인정하려나?"

"필기시험이나 구기 종목이라면 어렵겠지만. 가라테나 유도 같은 종목은 토너먼트 형식이야 흔하니까, 상식에서 벗어난 규칙도 아니야. 위험하다고 제외되지 않도록 가라테 같은 건 직접 타격 금지 같은 규칙을 넣으면 좋겠지. 한두 개가 위험성이 있다고 튕기더라도 어떻게든 다섯 종목을 채우는 거다."

"할 수 있겠어요, 이렇게 하면 할 수 있겠네요, 류엔 씨!"

그 사실을 깨달은 이시자키의 눈에 희망의 빛이 깃들었다.

"그렇게 하면 진짜로 D반이 고른 종목은 전부 이길지도…… 하지만 운이 저쪽으로 기울면? B반이 고른 종목이 더 많이 선택되면 어떻게 해?"

"5할로 이기는 것만으로는 만족이 안 되나?"

"……너한테 협력하는 이상 확실한 승리를 내놓았으면 좋겠는데."

"크큭, 물론 손을 써야지."

지금의 D반은 실력만으로 B반이 준비한 종목을 이길 능력이 없다.

그 이외의 부분에서, 차이를 메울 필요가 있다고 류엔은 말했다.

"——우리보고 뭘 하라는 거지?"

마침내 사태를 이해하기 시작한 이부키.

"이기기 위한 악행."

류엔이 웃으며 대답했다.

"앞으로 시험 전날까지, 매일 집요하게 B반 놈들이랑 얽혀라. 처음에는 그냥 졸졸 따라다니기만 해도 좋아. 그럼 얼마 안 가서 녀석들도 자기들이 뒤를 밟히고 있다는 걸 알아차릴 거다."

"뭐야, 그게. 그렇게 상대한테 스트레스라도 주라는 말이야?"

"B반 녀석들은 그 행위를 치졸하다며 비웃겠지. 실질적으로 피해가 없으면 그냥 내버려 둬도 된다고 판단할 거다. 이치노세는 그런 녀석이야. 결국 내가 뭘 노리는지도 모르고."

"……노려?"

"일단 첫째 주는 그렇게만 해. 그리고 열 종목이 발표된 후부터 본격적으로 움직인다. 사소한 거라도 좋아. 자리싸움도 좋고, 먼저 노려봤다거나, 목소리가 시끄럽다 등등. 뭐든 좋으니까 집요하게 시비를 걸어. 우리 쪽에서 쓸 멤버는, 알고 있겠지?"

이시자키를 비롯한 싸움 잘하는 애들을 투입하라는 뜻이다.

"그렇다는 건…… 상황에 따라서는 주먹도 쓰라는 뜻입니까?"

"아니, 강하게 건들기만 하는 거다. 이 단계에서 협박이나 주먹 쓰는 짓은 절대로 하지 마. 그건 최후의 최후까지 비장의 카드로 남겨둔다."

어디까지나 추상적이고 애매하게 구는 것이 중요하다고 설명했다.

D반이 일방적으로 악행을 저질렀다고 하면 학교가 개입을 할 수도 있으니까.

"제일 중요한 것 중 하나는 정보야. 끊임없이 시비를 걸면서 B반 애한테 정보를 빼내 시험 당일에 고를 다섯 종목을 빨리 입수해야 해. B반은 어느 종목을 고를지 일찌감치 의견을 통일해 놓았을 거다. 그리고 메일이든 채팅이든, 누군가는 그 다섯 종목을 대화하고 있겠지. 실제로 너희도 하고 있잖아?"

"아, 네. 열 종목으로 뭐가 좋을지 시간이 나면 의논하고 그러죠."

"그래. 입은 무거워도 스마트폰은 무방비 상태일 거다. 누가 볼 수 있을 거란 생각을 안 하니까. 시험이 임박하면 방침도 거의 다 정해져 있을 테니, 누가 어떤 종목에 나갈지 같은 정보도 얻을 수 있을지 몰라."

"말은 쉽지만…… 그렇게 잘 될까?"

"운에 맡기는 게 아니라, 그렇게 되도록 우리가 유도해야지. 그러기 위한 포석이 바로 내일부터 시작하는 집요한 시비다. 물론 정보를 빼앗는 것 이외에도 수단을 준비해야겠지. 이를테면 이런 거."

"뭐야, 그건……? 변비약?"

"이건 효과가 느린 변비약인데, 48시간 이후에 효과가 나타나기 시작하지. B반 애들에게 이걸 먹이면 당일에 한두 사람쯤은 리타이어하지 않겠냐?"

"너, 너. 그건 반칙이잖아?! 그러다 들키면 어쩌려고!"

"그게 뭐 어때서?"

"윽……."

"내가 그런 걸 신경 쓰는 인간이라고 생각하나?"

"핫── 하긴 그러네. 넌 이기기 위해서라면 무슨 짓이라도 하는 남자였지."

"만약 문제가 된다면 그때는 모든 죄를 내가 짊어지마. 그거야 일도 아니지."

학교 측이 개인에게 어떤 페널티를 주든, 류엔은 아무렇지도 않을 것이었다.

가령 반이 타격을 입는다고 해도, 어차피 지면 결과는 마찬가지다.

"원래 퇴학당하려고 한 너니까 가능하다는 건가……."

"아까 싸움은 비장의 카드를 남겨둬야 한다고 말했는데, 최악의 경우 강제적인 수단도 사용하겠다는 뜻이야?"

"그래. 사사로운 말다툼이 큰 싸움으로 번지는 건 꼬마들 사이에서는 일상다반사지. 다섯 종목에 출전 예정인 녀석들을 우리 쪽의 무능한 인간이랑 상쇄시키는 것도 나쁘지 않아. 당일에는 어쨌든 우위에 서야 하잖아?"

나서기로 마음먹은 류엔은 철저하게 수를 꾸리고 있었다.

"당일은 내가 사령탑으로 나가마. 이치노세가 냉정함을 잃게 만드는 것도 중요하니까 말이야."

"잔인하네…… 너."

"칭찬으로 받아들이지. D반만이 가능한 방식을 보여주자고."

"네…… 네엡!"
"뭐가, 네엡 이야."
터무니없는 일이 되었다며 이부키가 한숨을 내쉬었다.
하지만 이부키는 이 그림이 딱히 싫지 않았다. 이부키는 자기혐오를 느꼈다.
"그런데…… 왜 갑자기 부탁을 들어준 거죠? 단순한 동정은 아니죠?"
"글쎄, 왜일까."
류엔은 소파에 기대 눈을 감았다. 이 학교에 미련은 없다. 처음에는 그 마음에 거짓이 없었지만, 여기 와서 딱 한 가지 심경의 변화가 일어나고 있었다.
아야노코지 키요타카. 그 남자에게 진 채로 이 학교를 떠나는 것에 대한 불만. 사령탑이 되어 뒤로 물러설 데 없는 상황을 만들어, 자신이 정말 아야노코지와의 재대결을 바라기 시작했는지 확인하는 목적이었다. 만약 미련이 없다면 적당히 아무나 골라 일부러 지면 그만이다.
하지만…… 정말로 재대결을 바라는 감정이 싹트기 시작한 거라면 자신은 살아남으려 할 것이다. 그 결과가 알고 싶다고, 류엔은 생각했다.

○승자와 패자의 라인

여섯 번째 대결 종목으로 선택된 것은 2대2로 치르는 '궁도'. 그 결과는 아키토가 선전한 C반의 승리였다. 이로써 C반은 자기 종목을 지키며 순조롭게 3:3까지 올라왔다.

사카야나기는 특별히 할 말이 없는지, 이 종목은 조용히 지켜보고만 있었다.

3승 3패까지는 예상했다는 듯이.

이어서 마침내 마지막 일곱 번째 대결.

운명의 장난일까? 마지막 대결은.

『체스』 필요 인원수: 1명, 제한 시간: 1시간
(시간을 다 쓰면 패배).

규 칙 – 일반적인 체스 규칙을 따른다. 단, 41수 이후로도 제한 시간은 늘어나지 않는다.

사령탑 – 임의의 타이밍에 제한 시간을 써서 최대 30분 동안 지시를 내릴 수 있다.

피셔 방식(10분+1수마다 10초씩 늘어나는 규칙) 등 수를 둘 때마다 시간이 가산되는 규칙은 없었다.

이는 아마도 시합 시간이 길어지기 쉬운 체스를 통과시키기 위한 방책이었을 거다. 보통 체스 대국은 두 시간이 넘는 경우도 흔했으므로 1시간이라고 딱 잘라 제한한 것도 아마 그런 이유다.

"3승 3패로 마지막 일곱 번째 대결에 임하다니. 이만큼 기쁜 일이 또 어디 있을까. 심지어 이 종목이 마지막으로 선택되다니……. 역시 마지막 남은 것에 복이 있나 봐."

승부처에 사카야나기가 개입해서 자기편에 지시를 내리려는 노림수겠지.

아마 서로 거의 같은 타이밍에 개입하게 되지 않을까.

사령탑의 관여가 유독 어마어마한 걸 봐서는 어중간한 실력으로는 사카야나기를 꺾을 수 없으리라.

"A반에게는 오산이었던 것 아닌가? 여기까지 내몰리고."

"그래. 스포츠 종목은 졌다고 인정하지 않을 수가 없네."

여기까지 치른 여섯 번의 대결을 뒤돌아보며 사카야나기가 총평했다.

"하지만 이번 일곱 번째 대결은 조금 달라. 사령탑의 실력이 크게 좌우되는 싸움이 될 거야."

"공교롭게도 나는 체스가 특기라서."

앞으로 사카가미 선생님과 호시노미야 선생님은 우리의 대결을 직접 목격하게 될 것이다.

이런 식으로 미리 방패막이를 세워두는 게 좋겠지.

"어라…… 뜻밖이네. 그럼 내가 체스를 고른 건 실수였으려나."

하지만 일단은 전초전. 서로 준비한 학생 한 명을 내세우는 것부터 시작된다.

나는 지금까지 한 번도 나오지 않은 학생 중에 호리키타 스즈네를 선택했다.

한편 사카야나기가 고른 학생은—— 하시모토 마사요시.

"역시 호리키타가 나오나 보네. 그녀를 지금까지 내보내지 않은 건 마지막 종목까지 아꼈기 때문이겠지?"

"이제 비장의 무기를 남겨둘 필요도 없으니까."

양쪽의 선택이 각 반에 전달되었고 시합을 위한 이동에 들어갔다.

"두 사람 다, 수분 보충 안 해도 괜찮겠어?"

시험이 시작된 후로 한 번도 자리에서 일어나지 않은 나와 사카야나기를 걱정하는 호시노미야 선생님.

"걱정해주셔서 감사합니다. 하지만 염려 안 하셔도 돼요."

"저도 괜찮습니다."

"그래? 그럼 다행이지만……."

호시노미야 선생님은 이런 긴장된 분위기에 약한지, 어딘가 답답하다는 듯 한숨을 내쉬었다.

"준비가 다 된 것 같군요. 그럼 지금부터 일곱 번째 종목인 체스를 시작하겠습니다."

사카가미 선생님의 지시에 우리는 잡담을 멈췄다.

준비된 무대는 강의실 한쪽 구석 같았다. 그곳에 체스판이 놓여 있었다.

『잘 부탁합니다.』

두 선수, 호리키타와 하시모토가 천천히 고개를 숙였다.
드디어 최종전이 시작된다.

1

내 앞에 놓인 체스판. 일주일 정도 전까지는 규칙도 모르던 것.
지금 여기서 처음으로 말을 잡아보았다.
그와 컴퓨터로 특훈하면서 체스의 깊이, 즐거움을 이해했다.
상대가 아야노코지나 사카야나기라면 내게는 만에 하나라도 승산이 없겠지.
하지만 지금 마주한 상대는 그 두 사람이 아니다.
물론 하시모토의 실력이 어느 정도인지는 미지수.
하지만 그 두 사람보다 더 강할 리는 없다고 단언할 수 있다.
"잘 부탁해, 호리키타."
그렇게 가볍게 말을 걸어온 대전 상대.
A반 중에서도 상당한 실력자라는 학생이었다.
"무서운 표정 짓지 마. 좀 더 이 상황을 즐기려는 생각은 안 드냐?"
"1년 동안 항상 A반으로 달려온 너희는 몰라. 우리 C반한테 이 대결이 얼마나 큰지.”
“지면 아까운 반 포인트가 날아가는 건 우리도 마찬가지다만.”
이 체스에서 이긴 반이 130포인트를 얻는다.
이 포인트를 얻고 1학년을 마칠 수 있을지 없을지, 정말로 중요한 마지막 대결이었다.
“그런데 내 이름, 기억해?”
“너랑 대화를 나눈 적은 없지만, 하시모토지?”
“영광이네, C반의 호리키타는 약간 유명인이니까. 류엔한테 한 방 먹였던 무인도 시험 때 네 이름을 처음 알았었지.”
그때 나는 아무것도 하지 않았다. 전부 뒤에서 움직인 아야노코지의 전략.
아니…… 그에게는 전략조차 아니었을지도 모르지만.
“흠, 난 사실 체스를 배운 지 몇 달 안 됐거든. 살살 부탁할게.”
“피차 마찬가지네. 난 일주일 정도야.”
“호오……?”
싸움은 이미 시작되었다.
체스 경력 하나에도 진실과 거짓이 교차할 가능성이 있다.
서로를 견제하고 정신적 틈을 파고드는 싸움.
이번 시험은 사적인 이야기를 나누는 것에도 무척 관대했다.
예외였던 것은 말이 답이 될 수도 있는 필기시험 정도. 사령탑인 아야노코지와 사카야나기는 아마 그런 싸움을 벌써 몇 번이나 반복해 왔을 터.

그리고 3승 3패로, 마지막 일곱 번째 종목에 돌입했다.

히라타가 복귀했고, 스도가 이성을 찾았고, 모두가 하나로 똘똘 뭉쳐준 덕택이다.

코엔지를 제어하지 못한 건 반성해야 하지만, 그건 나중이다.

이 대결을 결코 물거품이 되게 만들지 않을 거야.

나는 아야노코지가 오늘 아침 시험 전에 했던, 어이없을 만큼 건방졌던 말을 떠올렸다.

『상대가 누구든 간에, 대충하는 나보다 강한 상대는 없어.』

그때는 욱했지만, 무슨 이유인지 지금은 무척 듬직하게 느껴졌다.

하시모토가 그에게 미치지 못한다면, 나에게도 승산이 있다.

왜일까.

질 것 같지가 않다.

싸우기 전부터, 내가 우위에 서는 상황밖에 상상이 안 된다.

"그럼 지금부터 일곱 번째 종목, 체스를 시작합니다. 두 사람 모두 착석하세요."

선생님의 지시에 따라 나는 자리에 앉았다.

눈앞의 하시모토는 미소를 무너뜨리지 않았지만, 눈은 웃지 않았다.

이 시합의 승패가 그대로 반의 승패로 직결된다.

하시모토라도 그 압박감에서 벗어나지는 못하고 있는 모양이었다.

“그럼 시작할까.”

그렇게 말하자 하시모토가 흰색과 검은색 폰을 잡았다.

“선수와 후수를 결정하는 방법은 알지?”

“물론.”

하시모토는 일단 손을 가리고 양손을 내밀었다.

“왼손.”

내가 그렇게 답하자, 하시모토가 왼손을 펼쳐 흰 말을 보여주었다.

즉 내가 흰색이니 선수다.

“어떤 수로 시작할지 기대되네.”

“기대에 부응할지 잘 모르겠지만.”

나는 흰 말을 잡았다. 처음 닿은 말의 감촉은 서늘했다.

이리하여 시작된 나와 하시모토의 일곱 번째 종목 대결.

내 첫 번째 수는── 폰 E4.

대전이 시작되자 하시모토도 미소를 감췄다.

그리고 움직이는 검은색 말. 돌아온 수는 폰 E5.

나는 재빨리 나이트를 움직여 검은 폰을 노렸다.

아야노코지와 몇 번이나 대전하면서 찾아낸, 내가 가장

믿을만한 방식.

검은 폰을 지키기 위해 상대가 어떻게 나올지에 따라 흐름을 잡아간다.

"나도 사카야나기한테 이것저것 배웠거든. 여기서 흑이 불리해지는 오프닝은 없을 거다."

첫수부터 서로 오래 생각하지 않고 손을 움직였다.

제한 시간은 한 시간. 아야노코지가 30분을 쓸 테니, 실질적으로는 30분뿐.

초반부터 시간을 쓸 여유는 없다.

경기가 진행될수록 하시모토가 안이하게 수비하지는 않는다는 사실을 알 수 있었다.

대체 누구에게 배웠는지 말을 정석대로 움직이려고 하질 않았다.

그리고는 이내 점점 공격적으로 나오기 시작했다.

"방식이 좀 삐딱하지?"

"그러게. 네 스승의 방식인가?"

"그래. 사카야나기도 나랑 같더라. 가르쳤을 때 이게 제일 느낌이 좋았던 게 아닐까? 그러는 너는 나랑 달리 견실한 것 같은데…… 어디서 독학했어?"

그렇게 속을 떠보았다. 내 말에서 무엇을 끌어내고 싶은 걸까.

"일주일 동안 그냥 계속 체스만 뒀어. 나머지는 전부 버리고."

"허…… 그 말은 체스가 나온다는 확신이 있었다는 건가?"

"그렇게 생각해도 상관없어."

한 수 한 수 말을 움직일 때마다 말의 위치가 어지럽게 바뀌었다.

언뜻 보면 체크가 많이 걸려 있어서 내가 밀리는 것처럼 보이기도 했지만, 확실하게 내 말이 하나하나 하시모토를 침식해갔다.

"이게 일주일 만에 얻은 실력이라고? 진짜냐?"

"수다를 좋아하는 모양이구나."

"말하는 게 내 유일한 장점이거든."

윤리에 어긋나든, 어떤 이야기를 하든, 그것도 규칙 범위 내에 있었다.

그걸 내가 막을 권리는 없었다.

"그래, 일주일이야. 하지만 그게 거짓말일 수도 있지."

"이게 진짜 일주일 만에 얻은 실력이라면 도저히 독학했다고 생각할 순 없군. 우리 공주님처럼, 체스에 자신 있는 녀석이 철저히 주입했다고 보는 게 맞을 것 같은데?"

"글쎄, 어떨까? 그것도 아니라고 단언은 못 하겠네."

무의미하게 정보를 줄 생각은 없다.

"뭐, 됐어. 그것보다도 아야노코지에 대해 뭐 좀 물어봐도 돼?"

됐다고? 내 체스 경력과 스승의 유무 따위는 처음부터 아무래도 좋았던 모양이네.

그건 이야기의 서론에 불과했을 뿐, 본론은 아야노코지의 이야기였다.

하시모토까지 그를 주목하기 시작했다.

"뭐가 궁금한데?"

"난 무인도 사건 때부터 뒤에서 움직인 사람이 아야노코지가 아닌가 하고 생각했어."

하시모토가 정신 공격을 시작했다.

사카야나기가 그를 고른 건 이런 점도 있겠지.

"왜 그렇게 생각했는데?"

"그냥 감이야. 대답해주라, 호리키타."

"대답하고 말고 할 게—— 네가 무슨 소리를 하는 건지조차 나는 모르겠거든."

"그래? 난 네가 동요한 것처럼 보이는데 말이야."

"네가 내 대전 상대라는 걸 알았을 때, 이렇게 흔들 거라는 건 예상했지."

"……흐음."

"아무리 흔들어도 내 아성은 못 무너뜨려."

흰색 비숍이 하시모토의 킹에 체크를 걸었다.

하시모토의 얼굴에서 미소가 사라졌다.

"이야기를 계속 이어갈 여유가 있을까 모르겠네."

지금부터, 계속 침묵해왔던 내 반격이 시작된다.

"재밌어졌네……."

그리고 어느새 형세는 내 쪽으로 기울기 시작했다.

하시모토는 약하지 않았다. 하지만 그래봤자 내가 예상한 수밖에 놓지 못했다.

시합이 시작된 지 아직 10분도 채 지나지 않았는데도 벌써 그의 손이 멈춰 있었다.

처음으로 하는 장고. 이따금 나를 쳐다보던 여유로운 표정은 이제 온데간데없었다.

"허, 이거야 원. 강하잖아, 호리키타. 그 귀여운 얼굴을 하고 엄청나구나."

"너도 외모랑 달리 체스를 잘하네."

"괜한 립 서비스는 사양하지. 진짜, 기는 놈 위에 나는 놈 있다더니."

이 승부, 이대로 진행되면 내가 확실하게 이긴다. 그런 흐름이다.

그것을 대국자인 하시모토가 못 느꼈을 리 없다.

하지만── 이 시합은 이렇게 끝나는 게 아니다.

2

모니터에 비친 두 사람의 대결.

초반에는 하시모토가 계속 공격했지만, 호리키타는 그것을 냉정하게 잘 막았다.

무심코 말을 지키고 싶어지는 순간에도 냉정하게 피하는

수를 두면서 위기를 모면했다.

그리고 착실하게 이어나가 우위에 섰다.

중반으로 접어들면서 슬슬 호리키타의 머릿속에도 승리라는 두 글자가 떠오르기 시작했을 거다.

그렇다, 승부는 호리키타가 우위. 나와 연습했을 때보다도 훨씬 좋은 실력을 발휘했다.

"이대로 끝까지 지켜보고 싶어지는, 흥미로운 승부네."

초조함이라고는 찾아볼 수 없는 사카야나기의 관객으로서의 목소리.

"찬성이야. 이대로 끝까지 지켜보자고."

"후후, 그래……라고 말하고 싶지만, 그럴 수도 없지. 하시모토를 믿지 않는 건 아니지만, 아무래도 호리키타는 냉정한 상태. 그의 장기인 화술도 안 통하는 것 같아."

준비할 타이밍, 인가. 사카야나기가 사령탑으로 관여하겠다는 표시가 컴퓨터에 떴다.

더 이상 끌면 하시모토의 패색이 짙어진다고 판단했겠지.

중반을 기다리지 않고 개입한 건 사카야나기로서도 예상밖이었나.

하지만 그 판단은 적확하다.

조금만 더 지켜보았다면 그대로 승부가 나버렸을 테니까.

그만큼 지금의 호리키타는 소름이 끼칠 만큼 강했다.

나는 잠시 상황을 보고 싶은 충동에 휩싸였다. 성장을 보고 싶다고 생각해버렸다.

호리키타가 사카야나기와 둘 때, 어떤 수로 돌려줄지 궁금했다.

"안 들어갈 거야? 아야노코지."

"내가 경솔하게 관여하는 것보다 지금의 호리키타한테 맡기는 편이 승률이 더 높을지도 모르니까."

"그렇구나. 그럼 나는 사양하지 않고 역전할게?"

사카야냐기의 손가락이 움직였다. 그리고 오래 고민하던 하시모토는 물 만난 물고기처럼 활발하게 움직이기 시작했다.

사령탑의 제한 시간 30분은 엔터를 누르는 순간 멈춘다. 전달까지의 시차를 고려한 모양이다. 그리고 대전 상대가 말을 둔 순간부터 다시 카운트된다.

호리키타 대 사카야나기. 호리키타와 호각을 다투는 실력이었으면 좋겠는데.

그렇게 된다면 호리키타가 우위에 서서 더 달아날 가능성도 있다. 하지만 일이 그리 쉽게 굴러가지는 않겠지. 절대적 자신감을 가진 사카야나기의 관여. 흐름을 보아하니, 상상하지도 못한 한 수가 돌아와 호리키타가 초조함을 느끼기 시작한 것 같았다.

호리키타는 궁리하기 시작할 거다. 자신보다 고수의 입장이 되어 어떻게 대처할 것인지를.

그리고 초반에 모아두었던 제한 시간을 써서 차분히 말을 놓았다.

"핸디캡 시간이 좀 모자랐는지도 모르겠네."

호리키타의 고민 끝에 내놓는 수에 사카야나기는 5초 이상 생각하지 않았다.

즉시 급소가 될 한 수로 돌려주었다.

가까워졌던 승리의 기회가 순식간에 멀어지고 있었다.

이미 근소한 차이밖에 남지 않았다. 호리키타의 손이 멈추었다.

그리고 미숙한 실력에도 알았을 것이다. 힘이 미치지 않는 상대와 대국할 때의 절망감을.

바짝 쫓기고 점점 궁지로 내몰리는 자신.

2분, 3분. 호리키타는 이제 움직일 수도 없었다.

여기가 라인. 승자와 패자를 나누는 라인이다.

나는 밀리기 시작하는 호리키타로부터 배턴을 이어받기 위해 관여를 알리는 신호를 보냈다.

그것은 헤드셋을 통해 소리가 되어 호리키타에게 전달되었다.

카메라를 한 번 올려다보는 호리키타. 그리고 고개를 끄덕이더니 모든 사고를 내게 맡겼다.

이제부터 싸우는 사람은 호리키타와 사카야나기가 아니다.

나와 사카야나기. 그 한판 대결.

"자, 이제야 겨우── 우리의 대결이 시작되었네."

"그런 것 같군."

제한 시간은 30분으로 정해져 있지만, 종국까지는 충분하리라.

나와 사카야나기는 대화를 이어나가면서도 키보드를 누르는 손을 멈추지 않았다.

두 사람이 말을 놓는 데 걸리는 시간은 10초에서 길면 20초 정도. 엔터를 눌러 송신한 시점에서 이쪽의 제한 시간이 더 깎이지 않고 멈추는 모양이다.

중반까지의 흐름을 보고 앞으로 어떻게 해야 할지 이미 그림을 다 그려놓았다.

막힘없이, 서로의 말이 체스판을 종횡무진 달렸다.

『야야, 너희, 다른 세계에서 왔냐……?!』

모니터 너머에서 지시에 따라 말을 움직이는 하시모토의 목소리.

『우리가 했던 대결이 한심하게 느껴지네…….』

『……그러게 말이야.』

두 사람이 당황하는 것도 놀랄 일이 아니었다. 아마추어와 프로, 그 정도로 차이가 있었으니까. 체스판 위에서 누가 유리하고 누가 불리한지조차 못 읽고 있을 수도 있다.

아니, 그런 것보다…… 직접 수를 두기 시작하자마자 '강제적'이라 표현해도 될 만큼 절실히 깨닫고 말았다.

나는 숨을 삼켰다.

솔직히 말해서 사카야나기의 체스 실력이 엄청났다. 경의를 표하고 싶을 만큼.

체스계에 진출해 이름을 날렸다고 해도 이상할 게 없는 실력이었다.

어린 시절 화이트룸에서 체스를 배운답시고 수많은 프로 강사들과 체스를 둬봤지만, 사카야나기는 그 누구보다도 강했다.

"왜 그래, 아야노코지? 내 한 수가 마음에 와닿기라도 하니?"

"그래. 아플 정도로 말이야."

중반전을 넘기고 후반전에 돌입해도 차이를 벌리기는커녕 따라 잡히지 않기에 급급했다.

한 번이라도 실수하면 단숨에 밀리고 말리라.

"걱정 안 해. 아야노코지는 세세한 실수 따위 절대로 안 하니까."

"그럼 포기해줘도 될 것 같은데."

"그건 들어줄 수 없지. 실수하지 않는다면 실력을 높여서 정면 돌파하면 되니까."

호리키타와 하시모토도 언제부턴가 말을 잃고 그저 우리의 손이 되어 말을 움직일 뿐이었다.

이윽고 종반전이 가까워졌을 무렵, 갑자기 사카야나기가 손을 멈췄다.

원래 흐름대로라면 다음 수를 어디에 둘지 이미 사카야나기의 손은 알고 있을 것이다.

그런데—— 여기서 사카야나기의 의문의 장고.

지금까지 우리가 빠른 속도로 싸워온 만큼, 하시모토가

크게 동요했다.
말로 하지는 않았지만, 사카야나기에게 위기가 왔다고 느꼈을지도 모른다.
몇 분의 침묵을 거쳐 내려놓은 말. 장고를 거쳐 도출한 한 수는 강력했다.
나는 실수를 하지 않았다. 들어올 틈을 주지도 않았다.
하지만 이것은――.
이번에는 내 손이 멈췄다.
"아아, 이렇게 즐거운 시간이 또 있을까. 이제, 관중 따위 어떻게 되든 상관없어. 난 그냥 이 대결을 내 인생 최고의 것으로 만들고 싶어. 그렇게 지금 강하게 원하고 있어."
호시노미야 선생님, 사카가미 선생님이 체스에 대해 얼마만큼 아는지는 잘 모른다.
하지만 두 사람 다 이것이 심상치 않은 일전이라는 사실을 피부로 느꼈으리라.
1분, 2분. 시간은 멈추지 않고 흘러갔다.
나는 선택에 쓰던 제한 시간을 싫을 정도로 많이 잡아먹었다.
『뭐…… 뭐 하고 있어, 아야노코지.』
모니터 너머에서 조용히 지켜보던 호리키타가 말했다.
『이제 5분 정도밖에 안 남았어……!』
그건 나도 알고 있다.
일국 속에 네 사람의 생각이 한 데 뒤섞인 혼잡한 체스

게임.

분명히 우위에 서 있던 우리는 어느새 완전히 나란한 위치에 서 있었다.

다음에 두는 한 수가 생사를 가를 것이다.

아무리 길게 시간을 두고 생각해도 아깝지 않다.

"너는 그 정도로 끝날 사람이 아니야, 아야노코지. 보여줘."

이기는 것보다 내 실력을 더 끌어내려는데 집중하는 사카야나기.

너는 자기가 즐겁기 위해서라면 시험의 결과 따위는 상관없겠지.

앞으로 남은 시간은 3분. 나는 미리 그려두었던 종국까지 가는 여정을 전부 백지화했다.

그리고 새로, 이기기 위한 길을 구축했다. 남은 시간은 2분 남짓――.

나는 키보드를 때려 호리키타에게 지시를 보냈다.

그것을 기다렸다는 듯 호리키타가 다시 움직였다.

힘차게 체스판을 달리는 말. 다시 하시모토가 초조해할 차례였다.

조금 전까지 원활하던 전개와 달리 사카야나기의 한 수도 길어졌다.

처음은 30초. 다음 수도 30초. 그다음 수는, 1분.

반대로 나는 1초, 2초 만에 그 수에 답했다.

내 승리로 끝나는 여정에, 지금 나는 사카야나기의 손을 잡아끌며 걷고 있는 상태였다.

이제 곧 마지막. 이 승부의 결과는 코앞까지 다가와 있었다.

나의 체크메이트 한 수.

아직 달아날 수는 남아 있지만, 그것도 아주 조금.

그 후에 곧바로 도주로도 사라지리라.

"훌륭, 해……."

사카야나기가 그런 말을 흘렸다.

1분, 2분, 3분. 사카야나기의 두 번째 장고.

제한 시간이 점점 줄어드는 가운데, 귀중한 1초 1초가 깎여나갔다.

조금 전까지 말을 늘어놓던 사카야나기에게서 더는 목소리가 들리지 않았다.

『야, 야야!』

당황해 소리치는 하시모토. 이제 사카야나기의 남은 시간은 2분도 채 되지 않아, 나보다 짧아졌다.

30분을 다 쓰면 제한 시간이 남은 하시모토에게 맡길 수밖에 없다. 실질적으로 패배 확정이다.

『사카야나기! 이렇게 우리가 지는 거냐고!』

하시모토에게는 달아날 방책이 도저히 보이지 않을 거다.

사카야나기의 제한 시간이 1분도 채 남지 않았다.

"정말 훌륭해, 아야노코지. 넌 내 희망에 충분히 대답해주었어."

시간이 점점 줄어드는데 사카야나기가 다시 한번 나를 칭찬했다.

“식은땀이 난다는 말이 무슨 뜻인지 처음으로 체감했어. 너는 강적이었어.”

끝나가는 순간을, 사카야나기가 이었다.

“——이걸로, 끝이야.”

사카야나기가 중얼거린 패배를 인정하는 말은 하시모토에게 들리지 않았다.

사령탑은 대국을 끝낼 권한이 없다.

제한 시간이 끝남과 동시에 양쪽 선수에게로 공이 넘어가고, 다시 한쪽이 패배를 인정해야 한다.

아니면 최후의 체크메이트까지 하시모토가 계속하는 방법도 있지만.

어찌 됐든 지금 사카야나기가 투료(패배를 인정하고 말을 던져 대국을 끝내는 행동) 의사를 밝힌 시점에서 싸움은 끝났다.

“즐거운 대결이었어. 끝내기 정말 아까워…….”

40초가 남았다. 온화한 사카야나기의 목소리. 그리고 동시에 들려오는 키보드 두드리는 소리.

투료를 인정한 말이 아니라 자신의 승리를 확신한 사카야나기의 통렬한 한 수.

『……기다렸다고…… 공주님!』

하시모토가, 아니…… 그 뒤에 선 사카야나기가 던진 기사회생의 공격.

그 한 수를 받았을 때, 나도 등에 전류가 흐르는 느낌에 휩싸였다.

한 수, 한 수 둬가는 사이에 내가 만든 길에서 벗어나는 것을 느꼈다.

그리고── 어느새 우리가 궁지로 내몰렸다.

정신을 차렸을 땐 사카야나기가 승리하는 길로 접어들고 있었다.

제한 시간이 불과 1분 30초 남은 지금, 최대의 궁지였다.

그런 상황을, 분명 말을 움직이는 호리키타 역시 강하게 받아들였을 것이다.

조금 전까지 보일 것만 같았던 상대의 패배. 쥘 것만 같았던 C반의 승리.

그게 점점 멀어져가는 감각을, 지금 호리키타는 강하게 맛보고 있으리라. 앞으로 1분 남았다.

『아야노코지…….』

호리키타가 고개를 들고, 내게 말했다.

『지고 싶지 않아.』

그저 자신의 감정을 입에 담았다.

『나는……』

지금 하고 싶은 말을, 호리키타는 입에 담았다.

『나는…… 나는 패배를 인정하고 싶지 않아…… 이기고 싶어……!』

진심에서 우러나온 외침.

『지금도, 필사적으로 이기기 위한 한 수를 생각하고, 생각하고, 또 생각하고 있어.』

호리키타답지 않은, 감정에 맡긴 외침.

『하지만 나는 사카야나기를 넘어서는 한 수를 둘 수가 없어…… 그런 게 가능한 건, 너밖에 없다고!』

나는 눈을 감았다.

남겨진 시간은 앞으로 수십 초.

최후의 최후의 최후의 최후.

이후 이어질 시합을 생각하면 30초를 지나는 순간 패배는 확정이다.

이제 안전한 루트는 하나도 없다. 이 싸움에서 이기기 위한 최후의 기회에 걸어야 한다.

입력한다. 키보드에, 재빠르고도 확실하게, 내가 할 수 있는 한 수를.

그리고 엔터키를 눌러 송신. 제한 시간 카운트는 여기서 멈추었다.

호리키타는 그저 비는 마음으로 내 메시지를 계속해서 기다렸다.

내가 지시를 보내고 30초 정도 지났을까, 호리키타가 눈을 동그랗게 떴다.

헤드셋을 통해, 기다리고 또 기다리던 신호가 호리키타에게 전달된 것이다.

나는 사카가미 선생님과 호시노미야 선생님을 한 번 쳐다보았다.
두 사람 모두 체스의 행방을 지켜보기 위해 모니터에 시선이 못 박혀 있었다.
『아직 하는 건가…… 아야노코지.』
웃는 듯한, 웃지 않는 듯한, 복잡한 표정을 지은 하시모토가 카메라를 올려다보았다.
호리키타가 둔 한 수.
다시 움직이기 시작하는 사카야나기의 제한 시간.
"훌륭해, 아야노코지."
사카야나기는 그 한 수를 받고 세 번째 경의를 표했다.
"이 정도로 복잡하면서도 강력한 적을 상대한 경험은 없었던 것 같아. 내가 두는 수 하나하나에 답하고, 대등하게, 때로는 그보다 뛰어난 한 수를 보여주었어."
내 한 수를 받고 종국이 보였을 사카야나기가 그렇게 말하며 분석에 들어갔다.
"방금 아야노코지가 둔 한 수도 정말 완벽했어. 일반인이라면 도저히 도달하지 못할 영역에 있다는 건 의심할 여지가 없어."
감개무량하다는 사카야나기의 목소리가 조금 떨렸다.

"——하지만."

사카야나기의 목소리가, 조용한 실내에 울려 퍼졌다.

"이렇게 해서 내 승리가 확실해졌네."
그렇게 말하며 키보드로 지시를 내렸다.
답을 기다리던 하시모토가 곧바로 지시에 따라 말을 움직였다.
나 역시 거기에 응전하려고 말을 움직였다. 종국이 다가오고 있었다.
대화 없이 말 움직이는 소리만이 울렸다.
앞으로 5…… 4…… 3……. 그리고 마침내…….
퀸 세크리파이스(sacrifice)에 의한, 체크메이트.
최강의 말이라는 퀸을 희생시키는, 궁극의 수단.
이 기술로 노리는 승리는 각별한 녀석이다. 리스크가 너무 높아 실패하면 꼼짝없이 지는 수다. 사카야나기는 그걸 이렇게 궁지에 몰린 순간에 쓴 것이다.
호리키타의 손이 멈췄다.
헤드셋에서 내 말이 흘러나올지도 모른다는 일말의 희망이 있었지만, 그것도 잠깐.
자신도 깨달았으리라. 이제 도주가 허락되지 않는 체크메이트.
승패가 결정되었다.
『아야노코지…….』
그래도 호리키타에게는 포기할 수 없는 뭔가가 있었던 거겠지.
『대답해, 아야노코지……. 이제는, 쓸 방법이 없어……?』

나는 키보드에서 손을 뗐다.

『아야노코지……!』

누구보다도 A반을 이기고 싶어 했던 호리키타.

나라면 어쩌면 이길지도 모른다며, 모든 것을 맡겼다.

이 마지막 일곱 번째 대결. 힘겨운 하시모토를 상대로 우위에 섰던 것을 칭찬하고 싶다.

호리키타에게는 아무 잘못이 없다.

헤드셋의 지시에 따른 호리키타의 한 수를 넘어서는, 최고의 한 수를 받았을 뿐.

사령탑이 가진 제한 시간이 0을 새기고, 통신이 끊겼다.

『……졌습니다.』

호리키타가 기운 없이 하시모토에게 고개를 숙였다.

『수고하셨습니다.』

하시모토도 그에 응하듯 고개를 숙였다.

"——거기까지."

그 결말을 조용히 지켜보던 사카가미 선생님의 말과 함께 일곱 번째 시합이 종료되었다.

"이번 종목, A반의 승리입니다. 따라서 이번 최종 특별시험의 결과는 4승 3패로 A반의 승리가 되었습니다. C반도 수고 많았습니다."

최종 체스가 끝을 알렸다. 일단 나중에 변명거리를 생각해둬야겠군. 내가 사령탑으로 관여하는 바람에 진 체스다. 왜 호리키타에게 맡기지 않았느냐고 불만이 날아올 게 뻔하다.

"굉장한 대결이었다……라고 말해도 되겠지? 여하튼 애 많이 썼어, C반."

호시노미야 선생님이 변함없는 느낌으로 나를 위로해주었다.

"힘들면 이 선생님의 품에 안겨서 울어도 된단다?"

"호시노미야 선생님."

장난스럽게 말하는 호시노미야 선생님에게, 사카가미 선생님이 노골적으로 언짢아하며 이름을 불렀다.

"노, 농담이에요, 농담."

어깨를 움찔하면서 허둥지둥 사카가미 선생님에게 고개를 숙였다.

"그래도 아야노코지. 너는 생각한 것보다 훨씬 대단한 아이 같구나. 플래시 암산 때 말도 안 되는 열 번째 문제도 맞히고, 체스도 사카야나기랑 대등하게 겨루고. 게다가 필기 시험도 고득점 문제를 맞혔었지. 아, 게다가 달리기도 잘했었나……."

거기까지 말하고 호시노미야 선생님이 잠시 생각에 잠겼다.

"뭐야, 지금까지 그런 능력을 숨기고 있었어?"

"설마요. 이번에 어쩌다가 일이 잘 풀린 것뿐이에요."

"그래? 우연이야? 그럴 수도 있구나……. 응, 사에짱이 아야노코지를 눈여겨보는 이유를 이제 알 것만 같아. 과연, 반칙이네."

아무리 자제하려고 해도 교사 앞에서는 보일 수밖에 없는 부분도 적지 않다.

"안심해~. 여기서 본 자세한 것들을 다른 학생들한테 떠벌리고 다니진 않을 테니."

그렇게 말하며 내 어깨를 다정하게 쓰다듬었다. 그리고 귀 가까이 얼굴을 가져와 이렇게 말했다.

"선생님은 아야노코지 같은 아이가 싫지 않지만, 적이라고 생각하면 엄청 싫을지도 모르겠네."

그 말을 남기고 멀어지는 호시노미야 선생님의 얼굴에 더 이상 미소는 남아 있지 않았다.

뜻밖에도 B반을 위협하는 적으로 보이고 만 모양이군.

"이제 시험은 끝났습니다. 학생들은 신속히 퇴실 바랍니다."

"사카가미 선생님, 일단 교실로 돌아가는 게 좋을까요?"

"아니, 이걸로 오늘 일정은 끝입니다. 그대로 귀가해도 됩니다."

아무래도 일단 전원 모이는 일은 없는 듯했다. 그거 다행이군.

"좋겠네, 학생들은. 이걸로 돌아갈 수 있으니."

"호시노미야 선생님은 뒷정리 준비를."

"네에."

사카가미와 이치노미야는 다목적실의 철수 준비에 들어갔다. 긴박감이 넘쳤던 대결 직후라고는 생각하기 힘들 만큼 풀어진 분위기였는데, 사카야나기가 컴퓨터 맞은편에서

서서히 모습을 드러냈다.

교사가 학생들에게서 멀어지기만을 기다렸겠지.

"고생 많았어, 아야노코지."

"그래, 너도."

일단 서로 일곱 번째 종목 대결에 대한 인사를 나누었다.

시간은 단 30분이었지만, 두뇌를 풀가동했으니 그 피로가 상당하리라.

"체스는 터프함이 요구되는 게임이니까. 초반에 호리키타의 훌륭한 플레이 그리고 그것을 넘어서는 아야노코지의 엄청난 플레이. 정말 멋졌어."

만족스러운 표정을 짓는 사카야나기. 충분히 전력을 쏟은 듯했다.

"솔직히, 상상보다 훨씬 더 강하더군. 호리키타의 우위를 망친, 불평할 여지 없는 내 패배다."

"그렇지 않아, 무척 좋은 승부였어. 마지막 순간까지도 승기가 어느 쪽으로 기울어도 이상하지 않았지. 하지만 내가 둔 그 한 수가 승패를 갈랐다는 점에 관해서는 이론이 없겠지?"

"훌륭한 퀸 세크리파이스였다."

현실은 모니터 너머에서 일어난 것.

내 지시와 사카야나기의 지시. 그것이 교차한 결과, 사카야나기가 앞섰다.

거기에는 역전의 기회도 기적도 남아 있지 않았다.

확실한 승리와 패배가 학교의 재량에 따라 판단되어 결정,

확정되었다.

선전했지만, C반은 A반에 져서 반 포인트를 30점 잃게 되었다.

결과만 놓고 보면 가벼운 타격인데, 다른 반의 결과는 어떨까…….

"나한테 뭐 바라는 게 있나?"

"바라는 것? 아니."

다정하게 웃더니, 사카야나기가 만족스럽게 고개를 끄덕였다.

"난 너와 대결하는 것만 기대해왔어. 그리고 그 꿈이 이루어졌지. 이제 충분해."

그렇게 말한다면 나도 응해줄 수 있어서 다행이었군.

너무 길게 얘기하다가 사카가미 선생님 눈에 찍히면 성가셔진다. 나도 자리에서 일어났다.

퇴실하려고 문에 손을 뻗으려고 했을 때, 츠키시로 이사장 대행이 다목적실에 모습을 드러냈다.

"이야, 정말 좋은 구경을 했습니다."

"아니, 츠키시로 이사장 대행 아니신가요. 특별시험을 관전하셨나요?"

"네. 우리 학교 측은 부정행위가 일어나지 않도록, 관리해야 하는 입장이니까요. 별실에서 두 사령탑의 관여 그리고 시합의 흐름을 전부 지켜보았습니다."

그렇게 말한 그는 손뼉을 치며 두 사람을 높이 치켜세웠다.

"한 걸음도 양보하지 않는, 막상막하의 대결이란 바로 이런 것을 뜻하는 것이었군요. 우리 학교 측으로서도 무척 좋은 데이터를 얻었습니다. 이번 승부는 내년 이후 큰 재산으로 남을 거라고 확신합니다."

내가 츠키시로 이사장 대행의 눈을 쳐다보자 유쾌한 듯 시선을 맞추었다.

대화를 굳이 나누지 않아도 그것만으로 모든 것을 이해할 수 있었다.

"만족하셨다니 다행입니다, 츠키시로 이사장 대행."

사카야나기가 머리를 숙였다. 이 대결이 성립한 것에 무엇보다도 충실감을 느끼고 있었다.

"그런데 B반과 D반 쪽은 결과가 나왔나요?"

"네. 여러분보다 한 시간 정도 전에."

꽤 빨리 끝났군.

"어느 쪽이 이겼죠?"

사카야나기도 궁금했는지 결과를 물었다.

"5승 2패로 D반이 이겼습니다. 뜻밖의 대역전을 거뒀죠."

류엔이 이치노세를 무너뜨렸나. 이렇게 해서 190포인트의 변동이 생겼다.

D반, 아니 C반이 다시 살아나기 시작하는군.

그리고 우리는 또 D반에서 다시 출발해야 한다.

"이치노세가 뼈아픈 패배를 당하고 말았네요. 그럴 만도 했지만요."

류엔이 없었더라면 B반이 분명 이겼겠지.

자신을 위해 움직인 걸까, 아니면 반을 위해서?

어쨌든 그 녀석의 내면에 변화가 일기 시작했다는 뜻이다.

그리고 동시에 그것은 이치노세에게 위협이 되는 요소가 돌아왔다는 뜻이기도 하다.

"여러분, 퇴실하세요. 특별시험이 끝났으니까. 선생님들도 어서 퇴실을."

사카야나기 선생님, 호시노미야 선생님 모두에게 츠키시로 이사장 대행이 퇴실을 촉구했다.

"하지만 저희는 뒷정리를――."

"그건 저희가 알아서 하겠습니다."

츠키시로 이사장 대행이 신호를 주자, 작업원 몇 명이 일제히 들어왔다.

"누구시죠? 학교 관계자가 아닌 것 같은데요?"

의아하다는 듯 사카가미 선생님이 물었다.

"이번 시험의 데이터를 정부에서 한시라도 빨리 알고 싶어 해서 말입니다. 그 때문에 파견된 분들입니다, 부디 안심하세요."

이사장 대행이 그렇게 말하니 교사들은 물러나는 수밖에 없었다.

두 사람은 서둘러 작업을 마치고 우리와 함께 다목적실을 빠져나왔다.

교사들은 그대로 교무실로 향하는지, 우리를 신경 쓰지도 않고 걷기 시작했다.

한편 사카야나기는 의아한 표정으로 작업원들을 슬쩍 쳐다보았다.

하지만 다목적실 문이 닫히고 문 잠그는 소리까지 들려왔다.

"뭐 마음에 걸리는 거라도?"

다목적실에서 함께 나온 츠키시로 이사장 대행이 사카야나기에게 물었다.

"아니, 아무것도 아닙니다."

"그런가요."

자── 이제 나도 돌아갈까. 스마트폰을 확인하니 호리키타로부터 메시지가 들어와 있었다.

『수고 많았어.』

그런 단문의 메시지. 불평불만은 나중에 다시 듣기로 하자.

"그럼 안녕, 사카야나기."

가벼운 인사를 남기고 돌아가려고 했는데…….

"──잠깐만 기다려줄래, 아야노코지."

"왜."

가려는 나를 사카야나기가 불러 세웠다.

승리의 여운에 젖어 있을 사카야나기의 표정에 그늘이 드리워져 있었다.

"……정말로 너는, 최선이라고 생각하고 마지막에 그 한 수를 둔 거야?"

최후의 최후. 내가 장고 끝에 내린 결론에 의문을 느낀 것 같았다.

“실제로 이긴 사람은 너야. 그거 말고 뭐가 더 있지?”

“아니…… 미안. 내가 괜한 상상을 했을 뿐이야.”

“나를 이겼는데 기쁘지 않나?”

“그렇지는 않아. 하지만 마음속 어딘가로는, 너한테 지기를 바랐는지도 모르겠어.”

그것 또 특이한 생각이로군.

“말해두는데 대충한 건 절대 아니야.”

“응, 나도 알아.”

그래도 사카야나기는 뭔가가 탐탁지 않은 모양이었다.

자신이 봐왔던 나라는 상이, 더 컸던 건지도 모르겠군.

“잔혹한 사람이네요, 아야노코지군.”

다목적실 앞에 서 있던 츠키시로 이사장 대행이 내게 그런 말을 던졌다.

사카야나기가 뒤돌아보았다. 뒤늦게 나도 어쩔 수 없이 몸을 돌렸다.

츠키시로 이사장 대행은 상냥하게 미소 짓더니 우리 쪽으로 걸어왔다.

“너는 잔혹한 사람이야.”

“무슨 말씀이시죠, 츠키시로 이사장 대행?”

내가 아니라 사카야나기가 그렇게 질문했다.

“대답해주는 게 어때요?”

"뭘 말이죠?"
"솔직하게 알려주면 좋을 텐데."
다목적실에서 '볼일'을 마쳐 여유가 있다는 건가.
"그 대결, 원래라면 이긴 사람은 아야노코지군일 테니까."
그냥 흘려들을 수 없는 말에 사카야나기가 가만히 있을 리 없었다.
굳이 리스크를 무릅쓰면서 이 남자는 왜 그런 말을 하려는 걸까.
"무슨 말이죠? 실제로 제가 졌는데요."
"네. 그래요. 물론 실제로는 그렇지요."
츠키시로 이사장 대행의 성격을 알 것 같은 말투다.
"하지만 과정은 아니었어── 그렇죠?"
묵묵히 듣고 있던 사카야나기도 그 사태를 이해하기 시작했다. 그리고 깨달았다.
"무슨 어리석은 짓을……. 학교 측이 우리 학생의 시험에 강제 개입한 건가요?"
그것은 유감, 낙담이 아니라 분노. 틀림없는 사카야나기의 분노였다.
"그건 사카야나기 양이 잘못한 거죠. 제 지시를 따르지 않는 바람에 아야노코지군에게 프로텍트 포인트 같은 걸 주는 결과가 되고 말았어요. 그걸 다시 빼앗아 오려면 다소 강제적인 수법을 쓰는 수밖에 없었죠. 일단 여기는『학교』니까요."
그렇군. 그 숙청 때문에 이런 무의미한 내막을 폭로하는 건가.

"진짜. 전부 제 생각대로 됐으면 지금쯤 아야노코지군을 퇴학시킬 수 있었는데, 이 학교에는 지독하게 열심히 구는 선생들도 많아서 애를 먹는다니까요."

내가 컴퓨터에 입력한 장고 끝의 지시.

하지만 키보드에서 입력되어 전달되기까지 걸린 시간은 약 30초 정도.

지금까지는 입력하고 10초 정도 만에 전달되던 지시에 일어난 타임래그.

그 원인은 내 지시가 중간에 왜곡되어 헤드셋에서 다른 지시가 흘러나왔기 때문이다.

즉 컴퓨터 내에서 조작해 과정과 결과를 바꿔버렸다.

"그때 그는 다르게 지시했죠. 최선이라고 생각하는 수를 넘는, 그보다 더욱 최선인 한 수를. 우리도 많은 사람과 컴퓨터를 준비했는데도 그를 지게 만드느라 정말 고생했습니다."

노골적으로 수를 이상하게 바꾸면 누가 봐도 부자연스럽다.

그렇게 되지 않도록 어려운 수를 츠키시로 이사장 대행도 생각해내야 했다는 것이다.

"그런 의미에서는 우리 쪽 수를 읽어낸 사카야나기양도 훌륭했습니다만."

이제 그것은 칭찬도 뭣도 아니었다.

"왜 사실을 말하지 않았어? 아야노코지."

"말한다 해도 헛수고, 아니, 그는 어차피 말할 수 없었어요."
간단한 일이지요, 하고 츠키시로 이사장 대행이 설명했다.
"화이트룸 출신에다가 억지로 이 학교에 잠입한 그는 자신이 튀는 걸 바라지 않으니까."
내가 츠키시로에게 개입 당했다는 소문이 퍼지면 일이 성가시게 발전할 것이다.
정말 답답한 이야기지만, 어쩔 수 없이 단념해야만 하는 상황이었다.
"비참해도 승리는 승리. 기뻐하는 게 어때요?"
"……도발을 잘하시네요, 이사장 대행. 하지만── 대가는 싸지 않을 겁니다."
분노가 담긴 미소에 츠키시로 이사장 대행은 다시 한번 가볍게 손뼉을 쳤다.
"고작 고등학교 1학년 어린애가 아주 흥미로운 얘기를 하는군요. 자기 반에서 대장 노릇 좀 한다고 간도 같이 커지고 말았나요."
원래 같은 대결 선상에 있는 학생이라면 사카야나기를 적으로 돌리고 싶지 않을 것이다.
하지만 이 남자에게는 어린애가 큰소리 떵떵 치고 있는 것으로만 보이겠지.
"대가가 크다니, 지금 당장 그게 뭔지 보여주세요. 자, 어서."
아무 행동도 할 수가 없는, 잠깐의 정적이 흐른 후.

"그럼 저는 이만 가야겠군요. 어른은 여러 가지로 바쁜 법이라."

걸음을 떼기 시작한 츠키시로 이사장 대행이 일부러 우리 두 사람 사이를 비집고 들어왔다.

"웬만하면 자기 발로 학교를 떠나세요. 더 이상 다른 학생이 휘말리지 않도록."

그 말을 남긴 츠키시로는 복도 끝으로 사라졌다. 사카야나기도 그 뒤를 따라 천천히 걷기 시작했다.

"정말 흥이 다 달아나는 결말이네. 무척 불쾌해."

"미안하다."

"아야노코지가 사과할 일이 아니야. 애들 일에 어른이 끼어들어서 생긴 일에 낙담했을 뿐이야. 최고의 추억을 짓밟혀버렸어."

승리가 빛바래졌다는 부분은 조금도 신경 쓰지 않는 눈치였다.

어디까지나 승부에 생채기가 났다는 점을 용납할 수 없는 듯했다.

"다만—— 이걸로 나더러 만족하라고 하는 건 어려울 것 같다는 생각이 들지 않아?"

걸음을 멈춘 사카야나기가 나를 올려다보았다.

"그럴 것 같군."

츠키시로 이사장 대행의 개입을 묵인할 생각이었지만, 결과적으로 사카야나기의 귀에 들어간 것이 다행일지도 모른다. 나도 조금 마음에 걸렸기 때문이다.

"이사장 대행이 왜곡하기 직전부터, 다시 나와 승부를 펼쳐줘."

지금, 여기서 사카야나기의 부탁을 거절하기란 간단하다.

하지만 그렇게 하면 사카야나기의 무언가를 망가뜨려 버릴 것만 같았다. 그리고 내 안의 뭔가도.

"거절할 이유는 없어 보이는군. 그런데 어디서 하지?"

"도서관에 체스판이 있는 거 알아?"

"아니…… 처음 듣는데."

"난 이따금 거기서 체스를 두면서 놀아. 그걸 쓰자."

반대할 이유도 없어서 우리는 도서관으로 장소를 이동했다.

특별시험이 끝나고 모든 과정을 마친 것도 있어서인지, 오늘은 아무도 없었다.

지나치게 조용한 도서관에서 나는 체스판을 잡았다.

두 명이 앉을 수 있는 작은 테이블을 쓰기로 하고, 그곳에 체스판을 두었다.

사카야나기는 솜씨 좋게 마지막 상황을 재현했다.

"자. 그때와 똑같은 상황이야. 네 진짜 한 수를 보여줘."

나는 말을 쥐고, 원래 놓였어야 했던 위치로 말을 움직였다.

2

그 뒤로 아무 대화 없이 시간이 흘러갔다.

해가 저물어가는 도서관 안에서, 흰색 말과 검은색 말만이 또각또각 소리를 울렸다.

하지만 그것도 정말 얼마 되지 않는 시간일 뿐.

종반전부터 시작된 이 대결에 긴 시간은 필요하지 않았다.

이윽고 찾아온 종국. 사카야나기는 체스판을 바라보며 조용히 숨을 토했다.

체크메이트를 피하는 방법은 어디에도 남아 있지 않았다.

"역시 아야노코지네. 이번 대결은 내가 졌어."

한 수 한 수 사활을 건 승부였다.

한 점 불만도 없는지, 사카야나기는 만족스럽게 패배를 인정했다.

"생각보다 솔직하군."

"내가 패배를 인정하지 않는 자존심 높은 여자로 보였어?"

솔직히 그렇게 안 보였다고 하면 거짓말이 될 것 같은데.

"내가 알고 싶었던 건 누가 위고 누가 아래인가 하는 것. 그 결과에 불만을 가지는 짓은 안 해."

"하지만 내가 이겼을지는 몰라도 어디까지나 이건 재현. 그때 그 타이밍에 이와 똑같은 결과가 됐으리라는 보장은 없어."

새로운 수를 생각할 시간이 있었을 가능성도 완전히 배제

할 수 없다.

아니, 무엇보다도——.

"이 일국은 호리키타가 하시모토를 상대로 만들어준 우위의 전국. 누가 봐도 내 쪽이 유리한 상태에서 교대했어. 대등한 승부가 아니었지."

이 체스판에서 이루어진 전개는 호리키타가 우위에 서주었기에 실현된 것. 불리한 상황에서 형세를 역전시킨 사카야나기의 실력은 대단했다.

만약 처음부터 체스를 둔다면 내가 이긴다는 보장은 없다.

승부를 펼치자고 제안을 받아도 달아날 수만 있다면 달아나고 싶을 정도다.

"지금 나를 위로하는 거니?"

이상했는지 키득키득 웃는 사카야나기.

"아니, 그냥 사실을 그대로 말했을 뿐인데."

"난 지금 결과에 만족해. 그거면 된 것 아닐까?"

만족한다면 물론 그거면 된다. 하지만 내 마음이 개운하지 않다.

"이 특별시험이 발표된 단계에서 일대일 종목을 짜서 직접 나와 겨루는 것도 가능했어. 네가 그렇게 제안했다면 나는 받아들일 수밖에 없었지. 그런데 왜 그렇게 하지 않았지?"

10종목 중 7종목을 무작위 선출하는 식이니 반드시 나온다는 보장은 없다. 그래도 서로 일대일 종목에서 타협을 봐

둔다면 높은 확률로 실현될 터였다.

"사사로운 이유야. 아야노코지가 짐작하는 대로 절대 실현된다는 보장이 없다는 것. 그리고 괜히 나랑 일대일 대결을 했다간 아무래도 주위 애들이 의구심을 가질 거란 점. 그 두 가지를 피하고 싶었어. 이사장 대행한테 완전히 이용당하고 말았지만."

사카야나기는 나에 대한 배려도 잊지 않고, 가능한 한 신경 써서 특별시험에 임했다.

그래서 츠키시로의 개입에 진심으로 화가 났던 것이리라.

오늘 선택된 일곱 종목도 그 순서도, 아마 완전히 무작위로 뽑힌 건 아니었겠구나 하고 예측할 수 있다.

우리가 바라던 공정한 대결은 실현되지 않았다.

"게다가 나는 A반에서 체스에 제일 재능 있는 하시모토를, 너는 호리키타를 키웠어. 그것도 채점하면 내가 진 거지."

사카야나기는 천천히 고개를 숙였다.

"아야노코지. 너와 대결해서 좋았어. 이제 내 안에 하나의 답이 보여. 너는 틀림없는 천재라는 거. 절대 가짜 따위가 아니었어."

"체스로 재도전할 생각은 없는 건가?"

"생각하길 바라?"

"……아니."

"후후, 솔직하네."

이렇게 조용한 대국이 실현된 것도 무척 희귀하고 한정적인 타이밍이어서 가능했던 일.

특별시험이 끝나고 내일부터 긴 방학에 들어가는 지금이야말로, 아무도 없는 공간이 있을 수 있었다.

"내가 재도전하지 않는 이유는……. 솔직히 말해서, 체스 기량은 거의 막상막하라고 생각했어. 놀이로 10번 한다면 5승 5패가 되어도 이상하지 않아. 내 예상이 틀렸을까?"

"아니, 적확해."

흥미로울 정도로 실력이 팽팽했다.

대전을 반복하면 정말 사카야나기가 말한 전적이 될 것이었다.

"하지만 정작 중요한 순간에 승부가 아야노코지 쪽으로 기울었다고 느꼈어. 그 시점에서 지금의 나는 졌다고 생각한 거야. 뭐, 체스 경력은 아야노코지 쪽이 더 오래됐으니까. 분명 그 차이겠지."

살짝 지기 싫어하는 승부욕이 얼굴에 드러나면서도, 어디서 이기는지가 중요하다고 사카야나기는 말했다.

"체스로 재도전하면 놀이는 더 이상 놀이가 아니게 되겠지. 체스는 즐거운 오락, 그 정도로 해두고 싶어."

사카야나기는 나이트 말을 한쪽 손에 쥐고 그런 말을 했다.

"체스 경력 이야기가 나와서 말인데, 역시 너, 봤지?"

"응. 화이트룸에서 대전 상대를 압도하는 아야노코지를 봤어. 그 이후로 체스를 즐기게 된 거야. 언젠가 너와 대국할 날이 온다고 믿으면서."

내가 A반의 종목을 본 순간 느낀 직감은 맞아떨어졌다.

체스가 종목으로 선택된 것은 단순한 우연이 아니었다.

"자── 그럼 슬슬 돌아갈까."

"내가 정리할게. 앉아서 기다려줘."

"고마워. 그럼 사양 않고 기다릴게."

말과 체스판을 원위치로 되돌려놓았다.

"아쉽기는 한데 앞으로는 아야노코지한테 조금 거리를 둘 거야. 내가 언제까지고 계속 너한테 집착한다면 반 애들도 이상하게 여길 테니까. 그리고 무엇보다……."

"무엇보다?"

"난 네가 알고 싶어서 참을 수가 없어. 계속 뒤만 쫓았던, 만날 수 없었던 소꿉친구 같은 느낌이야. 그러니 너무 간단히 경합이 성립되어 버리면 그 가치도 퇴색되겠지."

사랑스럽다는 듯 나를 쳐다보며 미소 지었다.

"츠키시로 이사장 대행을 생각하면 학생들끼리 싸울 여유도 없을 것 같고."

본말전도군. 이 학교는 학생과 학생이 경합하는 곳이다.

하지만 그가 있는 이상 오늘 같은 날이 다시 찾아와도, 또 개입하지 않는다고 단언할 수 없다.

아니, 오히려 나를 방해하기 위해서라면 무엇이든 이용하겠지.

그렇게 생각하면 적이 하나 줄어드는 건 나도 좋은 일이다.

사방팔방에 온통 적들만 있어서야, 삶이 얼마나 피폐해지겠는가.

우리는 도서관을 빠져나왔다.

"그러고 보니 둘이 이렇게 돌아가는 거 처음이네."

"그러고 보니 그렇군."

늘 사카야나기의 주위에는 누군가가 있었다.

그리고 우리가 이렇게 나란히 걷는 것은 보통 생각하기 힘든 장면이었다.

"미안해, 내 걸음 속도가 느려서."

"그런 건 사과할 일이 아니야."

물론 걷는 속도는 느리다. 핸디캡이 있는 사카야나기가 있기 때문이다.

하지만 이상하게도 오늘은 그게 고맙게 느껴졌다.

평소대로 걸으면 순식간에 기숙사에 도착할 테니까.

"앞으로는 어떻게 할 거야?"

"츠키시로가 어떻게 나오는지 지켜보는 수밖에. 대행이라도 이사장은 이사장이니까, 허튼 수는 통용되지 않겠지."

"그래. 지금 모습을 봐선 아버지의 복권도 간단하지 않을 것 같고."

"너는 어쩔 셈이야?"

그렇게 묻자 사카야나기는 잠시 고민에 빠졌다.

"우선 원래대로 즐기면서 지낼 거야. 카츠라기가 나를 향해 모반을 일으키면 그걸 상대할 거고. 이치노세가 덤비면 밟으면서 노는 것도 재미있을 거고. 그 애가 퇴학당하면 B반의 붕괴를 볼 수 있겠네."

마치 인형 놀이를 하는 천진난만한 소녀처럼 미소 지었다.

"류엔의 움직임은 전혀 보이지 않지만…… 만약 전선으로 돌아온다면 그와도 싸워보고 싶어. 이렇게 보니 의외로 지루하지 않은 학교생활을 보낼 수 있을지도 모르겠네."

"그거 다행이군."

"아야노코지는 어때?"

"겉으로 활동하는 건 되도록 사양하고 싶다. 호리키타가 열심히 하게 해야지."

"그녀의 성장은 놀랄 만한 구석이 있는 것 같으니까. 나도 기대할게."

언젠가 사카야나기의 입에서 이치노세나 류엔과 똑같이 경계하는 상대로 이름을 올릴 수 있게 되리라. 그렇게 된다면 사카야나기도 지금보다 더 즐거워할 것이다.

"……하나 사과하게 해줘."

"사과?"

"아까 일대일을 피한 이유를 말했는데, 사실 그건 거짓말이야."

일대일을 피한 것은 내가 남들 눈에 띄게 하지 않게 하려는 배려.

그 대답을 취소하는 사카야나기.

"사실은, 1초라도 더 오래 아야노코지와 같은 공간에 있고 싶어서 그랬어."

그렇게 말하며 오른손을 내미는 사카야나기.

악수인가 싶어서 잡았더니 왼손으로 내 손을 덮었다.

"사람은 서로 만나면서 따뜻함이 무엇인지 알 수 있게 돼. 그건 정말로 중요한 거야. 피부로 느껴지는 온기도 절대 나쁜 게 아니야. 기억해줘."

"그게 무슨 뜻이야?"

"늦어버린, 나의 메시지야."

내가 이해하지 못하고 있자, 사카야나기는 천천히 손을 떼고 걷기 시작했다.

"자, 돌아가자."

아무래도 그게 무슨 소리인지 알려주지 않을 모양이다.

저물어가는 저녁놀을 바라보며 둘이서 기숙사를 향해 걸었다.

"그나저나 들었어? A반의 요시다는——."

옛 추억을 나눌 사이는 아닌 우리.

아무런 목적도 없이, 그냥 시시콜콜한 일상 이야기를 주고받았다.

기숙사에 도착하는, 그 순간까지.

작가 후기

4개월만입니다. 완전히 정해졌네요, 4개월입니다.

레이와(2019년 5월부터 시작된 일본의 새 연호)가 되었지만 변한 건 아무것도 없습니다. 그게 바로 여러분의 키누가사입니다.

11권이 끝났습니다. 이것으로 1학년 본편은 끝나고 무사히 종업식으로 이어지는 흐름이 되었는데요, 2학년 편으로 들어가기 전에 다음 권은 봄방학 이야기가 펼쳐집니다. 총괄하는 의미를 담아 학생들이 1년 동안 어떻게 변했는지, 또 변해 가는지를 메인으로 펼쳐질 예정입니다.

그리고…… 사랑의 진전이 있을 수도 있고 없을 수도 있어요. 어느 쪽일까?!

여하튼 1학년 본편 작업을 끝내고 제일 먼저 하고 싶은 말은…… 페이지가 부족하다는 것!

원래 10권과 11권을 합쳐서 한 권으로 만들 예정이었는데, 전혀 무리잖아요?

써보니 늘어나고 또 늘어나서. 두 권으로도 다 못 쓴 게 잔뜩 있었습니다. 항상 처음에는 300쪽을 어떻게 채우냐고요~ 하면서 쓰기 시작하는데, 어느새 정신을 차리고 보면 앞으로 몇 쪽밖에 남지 않는 일이 아주 빈번하게 되풀이되는 기분이 들어요…….

여하튼 그런 까닭으로 11권에 못다 한 이야기 역시 다음

11.5권에서 할 생각입니다.

지금부터는 조금 잡담을.

아주 드물게 같은 업계 분을 만나게 되면, 평소에 뭐 하고 지내는지 전혀 모르겠으니까 SNS 같은 걸 좀 하세요! 하는 이야기를 들을 때가 있습니다. 몇 년 전에는 일 관계로 어쩔 수 없이 블로그 같은 것을 하기도 했었는데, 아무리 해도 그런 건 제 취향이 아니랄까 약하다고 할까. 작가 후기로 이야기하는 것 정도가 저에게는 제일 잘 알맞다고 생각합니다.

평소에 하는 일이야 작업이나 이따금 골프를 치는 정도인데다, 심지어 골프는 코스를 도는 것도 아니고(못하고 비싸고 체력도 없어서) 그냥 공만 치다가 1시간 정도로 끝낼 뿐이어서요. 하지만 괜찮습니다, 저는 만족하니까.

SNS를 한다고 하더라도 굉장히 시답잖은 내용이 되겠지요.

후기도 시답잖게 끝내고 있네!

그럼 다음 권에서 다시 만나요!

어서 오세요 실력지상주의 교실에 11

2019년 11월 15일 1판 1쇄 발행
2023년 11월 15일 1판 6쇄 발행

저　　자 키누가사 쇼고
일러스트 토모세 슌사쿠
옮 긴 이 조민정
발 행 인 유재옥
본 부 장 조병권
편 집 1 팀 박광윤
편 집 2 팀 박치우 정영길 정지원 조찬희
편 집 3 팀 오준영 이소의 이해빈
라이츠담당 김정미 맹미영 이윤서
디 지 털 김지연 박상섭 윤희진
미　　술 김보라 박민솔
발 행 처 ㈜소미미디어
인쇄제작처 ㈜코리아피엔피
등　　록 제2015-000008호
주　　소 서울시 마포구 토정로222, 403호 (신수동, 한국출판콘텐츠센터)
판　　매 ㈜소미미디어
마 케 팅 박수진 최정연
영　　업 최원석
물　　류 백철기 허석용
전　　화 (02)567-3388, Fax (02)322-7665

ISBN 979-11-6507-042-7 04830
ISBN 979-11-5710-286-0 (세트)